dtv

Kostbarkeiten aus dem reichen Erzählschatz Anatoliens versammelt dieser Band, der uns in neunundzwanzig Märchen in eine exotische Welt entführt. Wir begleiten Prinzen und Zauberwesen auf ihre Abenteuer, aber auch Menschen aus dem einfachen Volk, wie Keloğlan, den kahlköpfigen Jungen, oder Köse, den Dünnbart, die durch List und Verstand viel erreichen. Wir treffen auf Kamertaj, das Mondross, das die Helden in Sekundenschnelle an den Wunschort befördert, oder auf den Smaragdphönix, dessen majestätische Flügel sogar die Sonne verdecken können. Doch auch hierzulande Bekanntes taucht auf: seien es vertraute Gesellen wie Fuchs und Hase in den Tiermärchen oder ein Tischlein, das im Handumdrehen die herrlichsten Leckereien hervorzaubern kann.
In einem kenntnisreichen Nachwort erläutern die Herausgeberinnen die Fülle der Stoffe und Motive sowie andere Besonderheiten der türkischen Volksmärchen.

Zu den Herausgeberinnen: *Sevgi Ağcagül* wurde 1971 in der Türkei geboren. Sie studierte in Mainz Turkologie, Islamische Philologie und Romanistik und wurde in diesen Fächern promoviert. Sie arbeitet als wissenschaftliche Mitarbeiterin an der Johannes-Gutenberg-Universität Mainz. *Elisabetta Ragagnin*, 1972 in Italien geboren, studierte in Venedig Orientalistik und wurde in Mainz im Fach Turkologie promoviert. Seit 2003 ist sie wissenschaftliche Mitarbeiterin an der Goethe-Universität Frankfurt am Main.

Türkische Volksmärchen

Ausgewählt und nacherzählt
von Sevgi Ağcagül
und Elisabetta Ragagnin

Mit Illustrationen
von Elisabetta Ragagnin

Deutscher Taschenbuch Verlag

Originalausgabe
Oktober 2008
Deutscher Taschenbuch Verlag GmbH & Co. KG,
München
www.dtv.de

Umschlagkonzept: Balk & Brumshagen
Umschlagbild: ›Portrait of Sultan Mehmet II‹
(Türkische Schule)/Bridgeman Giraudon
Gesetzt aus der Palatino 10/12,25·
Gesamtherstellung: Druckerei C. H. Beck, Nördlingen
Gedruckt auf säurefreiem, chlorfrei gebleichtem Papier
Printed in Germany · ISBN 978-3-423-13699-0

Inhalt

Märchen von Prinzen, Peris und anderen Zauberwesen

Märchen von Menschen aus dem einfachen Volk

Tiermärchen

Anhang

Märchen von Prinzen, Peris und anderen Zauberwesen

Die drei Orangen-Peris

Es war einmal, und doch war es keinmal. In uralter Zeit, da lag das Sieb im Stroh, da war alles Lüge, was wahr war, und wahr, was Lüge war. Wir lebten im Überfluss, aßen und tranken den ganzen Tag und schliefen dennoch hungrig ein. In solcher Zeit lebte einmal ein Padischah. Dieser hatte so gar keine Freude am Leben, denn er hatte keine Kinder.

Tag und Nacht saß er bekümmert in seinem Palast und gab sich seinen traurigen Gedanken hin. Eines Tages, wie er wieder für sich saß und seine Kinderlosigkeit bedauerte, gesellte sich sein Lala zu ihm und fragte ihn, was der Grund für seine Trauer sei. Der Padischah antwortete: »Ich bin alt geworden und habe keine Kinder, die mich in meinem Alter aufheitern könnten.« Da wusste auch der Lala keinen Rat, und um seinen Padischah ein wenig aufzumuntern, schlug er vor, eine Wanderung durch sein Reich zu machen. So machten sich beide auf den Weg.

Wie sie nun so wanderten, gelangten sie eines Tages in ein großes Tal. Dort setzten sie sich nieder, um ein wenig zu rasten. Doch plötzlich ging ein lauter Knall durch das Tal und vor ihnen erschien ein weißbärtiger Derwisch in grünen Gewändern und gelben Schuhen! Der Padischah und sein Lala waren vor Furcht ganz erstarrt, aber als der Derwisch sich ihnen näherte und ihnen seinen Gruß, *Selâmın aleyküm*, entbot, fassten sie Mut und grüßten zurück: *Ve aleyküm selâm.*

»Wohin des Weges, Padischah?«, fragte der Derwisch. »Wenn du es erraten konntest, dass ich der Padischah bin, so wirst du auch den Grund meiner Reise kennen«, versetzte der Padischah. Daraufhin nahm der Derwisch einen Apfel aus seinem Umhang hervor, reichte ihn dem Padischah und sprach: »Teile diesen Apfel in zwei Hälften, gib die eine deiner Gemahlin, die andere verzehre selbst, und dir wird dein Wunsch in Erfüllung gehen.« Nach diesen Worten verschwand er so plötzlich, wie er erschienen war.

Der Padischah ging heim, teilte den Apfel in zwei Hälften, gab die eine Hälfte seiner Gattin zu essen, die andere verzehrte er selbst und – nach neun Monaten und zehn Tagen gebar ihm seine Gemahlin endlich den ersehnten Sohn. Die Freude des Padischahs war so groß, dass er Geld an die Armen verteilen ließ, Sklaven die Freiheit schenkte und ein Festessen nach dem anderen veranstaltete.

Jahre vergingen, und der Prinz wuchs heran und erreichte sein vierzehntes Lebensjahr. Eines Tages ging der Junge zu seinem Vater und sagte zu ihm: »Padischah, mein Vater, lass mir einen kleinen Palast erbauen. Unter ihm sollen sich zwei Quellen befinden, aus der einen soll Öl fließen, aus der anderen Honig.« Da der Padischah seinen einzigen Sohn sehr liebte, konnte er ihm keinen Wunsch abschlagen, und so wurde der Palast mit den beiden Quellen, wie es sich der Prinz gewünscht hatte, erbaut. Der Prinz richtete sich nun in seinem Palast ein und sah tagaus, tagein den beiden Quellen zu, wie aus der einen Öl und der anderen Honig floss.

An einem dieser Tage erschien eine alte Frau mit einem Krug in der Hand und bat ihn, den Krug aus den Quellen füllen zu dürfen. Der Prinz wollte mit dieser Alten nichts zu schaffen haben und daher nahm er einen Stein, warf ihn nach dem Krug und zerschlug ihn damit. Die Alte sagte darauf nichts und ging wieder ihres Weges. Am nächsten Tag aber kam sie mit einem anderen Krug zum Palast des Prinzen und bat ihn erneut, aus seinen Quellen schöpfen zu dürfen. Aber auch dieses Mal wollte der Prinz die alte Frau vertreiben und warf wieder einen Stein nach ihrem Krug, worauf auch dieser in Scherben zerfiel. Ohne ein Wort zu sprechen, entfernte sich die Alte. Tags darauf erschien sie mit einem dritten Krug, der ebenfalls zerstört wurde. Die alte Frau konnte nun nicht mehr an sich halten und sprach: »O Jüngling! Ich hoffe bei Gott, dass du den drei Orangen-Peris verfällst.« Mit diesen Worten kehrte sie um und ging fort. Der Prinz gab nicht viel auf diese Worte und widmete sich weiter der Betrachtung seiner Quellen.

Doch von diesem Tag an kränkelte er und wurde ganz welk und bleich im Gesicht. Und da sein Zustand sich von Tag zu Tag verschlechterte, ließ der Padischah, sein Vater, einen Arzt kommen und sich des Prinzen annehmen. Aber weder der Arzt noch andere Gelehrte konnten hinter die Ursache seines Leidens kommen, und niemand konnte ihn davon erlösen. Da sprach der Prinz eines Tages zu seinem Vater: »O Schah, mein Vater! Diese Leute werden mich nie heilen, denn ich wurde verwünscht und bin den drei Orangen-Peris verfallen. Ich muss sie finden, sonst gibt es keine Rettung für mich.« Dem Padischah gefiel die Rede seines Sohnes gar nicht, war er doch sein einziges Kind auf Erden. »Mein Sohn«, jammerte der Padischah, »wenn du fortgehst, woran soll ich mich dann noch erfreuen?« Doch die Lage des Prinzen verschlechterte sich zunehmend, und endlich sah der Padischah ein, dass er gut daran täte, seinen Sohn zu entlassen, auf dass er die drei Peris finde, damit sein Herz geheilt werde. Schweren Herzens gab er ihm die Erlaubnis zu dieser Reise.

Der Prinz traf nun seine Vorbereitungen und nach kurzer Zeit war er gerüstet und machte sich auf den Weg. Über Berg und Tal und Stock und Stein wanderte er nun bald zwei Jahre. Eines Tages, als der Prinz in einer endlosen Ebene umherging, sah er plötzlich auf einem Berg jenseits der Ebene eine riesenhafte Frau. Es war die Dew-Mutter, die mit einem Fuß auf einem Berg stand und mit dem anderen auf einem anderen. In ihrem Mund kaute sie laut schmatzend Harz, so dass man es noch weit über die Ebene hörte; wenn sie Luft holte, kam dies einem Sturm gleich; ihren einen Busen hatte sie über die eine Schulter geschlagen und den anderen Busen über die andere, und sie hatte Arme so lang wie neun Ellen. Unser Prinz überlegte nun, was er tun solle. »Wenn ich zu ihr gehe, tötet sie mich sogleich. Doch eine Umkehr bedeutet ebenfalls mein Ende«, sprach er in Gedanken zu sich und so entschloss er sich dazu, da er nichts zu verlieren hatte, geradewegs auf sie zuzugehen. Er schritt denn mutig auf die Riesenfrau zu, rief: »Guten Tag, Mütterchen!«, und schlang seine Arme um sie. Da fing die Frau zu reden an und sagte: »Hättest du mich nicht ›Mütterchen‹ genannt, hätte ich dich sofort verschlungen.« Sie fragte dann den Jungen, woher er komme und wohin er gehe. »Ach, mein Mütterchen«, seufzte der Knabe, »es ist ein so großes Unglück über mich gekommen, dass es besser ist, wenn du nicht danach fragst und ich dir nicht davon berichte.« – »Sag es mir nur«, forschte die Mutter der Dews. Der Prinz seufzte nochmals und sagte: »Mütterchen, ich bin den drei Orangen-Peris verfallen, und wenn du den Weg zu ihnen kennst, so weise ihn mir, denn sonst finde ich keine Erlösung von meiner Qual!« – »Halte ein!«, rief die Frau, »es ist verboten, ihren Namen an diesem Ort auszusprechen! Meine Söhne und ich sind ihre Wächter, aber auch wir wissen nicht, an welchem Ort sie sich aufhalten. Meine vierzig Söhne durchwandern die ganze Erde und kennen ihren Aufenthaltsort nicht. Aber vielleicht wissen sie dennoch einen Weg, diesen ausfindig zu machen. Ich werde sie fragen, wenn sie heute Abend heimkehren.«

Bevor es aber Abend wurde und die Söhne der Frau heimkehrten, nahm sie den Prinzen, versetzte ihm einen Schlag und verwandelte ihn damit in einen Wasserkrug. Und kaum hatte sie den Krug zu ihrem anderen Gerät gestellt, als ihre vierzig Söhne auch schon nach Hause kamen. Sogleich riefen sie: »Mutter, wir riechen Menschenfleisch; hast du hier etwa einen Menschen versteckt?« – »Was sollte ein Menschenkind hier zu suchen haben? Ihr werdet noch Fleischbrocken zwischen euren Zähnen haben, deren Geruch euch in die Nase steigt!«, entgegnete ihre Mutter, »reinigt lieber eure Zähne!« So nahm nun jeder der Söhne einen Holzscheit zur Hand und stocherte damit in seinen

Zähnen. Es fielen allerlei Gliedmaßen aus ihren Mündern. Dann setzten sich alle hin und nahmen ihr Essen zu sich. Während sie nun friedlich aßen, nutzte ihre Mutter die Gelegenheit und fragte: »Wenn ihr einen Menschenbruder hättet, was tätet ihr dann?« Die Söhne antworteten: »Was sollten wir schon tun, wir würden ihn lieben, als wäre er einer von uns.« Die Mutter ließ sie aber schwören, dass sie einem solchen Bruder tatsächlich keinen Schaden zufügen würden, und als diese endlich schworen, versetzte sie dem Krug einen Schlag und sofort erschien unser Prinz in Menschengestalt. »Dies hier ist euer Bruder«, sprach sie zu ihren vierzig Söhnen. Die Dews begrüßten den Prinzen voller Freude, nannten ihn ihren Bruder, hießen ihn Platz nehmen und fragten ihre Mutter, warum sie ihnen dies nicht früher mitgeteilt habe, damit sie mit ihrem Bruder zusammen hätten speisen können. »Meine Söhne«, sprach die Frau, »er isst nicht solche Speisen wie ihr; Hühner, Schaffleisch und dergleichen essen die Menschenkinder.« Sogleich erhob sich einer der Söhne, entfernte sich und kehrte bald mit einem Schaf zurück, das er vor den Jüngling hinstellte.

»Das muss man doch vorher braten!«, sprach die Frau. Also zogen sie dem Schaf das Fell ab, machten Feuer, brieten es und setzten es dem Prinzen vor. Er aß ein Stück davon, und als er satt war, schob er den Rest beiseite. Die Dews nötigten ihn weiterzuessen, aber ihre Mutter klärte sie auf, dass die Menschenkinder eben nur so viel äßen. »Lasst sehen«, sprach einer der vierzig Brüder, »wie schmeckt wohl das Schaffleisch?« Er griff zu und in zwei, drei Bissen hatte er das gesamte Schaf verzehrt. Darauf legten sich alle schlafen.

Am nächsten Morgen sprach die Frau zu ihren Söhnen: »Meine Söhne, euer Bruder hat einen großen Kummer!« – »Was bekümmert ihn denn?«, fragten sie, »vielleicht können wir ihm helfen!« – »Er hat sich in die drei Orangen-Peris verliebt, aber er weiß nicht, wo er sie finden kann«, antwortete die Mutter. »Wir«, meinten die Söhne, »kennen ihren Wohnort auch nicht. Wir gehen nie in ihre Gegend, aber vielleicht weiß es unsere Tante.« – »Dann führt ihn zu ihr«, sprach die Frau, »sagt ihr, dass ich sie grüßen lasse und dass dies mein Sohn ist, den sie ebenfalls wie ihren Sohn aufnehmen und ihm helfen soll.«

Die Dews führten also den Prinzen zu ihrer Tante und teilten ihr seine Absicht mit. Diese ältere Dew-Frau wusste aber auch nicht den Aufenthaltsort der Orangen-Peris, doch sie wollte auf die Rückkehr ihrer sechzig Söhne warten und diese fragen. Da überließen die vierzig Dews ihren Bruder der Tante und traten ihre Rückreise an. Die Dew-Frau befürchtete, dass ihre Söhne den Menschensohn verschlingen würden, sobald sie ihn sähen. Um ihn zu schützen, versetzte auch sie ihm einen Schlag und verwandelte ihn damit in ein Glas und stellte es in den Schrank.

Ihre Söhne kehrten heim und riefen sofort: »Mutter, wir riechen Menschenfleisch! Hast du hier jemanden versteckt?« Ihre Mutter aber entgegnete: »Vielleicht habt ihr Menschenfleisch gegessen und davon ist euch etwas zwischen den Zähnen hängen geblieben.« Darauf nahm jeder einen Holzscheit in die Hand und reinigte seine Zähne. Alles Fleisch, das ihnen aus dem Mund fiel, hoben sie auf und verschlangen es. Da ihre Söhne nun besänftigt waren, schlug die Frau auf das Glas und der Prinz kam wieder zum Vorschein. Als nun die sechzig Dews ihren kleinen Menschenbruder erblickten, begrüßten sie ihn herzlich, boten ihm einen Platz an und brachten ihm etwas zu essen.

»Meine Söhne«, sprach am nächsten Morgen die Mutter der Dews, »euer Bruder hat sich in die Orangen-Peris verliebt, könnt ihr ihn nicht zu ihnen führen?« – »Wahrlich, das können wir nicht«, versetzten die Dews, »denn wir wissen nicht, wo sie wohnen. Aber vielleicht weiß unsere älteste Tante den Weg dorthin.« – »Dann führt ihn zu ihr«, trug ihnen ihre Mutter auf, »ich lasse sie grüßen. Sagt ihr, dies sei mein Sohn und deshalb auch der ihre; sie möge ihm helfen.« Die Dews führten also den Jüngling zu ihrer ältesten Tante und erzählten ihr die Sache. »O meine Kinder«, meinte die alte Frau, »das weiß ich auch nicht. Aber wenn heute Abend meine achtzig Söhne heimkehren, so will ich sie danach fragen.«

Die sechzig Dews ließen also den Prinzen bei ihrer Tante und gingen fort. Als endlich der Abend heranbrach, versetzte die Frau dem Jüngling einen Schlag, wodurch er in einen Besen verwandelt wurde, den sie hinter die Tür stellte. Bald kamen die achtzig Dews heim, rochen auch den Menschengeruch und stocherten sich Menschenfleisch zwischen den Zähnen heraus. Während des Essens fragte die Mutter sie, was wäre, wenn sie einen Menschenbruder besäßen, und als auch sie den Eid schworen, ihm kein Leid zuzufügen, da schlug die Frau auf den Besen, und der Prinz erschien.

Herzlich empfingen ihn seine Brüder, erkundigten sich nach seinem Befinden, gaben ihm Speisen und pflegten und hegten ihn. Da fragte sie die Frau, ob sie nicht wüssten, wo sich die drei Orangen-Peris befänden, denn ihr neuer Bruder habe sich in sie verliebt. Voll Freude sprang der jüngste Dew-Sohn hervor und sagte, dass er es wisse. »Wenn du es also weißt«, meinte die Mutter, »führe deinen Bruder hin, damit sein Wunsch in Erfüllung geht.«

Am nächsten Morgen also führte der jüngste Sohn den Prinzen mit sich fort. Nach einer Weile sprach der kleine Dew Folgendes: »Bruder, bald gelangen wir in den Garten, in dessen Wasserbecken sich drei Orangen-Peris befinden. Wenn ich dann sage: ›Schließe die Augen, öffne die Augen‹, so greife nach dem, was du erblickst.«

Sie gingen noch ein kurzes Stück des Weges und kamen endlich im Garten an. Als der Dew das Wasserbecken erblickte, rief er dem Jüngling zu: »Schließe die Augen, öffne die Augen!« Der Prinz sah, wie eine Orange aus dem Becken auf der Wasseroberfläche auftauchte, ergriff sie und steckte sie in die Tasche. Abermals schrie der Dew: »Schließe die Augen, öffne die Augen!« Der Prinz schloss und öffnete die Augen, erhaschte die zweite Orange und auf gleiche Weise auch die dritte. Nun sprach der Dew zu ihm: »Mein Bruder, jetzt hast du die Orangen gefunden, in denen sich die Peris befinden. Achte gut auf sie und sieh zu, dass du sie nur dann öffnest, wenn du dich an einem Ort befindest, wo auch Wasser ist. Sonst könntest du es bereuen!« Der Prinz versprach, seinen Rat zu befolgen, und die beiden trennten sich.

Der Prinz trat nun seinen Rückweg an. Auf einmal fielen ihm die Orangen wieder ein und er dachte sich, dass er eine davon schälen könne. Er nahm eine hervor, und kaum hatte er sie angeschnitten, da schlüpfte ein wunderschönes Mädchen heraus, das dem Mond am Vierzehnten glich. »Um Gottes willen, gib mir Wasser, ich verbrenne!«, rief es, und als er ihm keines geben konnte, verschwand es von der Erde. Der Prinz bedauerte das sehr, aber es war nun einmal geschehen. Er nahm sich aber vor, bei den anderen Orangen den gleichen Fehler nicht noch einmal zu machen.

Dann zog er weiter seines Weges und nach einiger Zeit fielen ihm die Orangen wieder ein. Er nahm die zweite hervor; und als er sie aufschnitt, kam ein noch schöneres Mädchen als das erste heraus. Doch auch dieses Mal hatte der Prinz kein Wasser, und als das Mädchen danach verlangte, konnte er ihm keines geben. Da verschwand auch dieses Mädchen.

»Das dritte werde ich besser behüten«, dachte der Prinz bei sich und zog weiter seines Weges. Er gelangte nach langer Wanderung zu einer Quelle, trank daraus und ruhte sich ein wenig aus. Da fiel ihm die dritte Orange ein und da er Wasser in der Nähe hatte, fand er, dass dies der richtige Ort sei, um sie zu öffnen. Er nahm die Orange also hervor und öffnete sie. Vor seinen Augen erschien ein Mädchen, das tausendmal schöner war als die beiden vorherigen. Und als dieses Mädchen nach Wasser verlangte, führte er es zur Quelle und gab ihm zu trinken. Das Mädchen stillte seinen Durst und blieb am Leben. Die Maid stand nun ganz nackt vor ihm, und da er sie so nicht in die Stadt führen konnte, sagte er ihr, sie solle auf den Baum neben der Quelle steigen, während er in die Stadt gehe und einen Wagen und Kleider besorge, um sie als seine Braut in den Palast seines Vaters, des Padischahs, zu bringen.

Als sich der Prinz entfernt hatte, kam eine schwarze Sklavin zur Quelle, und als sie Wasser schöpfte, erblickte sie das Bild des Mädchens darin und dachte, es sei ihr eigenes. »Ei«, sprach sie zu sich, »ich bin ja schöner als meine Herrin; darum trage ich ihr kein

Wasser mehr; von nun an soll sie mir welches bringen!« Hierauf zerbrach sie ihren Krug, ging heim und als ihre Herrin sie fragte, wo das Wasser sei, antwortete sie: »Ich bin schöner als du; von nun an hole du mir Wasser!« Die Herrin nahm einen Spiegel hervor und hielt ihn ihr hin, indem sie sprach: »Bist du von Sinnen? Sieh dich hier im Spiegel an!« Die Sklavin blickte in den Spiegel hinein und sah nun, dass sie schwarz war. Ohne ein Wort mehr zu sagen, nahm sie einen anderen Krug in die Hand, ging abermals zur Quelle, und als sie wieder das Bild der Peri im Wasser erblickte, glaubte sie erneut, dass es sie selbst sei. »Ich bin doch schöner als meine Herrin!«, rief sie, zerbrach den Krug und ging nach Hause. Abermals fragte ihre Herrin sie, warum sie kein Wasser gebracht habe. »Ich bin doch schöner als du, bring du mir Wasser!«, lautete ihre Antwort. »Du bist wahnsinnig geworden, Sklavin!«, entgegnete die Herrin, holte abermals den Spiegel hervor, und als sich die Negerin darin erblickte und ihr wirkliches Aussehen sah, nahm sie wieder einen Krug zur Hand und ging zur Quelle hin. Das Bild des Orangenmädchens erschien wieder im Wasser, und als die Sklavin zum dritten Mal ihren Krug zerschellen wollte, rief ihr die Peri aus dem Baumwipfel zu: »Zerbrich deinen Krug nicht; du erblickst mein Antlitz im Wasser und glaubst, das deine zu sehen!« Die Negerin blickte empor, und als sie das feenhaft schöne Mädchen sah, stieg sie zu ihr auf den Baum hinauf und ließ sich von ihr berichten, was sie dorthin geführt hatte. Nachdem die Sklavin die Geschichte gehört hatte, dachte sie sich insgeheim eine List aus und umschmeichelte die Orangen-Peri mit den Worten: »Du liebliches Mädchen, deine Haare sind voller

Läuse; komm, leg dein Haupt in meinen Schoß, ich will deinen Kopf säubern.« Sie legte nun das Haupt der Maid in ihren Schoß, so dass diese nicht sehen konnte, was die Schwarze trieb. Diese nahm nämlich eine verzauberte Nadel hervor, stach in den Schädel der Maid hinein, worauf sich diese in einen Vogel verwandelte und flatternd davonflog. Die schwarze Dienerin setzte sich nun an die Stelle der Orangen-Peri und wartete auf den Prinzen.

Nun kam der Prinz auf prächtigem Wagen in goldenen Kleidern heran, blickte auf den Baum hinauf, und als er das schwarze Antlitz sah, fragte er die Maid, was ihr widerfahren sei. »Du ließest mich hier zurück und gingst von dannen«, sprach die Negerin, »die Sonne hat mich so sehr geschwärzt.« Was sollte nun der arme Prinz tun? Es blieb ihm nichts anderes übrig, als sie in den Wagen zu heben und sie als seine Braut zu seinem Vater zu führen. Die Palastleute harrten voll Neugierde auf die Feenbraut des Prinzen, und als sie nun das Negermädchen erblickten, fragten sie den Prinzen: »Was hast du denn an diesem Negermädchen Liebenswürdiges finden können?« – »Sie ist keine Negerin«, versetzte der Prinz, »ich ließ sie auf einem Baumwipfel zurück, dort wurde sie von der Sonne so verbrannt; wenn sie sich einige Tage ausgeruht hat, wird sie wieder weiß.« Er führte sie nun in sein Gemach und wartete, dass sie weiß werde.

Neben dem Palast des Prinzen befand sich nun ein großer Garten; auf einen Baum desselben flog der Orangenvogel hin und rief den Gärtner herbei. »Was willst du von mir?«, fragte der Gärtner. »Was macht der Prinz?«, forschte der Vogel. »Er ist gesund«, versetzte der Gärtner. »Wie befindet sich seine schwarze

Frau?«, fragte der Vogel. »Nun, sie ist auch gesund und hockt in ihrem Gemach«, lautete die Antwort des Gärtners. Da rief das Vöglein: »Dornen sollen ihr wachsen, auf dass sie nicht mehr sitzen kann, und dieser Baum hier soll verdorren!«, und flog davon.

Am nächsten Tage kam es wieder hin, ließ sich auf einem anderen Baum nieder und fragte den Gärtner erneut nach dem Prinzen und dessen Frau und sprach abermals seine Verwünschung aus. Am dritten Tage tat es desgleichen, und jeder Baum, auf den es sich setzte, verdorrte unter ihm.

Eines Tages langweilte sich der Prinz bei seiner Schwarzen und ging in den Garten, um dort zu spazieren. Er erblickte die vielen verdorrten Bäume, rief den Gärtner herbei und sprach zu ihm: »Aber Gärtner, warum pflegst du diese Bäume nicht? Siehst du denn nicht, dass sie alle verdorren?« Hierauf antwortete der Gärtner, dass er sie vergeblich pflege, und berichtete ihm, was sich seit Tagen im Garten ereignete. Der Prinz befahl nun dem Gärtner, dass er die Bäume mit Vogelleim einschmiere, und wenn dann der Vogel festklebe, denselben abfange und ihm bringe. Der Gärtner strich also die Bäume ein, und als sich am nächsten Tage der Vogel niederließ, blieb er am Baum kleben. Der Gärtner nahm nun den Vogel und trug ihn zum Prinzen, der ihn in einen Käfig sperrte. Sobald die schwarze Frau den Vogel sah, erkannte sie ihn und wusste, dass dies das schöne Mädchen aus dem Baum war. Sogleich dachte sie sich eine neue List aus, um sich seiner zu entledigen. Hierzu stellte sie sich todkrank, ließ den Oberarzt holen und durch vieles Geld bewog sie ihn, dass er dem Prinzen Folgendes mitteile: Seine Gattin würde nur dann gesund werden, wenn man ihr einen bestimmten

Vogel zu essen gebe. Dabei achtete sie darauf, dass ihre Beschreibung genau auf den Orangenvogel passte.

Als nun der Prinz sah, dass seine Gattin schwer krank war, ließ er den Arzt rufen und fragte ihn, wodurch man seiner Frau die Gesundheit wiederschenken könne. Der Arzt teilte ihm mit, dass er sie wohl heilen könne, wenn er ihr einen solchen und solchen Vogel zu essen gebe. »Gerade neulich fing ich einen solchen«, sagte der Prinz, ließ den Vogel schlachten und seiner Gattin geben. Aber aus dem glänzenden Gefieder des Vogels fiel, ohne dass es jemand bemerkte, eine Feder zu Boden und landete zwischen zwei Fußbodendielen. Die schwarze Frau hingegen dachte, dass sie ihre Rivalin nun endlich los sei.

Zeit kommt, Zeit vergeht, der Prinz wartete noch immer, dass seine Gattin weiß werde. Da war im Palast eine alte Frau, welche die Bewohnerinnen des Harems lesen und schreiben lehrte. Eines Tages, als sie die Stiegen herabschreiten wollte, erblickte sie einen glänzenden Gegenstand; sie hob ihn auf und sah, dass es eine Vogelfeder war, die wie ein Diamant glänzte. Die alte Frau fand Gefallen an der Feder und trug sie heim und steckte sie in eine Spalte des Gesimses. Am nächsten Tag ging sie wieder in den Palast, und während sie dort verweilte, flog die Feder herab vom Gesims, schüttelte und rüttelte sich und siehe da: Es wurde aus ihr unsere wunderschöne Orangen-Peri. Sie fegte die Stube aus, kochte das Essen, und nachdem sie alles in Ordnung gebracht hatte, verwandelte sie sich wieder in eine Feder und schwebte auf das Gesims zurück. Die alte Lehrerin kehrte heim und erstaunte über das Geschehene. Sie dachte nach, wer wohl dies alles zustande gebracht haben mochte, durchstöberte ihre Wohnung, fand jedoch keinen Hinweis. Da setzte sie sich hin, aß die Speisen und ließ es sich gut gehen.

Am nächsten Morgen ging sie abermals in den Palast, die Feder stieg wieder herab und brachte alles in Ordnung. »Ich muss herausfinden, wer das gemacht hat«, dachte die Frau bei sich, als sie am Abend ihre Wohnung im gleichen Zustand vorfand wie am Tag zuvor. Daher tat sie am nächsten Morgen so, als ob sie wegginge, sperrte die Tür ab und versteckte sich an einem Ort, von dem aus sie das Geschehen drinnen beobachten konnte. Da sah sie plötzlich ein Mädchen in ihrem Zimmer, das alles reinigte und dann kochte. Als es mit allem fertig war, lief die Alte herbei, ergriff sie und fragte sie, woher sie denn komme. Die Maid erzählte ihr nun, auf welche Weise sie hierher in Federgestalt gelangt sei.

»Gräme dich nicht, meine Tochter«, tröstete sie die Frau, »ich werde schon heute deine Sache in Ordnung bringen!« Schnurstracks ging sie zum Prinzen hin und lud ihn auf den Abend zu sich. Der Prinz langweilte sich ohnehin bei seiner schwarzen Gattin, daher kam ihm die Einladung gerade recht, und er ging abends in die Wohnung der alten Frau. Nach dem Nachtmahl brachte man schwarzen Kaffee, und als unsere Maid die Schalen hinstellte, blickte sie der Prinz an und er fiel beinahe in Ohnmacht. »Mütterchen«, fragte er, als er sich erholt hatte, »wer ist das Mädchen?« – »Meine Dienerin«, versetzte die alte Frau. »Woher hast du sie?«, fragte der Prinz, »würdest du sie mir nicht verkaufen?« – »Wie sollte ich sie dir verkaufen«, meinte die alte Frau, »wenn sie ja ohnehin schon dir gehört!« Der Prinz verstand nicht, wovon die Frau redete und meinte, sie gehöre ja erst dann ihm, wenn er sie ihr abkaufe. Darauf eröffnete ihm die Lehrerin, dass dieses Mädchen jene Braut sei, auf deren Hellerwerden er schon seit so langer Zeit warte. Sie führte nun die Peri zum Prinzen, berichtete ihm, was die schwarze Frau getrieben hatte, und trug ihm schließlich auf, von nun an seine Orangen-Peri besser zu behüten.

Nun war der Prinz erst recht einer Ohnmacht nahe. Doch er nahm sich zusammen und führte seine Orangen-Peri in seinen Palast, ließ die Negerin hinrichten und feierte seine Hochzeit mit der Peri vierzig Tage und vierzig Nächte lang.

Sie haben das Ziel ihrer Wünsche erreicht, und wir können uns jetzt auf unserem Diwan ausstrecken!

Die vierzig Prinzen und der siebenköpfige Drache

Es war einmal, und doch war es keinmal. In alter Zeit gab es einen Padischah, der hatte vierzig Söhne.

Als der jüngste seiner Söhne sein vierzehntes Lebensjahr erreichte, da fand der Padischah, dass es an der Zeit war, alle vierzig zu verheiraten. Die Brüder willigten in die Pläne des Vaters unter der Bedingung ein, dass ihre zukünftigen Gattinnen auch Geschwister waren und allesamt von einem Vater und einer Mutter stammten. Darauf schickte der Padischah nun Kundschafter durch das ganze Land, um vierzig solcher Jungfrauen zu suchen, doch vergeblich; neununddreißig Geschwister machten sie ausfindig, aber vierzig nicht. Da bat der Padischah, dass sich der vierzigste Prinz eine andere Gattin suche, doch die Brüder ließen dies nicht zu und erklärten ihm, sie wollten selbst nach vierzig geeigneten Jungfrauen suchen. Der Padischah setzte alles daran, seine Söhne von ihrem Vorhaben abzubringen, doch kein Verbot und kein Zureden halfen, so gab er ihnen wohl oder übel seine Erlaubnis. Doch bevor sie aufbrachen, gab er ihnen Folgendes mit auf den Weg: »Meine Söhne«, sprach er, »diese drei Dinge beherzigt gut auf eurer Reise: Wenn ihr auf eurem Weg zu einer großen Quelle kommt, meidet diese und rastet dort nicht. Später werdet ihr eine Herberge sehen. Auch diese betretet nicht, so müde ihr auch sein mögt. Hinter der Herberge erstreckt sich eine große Ebene, die durchwandert so schnell ihr könnt und verweilt nicht auf ihr.« Die Söhne versprachen, diesen drei Anweisungen streng zu folgen, und brachen auf.

Sie ritten den ganzen Tag, und als es gegen Abend ging, tauchte die Quelle vor ihnen auf, die ihr Vater erwähnt hatte. Da sprachen die Prinzen: »Wir sind allesamt müde und machen hier halt. Was auch immer hier auf uns lauert, sind wir nicht vierzig Brüder und können uns verteidigen?« So stiegen sie ab und legten sich hin. Der jüngste aber schlief nicht und wachte mit gezogenem Schwert. Plötzlich, gegen Mitternacht, vernahm er ein Geräusch. Da stand er auf und ging mit seinem Schwert in der Hand in die

Richtung, aus der das Geräusch kam. Und ehe er es sich versah, stand er einem siebenköpfigen Drachen gegenüber! Sofort stürzte sich der Drache auf ihn, doch der Junge wich ihm geschickt aus. Auch den zweiten und dritten Angriff des Drachen wehrte der Junge erfolgreich ab. Dann rief er dem Drachen zu: »Jetzt bin ich am Zug!«, und hieb ihm damit sechs Köpfe auf einmal ab. Der Drache fiel dumpf zu Boden und sprach mit seinem einzigen heilen Kopf: »Wenn du ein wahrer Kämpfer bist, so schlag noch einmal zu!« Doch der Junge erwiderte: »Meine Mutter hat mich auch nur einmal geboren!«, und verwehrte dem Drachen den zweiten Schlag. Es verhielt sich nämlich so, dass ein zweiter Schlag den Dew wieder auf die Beine gebracht hätte. Doch so musste er elend sterben. Einer seiner Köpfe aber rollte zu einem Brunnen und der Mund sprach: »Wer mir das Leben genommen hat, der soll auch meine Schätze nehmen.« Damit fiel der Kopf in den Brunnen. Sofort sprang der Junge hinterher und stieg in den Brunnen hinein. Da kam er an eine eiserne Tür, und als er diese öffnete, stand er vor einem so schönen Palast, wie er noch nie zuvor gesehen ward. Vierzig Zimmer waren darinnen und jedes der Zimmer war angefüllt mit allerlei Gold, Edelsteinen und anderen Schätzen. Da öffnete der Prinz noch eine Tür und sah darin vierzig Jungfrauen über eine Stickerei gebeugt. Als sie den Prinzen sahen, sprangen sie auf und fragten ihn: »Bist du ein In oder Dschinn? Und was führt dich hierher?« Der Prinz berichtete ihnen, wie er an diesen Ort gelangt war, und als die vierzig Jungfrauen hörten, dass er den Drachen getötet hatte, da war die Freude groß, denn sie waren allesamt Töchter von einem Vater und einer Mutter, und der

Drache hatte ihre Eltern getötet und sie in diesen Brunnen gebracht. Sie baten den Prinzen, sie von diesem Ort wegzubringen, denn jetzt hatten sie niemand anderen mehr auf der Welt außer ihm. Der Prinz erklärte, sie sollten sich noch eine Weile gedulden. Er habe noch neununddreißig Brüder und er wolle jetzt gehen und mit ihnen zusammen zurückkehren, damit sie alle gemeinsam die Mädchen aus dem Brunnen führten. Damit verabschiedete er sich von den Jungfrauen und kehrte zu seinen Brüdern zurück.

Als die Brüder am nächsten Morgen erwachten und sahen, dass nichts geschehen war, da dachten sie, dass ihr Vater einen Scherz mit ihnen getrieben habe, und lachten über ihn. Dann setzten sie ihre Reise fort und ritten so lange weiter, bis es Abend wurde. Und da sahen sie auch schon die erwähnte Herberge. Die älteren von ihnen sagten: »Hier wollen wir rasten, denn wir sind den ganzen Tag geritten und müssen uns nun ausruhen.« Da sagte der jüngste, dass es ratsamer wäre, an einen anderen Ort zu gehen, doch niemand achtete auf seine Worte. So legten sich die älteren Brüder wieder hin, der jüngste aber hielt wieder Wache.

Als es gegen Mitternacht ging, war da erneut ein Geräusch. Unser Prinz nahm sein Schwert zur Hand und ging dem Geräusch nach. Und wieder sah er sich einem siebenköpfigen Drachen gegenüber, größer und grausamer als der von der vorigen Nacht. Sobald der Drache den Prinzen erblickte, griff er ihn an. Doch der Junge wich aus, einmal, zweimal und auch ein drittes Mal. Dann aber hob der Prinz sein Schwert und ließ es mit aller Kraft auf das Ungeheuer niederfahren, so dass er ihm sechs Köpfe auf einmal abschlug. Keuchend und kraftlos fiel der Drache zu Boden und bat den Prinzen, noch einmal zuzuschlagen. Aber auch diesmal fiel der Prinz nicht darauf herein, und so musste der Drache dort sterben. Wieder rollte einer der Köpfe fort und fiel in einen Brunnen. Der Prinz stieg auch in diesen Brunnen und fand auf dessen Grund einen noch größeren Palast mit noch reicheren Schätzen darin als am Tag davor. Dann ging er wieder zum Schlafplatz seiner Brüder zurück und schlief, nach dem Kampf völlig erschöpft, sofort ein.

Auch am nächsten Morgen lachten die älteren Brüder über die Sorge ihres Vaters und setzten ihre Reise fort, bis sie am Abend auf eine große Ebene kamen. Sie saßen ab, aßen und tranken ein wenig und wollten sich gerade zur Ruhe legen, als plötzlich die gesamte Ebene von einem solchen Gebrüll erfasst wurde, dass selbst die fernen Berge erzitterten. Dann sahen sie, wie ein furchterregendes Ungeheuer mit seinen sieben Köpfen, aus denen Feuer und Rauch sprühte, drohend und stampfend auf sie zukam und rief: »Wer von euch hat meine Brüder getötet?« Die älteren Prinzen erstarrten vor Angst, doch der jüngste rief: »Nun seht ihr, meine Brüder, dass die Ratschläge unseres Vaters nicht umsonst waren. Jetzt aber flieht von hier!« Damit beschrieb er ihnen die beiden Brunnen und trug ihnen auf, die Schätze und die Jungfrauen in ihre Heimat zu bringen und dort auf ihn zu warten. Er wolle den Drachen töten und dann nachkommen. Die Brüder stiegen sofort auf ihre Pferde und eilten fort. Sie gelangten zuerst zum Brunnen mit den Schätzen und nahmen diese mit. Dann befreiten sie die vierzig Jungfrauen aus dem zweiten Brunnen und brachten sie in ihre Heimat.

Kehren wir nun zum jüngsten Prinzen zurück und sehen, wie es ihm erging. Dieser lieferte sich mit dem

Drachen einen langen, erbitterten Kampf, doch keiner von beiden vermochte den anderen zu besiegen. Da sprach der Drache: »Mein Jüngling, du bist mir ein ebenbürtiger Gegner, doch lass uns den Kampf beenden. Wenn du mir die Prinzessin aus dem Lande Tschinimatschin bringst, so will ich dich verschonen!« Da willigte der Prinz ein, denn auch er war erschöpft vom Kampf. Tschampalak, so war der Name des Drachen, gab dem Prinzen daraufhin ein Zaumzeug und sagte: »Gehe zu der und der Quelle. Dorthin kommt jeden Tag eine Schar von Pferden, um zu trinken. Wirf dieses Zaumzeug einem von ihnen über und es wird dir zu Diensten sein.« Der Junge nahm das Zaumzeug und begab sich zur besagten Quelle. Bald kamen auch schon die Pferde, und als der Prinz eines von ihnen packte und ihm das Zaumzeug überzog, da sprach es: »Befiehl, mein Prinz!« Der Prinz hierauf: »Bringe mich in das Land Tschinimatschin!« Das Pferd rief: »Schließe deine Augen, öffne deine Augen!«, und als der Prinz seine Augen öffnete, da befand er sich bereits im Land Tschinimatschin. Er nahm das Zaumzeug vom Pferd und ließ es laufen. Dann begab er sich in eine Stadt und klopfte an die Tür einer Hütte, wo er um ein Nachtlager bat. Die Bewohnerin der Hütte, eine alte Frau, nahm ihn gerne auf. Während sie beim Kaffee saßen, unterhielten sie sich über die Gegebenheiten des Landes, und die alte Frau erzählte: »Ein siebenköpfiger Drache verlangt seit Jahren die Hand unserer Prinzessin. Doch weil ihr Vater sie nicht hergeben will, lässt der Drache nicht einmal ein Vögelchen in dieses Land. Es ist ein wahres Wunder, dass du hierherkommen konntest.« Der Prinz ging darauf nicht näher ein, sondern fragte sie, wo die Prinzessin sich denn aufhalte. Seine Gastgeberin antwortete ihm, dass sie sich in einen kleinen Palast im Garten des Padischahs zurückgezogen habe. Am nächsten Morgen begab sich der Prinz sofort in den Garten und flehte den Gärtner so lange an, bis dieser ihn als seinen Gehilfen einstellte.

Als er eines Tages die Blumen im Garten goss, da erblickte ihn die Prinzessin und verliebte sich auf der Stelle in diesen schönen Jüngling. Sie rief ihn an ihr Fenster und fragte ihn, wer er sei und wie er in das Land gekommen sei. Der Prinz antwortete ihr, dass auch er das Kind eines Padischahs sei und dass er gegen den Drachen gekämpft, ihm aber schließlich versprochen habe, sie, die Prinzessin, für ihn zu rauben. »Aber fürchte dich nicht«, sagte ihr der Prinz, »ich liebe dich noch viel mehr als der Drache, und wenn du mit mir kommst, so werde ich schon einen Weg finden, um ihn zu vernichten.« Die Prinzessin willigte sofort ein, und schon bald verließen sie des Nachts heimlich den Garten und begaben sich mit dem Zauberpferd auf Tschampalaks Ebene. Der Prinz trug dem Mädchen noch auf, dass es herausfinden solle, wo sich der Talisman des Drachen befand, und führte sie schließlich zu Tschampalak.

Der Drache war außer sich vor Freude darüber, dass seine Geliebte endlich zu ihm gekommen war. Sie aber ließ ihn nicht in ihre Nähe, und da er nicht imstande war, ihr auch nur ein Haar zu krümmen, bedrängte er sie nicht. Die Prinzessin aber hatte nicht vergessen, was ihre Aufgabe war. Sie wartete ein paar Tage und sprach dann zum Drachen: »Du gehst morgens weg und kommst abends heim. Ich aber bin den ganzen Tag allein und langweile mich. Wenn du mir wenigstens deinen Talisman nennen würdest, dann könnte ich mir damit die Zeit vertreiben.« – »Meine geliebte Prinzessin«, sprach der Drache, »mein Talisman ist an einem Ort verborgen, an den niemand gelangen kann. In dem und dem Reich befindet sich ein solcher und solcher Palast, und dort liegt mein Talisman. Doch wer auch immer es bis dorthin schafft, der käme nicht mehr wieder.« Die Prinzessin wartete nun, bis der Drache wieder aus dem Haus war und berichtete dem Prinzen, was sie erfahren hatte. Sofort begab dieser sich zur Quelle mit den Pferden und warf einem von ihnen das Zaumzeug über. Das Ross sagte darauf: »Befiehl, mein Prinz«, und der Prinz wünschte sich in das erwähnte Land. Dann – »Schließe die Augen, öffne die Augen« – stand er bereits vor dem Palast. Da wandte sich das Zauberpferd an den Prinzen und sprach: »Binde mich mit dem Zaum an die eisernen Ringe am Palasttor. Ich werde einmal wiehern und die Ringe schlagen. Wenn sich das Tor öffnet, haue es mit deinem Schwert entzwei. Denn dieses Tor ist der Rachen eines Löwen, und wenn du es spalten kannst, dann bist du sicher. Wehe aber, wenn es dir nicht gelingt, dann gibt es keine Rettung für dich.« Dann gingen sie zum Palast und der Prinz band das Pferd ans Tor. Nachdem es einmal gewiehert hatte, öffnete sich das Tor und der Prinz hieb es mit einem Schlag in zwei Stücke. Da lag nun der erlegte Löwe auf dem Boden. Der Prinz trat zu ihm und schlitzte ihm den Bauch auf. Darin fand er einen Käfig mit drei Tauben, so lieblich, wie er sie noch nie gesehen hatte. Dies war der Talisman des Drachen. Der Prinz wollte eine der Tauben nehmen und sie streicheln, doch sobald er die Käfigtür öffnete, schlüpfte sie hinaus und flog ihm fort. Sofort setzte ihr das Zauberpferd nach, fing sie und drehte ihr den Hals um.

Der Prinz setzte sich nun wieder auf das Zauberpferd und – »Schließ die Augen, öffne die Augen« – im Nu befanden sie sich wieder auf Tschampalaks Ebene. Da töteten sie auch die zweite Taube, und als sie in das Haus des Drachen gingen, sahen sie, dass er bereits seine Seele aushauchte, so geschwächt war er. Das Ungeheuer erblickte die letzte lebende Taube, in der Hand des Prinzen und bat ihn, sie noch einmal streicheln zu dürfen, bevor er starb. Der Prinz empfand Mitleid und wollte ihm diesen letzten Wunsch erfüllen, doch da warf sich die Prinzessin dazwischen, entriss dem Prinzen die Taube und tötete sie. Dies war das Aus des Drachen, der nun zusammenfiel und endlich tot war. Das Zauberpferd ergriff zum letzten Mal das Wort und sprach: »Es war dein Glück, dass auch die letzte Taube tot ist, denn sonst hätte der Drache seine Kräfte wieder zurückerlangt!« Damit verschwand das Pferd und mit ihm auch das Zaumzeug.

Der Prinz und die Prinzessin luden darauf einige Schätze des Drachen auf und begaben sich damit wieder in die Heimat der Prinzessin. Ihr Vater hatte bereits alle Hoffnung aufgegeben, seine Tochter je wiederzusehen, und glaubte sie in der Gewalt des Drachen. Wie groß war da die Freude, als sie plötzlich mit dem Prinzen erschien. Da gab er seine Tochter dem Prinzen zur Frau, und sie feierten vierzig Tage und vierzig Nächte die Hochzeit.

Eines Tages aber verspürte der Prinz Sehnsucht nach seinen Eltern und seinen Brüdern. So entließ der Padischah die beiden und sie reisten mit einer Schar Soldaten nach der Heimat des Prinzen. Dort hatte man ihn schon tot geglaubt und war nun umso glücklicher, als er endlich wieder heimkehrte. Da ließ der Padischah aus Anlass der Rückkehr seines Sohnes ein großes Fest feiern. Dann aber sagte der Padischah zum Prinzen, dass da noch eine Jungfrau auf ihn warte. Sie war die jüngste der vierzig Schwestern und war für ihn zur Gattin bestimmt worden. Der Prinz ging zu seiner Gemahlin und fragte sie nach ihrer Meinung. »Du hast mich vom Drachen erlöst und dann habe ich dir das Leben gerettet«, sprach die Prinzessin, »nun kannst du tun, was immer du für das Richtige hältst. Ich werde mit allem zufrieden sein!« Er nahm sodann auch die andere Jungfrau zur Gemahlin, und erneut feierten sie die Hochzeit vierzig Tage und vierzig Nächte.

Sie haben das Ziel ihrer Wünsche erreicht, und wir lassen es uns auch gut gehen!

Die Geschichte von den weinenden Granatäpfeln und den lachenden Quitten

Es war einmal, und doch war es keinmal. Es war einmal ein Padischah, der hatte neun Töchter.

Eines Tages saß der Padischah mit seiner Gemahlin zusammen und überlegte. Nach einer Weile fragte ihn seine Gemahlin, was ihn denn bedrücke. Darauf antwortete der Padischah: »Wir haben neun Töchter; sie werden heranwachsen, heiraten und uns verlassen. Wenn ich sterbe, so habe ich keinen Sohn, der sich auf meinen Thron setzen könnte. Unsere Linie wird ausgelöscht werden. Das ist es, was mir auf der Seele lastet und mich nachts um den Schlaf bringt. Ich kann mich an nichts mehr erfreuen. Wenn es auch diesmal wieder ein Mädchen wird, so bringe ich dich sofort um.« Die Sultanin war nämlich hochschwanger und erwartete in nächster Zeit ein weiteres Kind. Nachdem der Padischah seine Worte gesprochen hatte, ging er fort und die Sultanin blieb in Verzweiflung zurück. Sie machte sich große Vorwürfe, dass es ihr bisher nicht gelungen war, dem Reich einen Thronfolger zu schenken, und wenn sie jetzt wieder ein Mädchen zur Welt brachte, bedeutete das ihren Tod. In diesem Zustand begab sie sich in ihr Gemach und verbrachte ihre Tage damit, über ihr Schicksal zu weinen.

Ob in Glück oder Unglück – die Märchenzeit schreitet schneller voran als unsere. Nach ein paar Wochen sollte die Sultanin niederkommen. Doch aus Angst vor der Drohung ihres Gemahls ließ sie nicht die nötigen Vorbereitungen treffen, sondern zog sich mit ein paar Dienerinnen in einen Teil des Palastes zurück, den sonst niemand betrat. So brachte die Sultanin still und heimlich ihr zehntes Töchterchen zur Welt. Mit der Hebamme hatte sie aber abgesprochen, dass sie das Mädchen als einen Jungen ausgeben wollten, um nicht den Zorn des Padischahs auf sich zu ziehen und dem Henker ausgeliefert zu werden. Sofort wickelten die Sultanin und die Hebamme das Neugeborene fest ein; erst am nächsten Morgen wurde dem Padischah die

Botschaft überbracht, dass ihm der ersehnte Sohn geboren worden war. Der Padischah konnte seine Freude kaum im Zaum halten und eilte zu seiner Gemahlin. Die Hebamme präsentierte ihm den Thronfolger und sagte: »Eure Augen sollen strahlen, mein Padischah! Hier ist Euer Sohn, gebt Ihr ihm seinen Namen, ein langes Leben möge ihm von Gott beschert sein!« Damit übergab sie ihm das in Tücher eingewickelte Kind. Der Padischah überschlug sich schier vor Glück und weinte Tränen der Freude. Mit einhundertundeins Kanonenschüssen ließ er die Geburt seines Sohnes bekanntgeben und verteilte Geld und Geschenke an alle Palastleute und ließ den Armen Nahrung und Kleidung zukommen. Vierzig Tage und vierzig Nächte ließ er die Geburt seines Sohnes feiern.

Zeit kommt, Zeit vergeht. Das Kind wuchs heran und wurde von seiner Mutter und ihren Vertrauten Tag und Nacht nicht aus den Augen gelassen, denn groß war die Angst, dass der Padischah hinter ihr Geheimnis kommen könnte. Dem Mädchen wurden die Haare kurz geschnitten, sobald sie auch nur ein wenig gewachsen waren, und man zog ihm Knabenkleider an und ließ ihm eine Knabenerziehung angedeihen; es übte sich in allerlei Waffen und lernte zu reiten. So lebte es bis zu seinem zwölften Lebensjahr. Endlich war die Zeit der Beschneidung gekommen. Erneut zog sich die Sultanin in ein Zimmer zurück und fing zu wehklagen an, denn nun würde der Padischah ganz sicher hinter ihr Geheimnis kommen, und dann gab es kein Entkommen für sie und das Kind. Eines Tages kam das Mädchen zu seiner Mutter und sah, wie sie weinte. Es fragte: »Mutter, was ist geschehen, dass du so traurig bist und immerzu weinst?« Als die

Mutter sagte: »Ach, meine Tochter! Wir haben dich nach deiner Geburt als einen Knaben ausgegeben, denn sonst hätte dein Vater, der Padischah, sowohl dich als auch mich töten lassen. Doch du bist ein Mädchen. Und jetzt sollst du aber beschnitten werden, wie es die Tradition verlangt. Aber sobald dein Vater erkennt, dass du ein Mädchen bist, wird es um uns beide geschehen sein. Deshalb weine ich.« Das Mädchen dachte eine Weile nach und sagte dann zu ihr: »Mutter, sei nicht traurig! Ich werde zu meinem Vater gehen und ihm sagen, dass ich noch zu klein bin, um beschnitten zu werden, und ihn bitten, mir ein Jahr Aufschub zu gewähren.«

Am folgenden Morgen stand das Mädchen zeitig auf und ging geradewegs zu seinem Vater. Es küsste ihm die Hand und begann zu weinen. Als der Padischah zu ihm sagte: »Mein Sohn, warum weinst du so?«, da antwortete das Mädchen: »Vater, ich habe gehört, dass Ihr mich beschneiden lassen wollt. Aber ich bin noch klein und habe Angst, deshalb weine ich.« Der Padischah dachte bei sich, dass sein Sohn doch recht habe, und damit er nicht mehr traurig war, sprach er: »Mein Sohn, weine nur nicht! Dieses Jahr soll es nicht geschehen. Wir warten bis zum nächsten Jahr, denn noch ist ja Zeit.« Da küsste das Mädchen seinem Vater wieder die Hand und lief freudig zu seiner Mutter und umarmte sie. Und als die Mutter erfuhr, was der Padischah gesagt hatte, da wurde es ihr gleich wohler und sie nahm ihr Kind voller Freude auf ihren Schoß und küsste es auf seine Augen.

Wieder verrinnt die Zeit, und in der Märchenwelt noch schneller als in der unsrigen. Endlich war das Jahr um und die Sultanin zog sich wiederum zurück und begann, Tag um Tag zu weinen und zu klagen, denn wieder hatte der Padischah verkünden lassen, dass er gedenke, in Kürze seinen Sohn beschneiden zu lassen. Unser Mädchen beschloss kurzerhand, den Padischah um weiteren Aufschub zu bitten, und als dieser sich erneut dazu überreden ließ, da waren alle froh und erleichtert.

Tage vergingen und wurden zu Wochen, Wochen zu Monaten und schließlich neigte sich auch das zweite Jahr seinem Ende entgegen. Der Padischah ließ Vorbereitungen für die Beschneidung seines Sohnes treffen, denn jetzt war der Junge schon vierzehn Jahre alt. Am Tag vor der Beschneidungsfeier zog sich die Sultanin wieder zurück und weinte bitterlich. Das Mädchen gesellte sich zu seiner Mutter und weinte mit ihr, denn es konnte sich keine List mehr ausdenken, die seinen Vater umstimmen könnte. Die Mutter sagte zu ihr: »Meine Tochter! Du hast deinen Vater zwei Jahre lang hingehalten und es auf diese Weise verhindert, dass er von unserem Geheimnis erfuhr. Jetzt aber ist auch das zweite Jahr zu Ende gegangen und morgen sollst du beschnitten werden. So oder so wird dein Vater erfahren, dass du ein Mädchen bist, und dann wird er uns beiden den Kopf abschlagen lassen. Heute ist der letzte Tag unseres Lebens.« Da sagte das Mädchen zu ihr: »Meine teure Mutter, weine nicht! Wenn mich morgen mein Vater zur Beschneidung ruft, dann gehe ich hin zu ihm und bitte ihn, eine halbe Stunde spazieren gehen zu dürfen. Dann laufe ich in den Stall, besteige ein schnelles Pferd und fliehe von hier. Weine nur ja nicht um mich! Denn ich gehe in fremde Länder und bleibe dort. Möge Gott unser Schicksal zum Besseren wenden! Einen anderen Ausweg haben wir nicht!« Die Mutter überlegte ein wenig und stimmte dem Vorschlag ihrer Tochter schließlich zu.

Tags darauf wurde der mächtige Platz vor dem Palast für die Beschneidungsfeier geschmückt. Aus allen Teilen des Reiches und den Nachbarreichen strömten bereits die Gäste zu den Festzelten. Der Padischah hatte sich zur Feier des Tages in grüne Gewänder gekleidet und ließ auch seine Minister und obersten Beamten entsprechend ausstaffieren. Nun ließ er den Prinzen rufen, und nachdem dieser erschienen war und ihm die Hand geküsst hatte, sprach er: »Mein Sohn, du bist nun vierzehn Jahre alt und nahezu ein junger Mann. Es käme einer Sünde gleich, noch länger zu warten, deshalb wirst du noch heute beschnitten werden, denn das Fest ist schon vorbereitet und die Gäste bereits eingetroffen!« Da erwiderte das Mädchen: »Mein Vater, Euer Wunsch sei mir Befehl! So soll es denn sein. Doch gebt mir noch eine halbe Stunde Zeit. Ich will zu Pferd den Festplatz umreiten, denn wenn ich erst einmal beschnitten bin, dann werde ich eine Weile auf kein Pferd steigen können. Und außerdem will ich die Gäste aus der Nähe betrachten. Danach soll man mich beschneiden.« Der Padischah willigte ein und gab seinem Sohn noch eine halbe Stunde Aufschub.

Unser Mädchen lief nun schnurstracks in den Stall und suchte nach einem schnellen Pferd. Im hintersten Winkel des Stalles entdeckte es schließlich einen Hengst mit tiefschwarzem und glänzendem Fell. Selbst die Mähne und der Schwanz waren schwarz, kein einziges weißes Haar war zu sehen. Das Mädchen ging zu diesem Tier, strich ihm über den Kopf, den Rücken und die Mähne und fing an zu weinen und zu klagen. Da wandte das Pferd seinen Kopf zum Mädchen und fing plötzlich zu sprechen an: »Meine Prinzessin! Warum weinst du so?« Das Mädchen wunderte sich gar sehr, doch dann antwortete es: »Ach, mein schwarzer Hengst! Wenn ich nicht weinte, wer sollte es dann tun? Denn mein Vater hält mich seit dem Tag meiner Geburt für einen Jungen. Zweimal schon konnte ich die Beschneidung verhindern. Jetzt aber ist es beschlossene Sache und die Gäste sind alle eingetroffen. Wenn der Padischah merkt, dass ich ein Mädchen bin, so wird er sofort meine Mutter und mich töten lassen. Deshalb habe ich mir von meinem Vater eine halbe Stunde Zeit erbeten, um auf einem schnellen Pferd zu fliehen und in einem anderen Land Zuflucht zu suchen. Das ist der Grund für meine Trauer.« Nachdem sie sich ihm anvertraut hatte, sprach das Pferd zu ihr: »Meine Prinzessin! Gräme dich nicht länger! Ich werde dich mit Gottes Erlaubnis in ferne Länder bringen, bevor das Fest beginnt. Doch merke dir meine folgenden Worte gut: Sobald du auf dem Sattel sitzt, halte die Zügel gut und umklammere fest meinen Hals, denn ich sprenge wie der Wind dahin!«

Das Mädchen tat, wie ihm das Pferd geheißen hatte, und setzte sich auf den Sattel. Es ritt auf den Platz und machte ihre Runde von einem Ende zum anderen. Die anwesenden Gäste und die Soldaten des Padischahs betrachteten den Prinzen und bewunderten seine Reitkunst. Als die halbe Stunde zu Ende war, beugte sich das Mädchen über das Ohr ihres Pferdes und sprach: »Los, mein Hengst!«, und da sprengte das Pferd plötzlich mitten durch die Soldaten, lief wie der Wind davon und verschwand. Auf dem Festplatz herrschte einen Augenblick Stille, doch als man verstanden hatte, was sich gerade abgespielt hatte, brach ein ungeheures Durcheinander aus, in dem jedermann rief: »O weh, das schwarze Pferd hat den Prinzen entführt!« Sogleich wurde der Padischah benachrichtigt, der sofort den Befehl zur Verfolgung gab. Doch so weit die Soldaten auch ritten, welchen Winkel des Reiches sie auch durchsuchten, sie fanden nicht eine einzige Spur, weder vom Prinzen noch vom Pferd. Beide waren wie vom Erdboden verschluckt. Sie kehrten unverrichteter Dinge zurück und überbrachten dem Padischah die traurige Nachricht. Da erhob sich auf dem gesamten Platz ein Klagen und Weinen, und der Padischah und das ganze versammelte Volk trauerten um den Prinzen.

Wir wollen uns nun zu unserer Prinzessin wenden und sehen, was mit ihr geschah. Das Pferd trug sie innerhalb eines Tages an einen Ort, der eine Reise von sechs Monaten entfernt lag, und hielt an. Es sagte zu dem Mädchen: »Meine Sultanin! Ich habe dich gerettet. Nun geh, wohin es dich verschlägt. Doch gib acht auf dich, denn auf der Welt lauern viele Gefahren!« Das Mädchen stieg vom Pferde ab, umarmte seinen Hals und vergoss große Tränen. Es sprach zu ihm: »Mein liebes Pferd! Zuerst habe ich Gott, dann dir zu danken. Zwar werde ich jetzt von hier fortgehen. Aber was, wenn mir ein Unglück zustößt, wie soll ich mir da helfen?« Da sagte das Pferd zu ihm: »Meine Prinzessin! Ich will dir drei Haare aus meiner Mähne schenken. Bewahre sie gut auf. Und wenn dir etwas zustoßen sollte, so nimm sie hervor und reibe sie aneinander. Dann werde ich dir sofort zu Hilfe eilen.« Das Mädchen nahm sich drei Haare aus des Pferdes Mähne und steckte sie ein. Dann verabschiedete es sich unter Tränen vom Pferd und küsste es auf beide Augen. Das Pferd tauchte in eine Rauchwolke und verschwand vor den Augen der Prinzessin. Diese machte sich daraufhin auf ihre Reise.

Das Mädchen wanderte und wanderte und kam schließlich in einer Stadt an. Dort sah es ein gewaltiges Schloss und unmittelbar daneben eine große Küche, aus deren Schornsteinen Rauch aufstieg und aus deren Tür verlockende Düfte strömten. Es wurde Abend. Sofort entnahm es seinem Bündel Reisekleidung und tauschte sie gegen sein gold- und silberverziertes Gewand. Dann schlich es sich zur Tür der Palastküche und spähte hinein. Drinnen sah es, dass die Köche in heller Aufregung waren, ihre Stirnen waren voller Schweißperlen und sie gingen von einem Herd zum anderen, von diesem Kessel zu jenem Topf und zurück. Auf vierzig Feuern standen vierzig Speisen. Unser Mädchen betrat die Küche und ging auf einen Koch zu, den sie für den Küchenmeister hielt. Es sagte: »Meister, ich sehe, Ihr habt alle Hände voll zu tun; wollt Ihr mich bei Euch als Gehilfen annehmen?« Da sprach der Koch in vorwurfsvollem Ton: »Siehst du denn nicht, wie es hier zugeht? Was sollten wir da mit dir anfangen?«, und versuchte, es beiseitezuschieben. Doch das Mädchen ließ sich nicht beirren, mischte sich unter die Helfer, machte sich über jeden Herd her, vollendete hier eine Süßspeise, dort eine Fleischspeise und hatte im Nu Ordnung hergestellt. Der Küchenmeister war so beeindruckt von der Geschicklichkeit dieses fremden Jungen, dass er ihn zum ersten Küchenhelfer machte. Unser Mädchen half also hier und half dort. Nach einer Weile wandte sie sich wieder an den Küchenmeister und sprach: »Meister, es ist so weit alles gerichtet. Doch warum kocht Ihr das Essen in solcher Aufregung?« Dieser antwortete: »Ach, mein Sohn, hättest du doch bloß nicht gefragt. Denn es verhält sich so: In diese Stadt kommt alle sechs Jahre ein Dew. Er frisst die Leber des Padischahs und geht dann wieder fort. Morgen Nacht ist es wieder so weit. Deshalb sind wir heute alle aufgeregt, denn diese Speisen sind das Totenmahl für unseren Padischah.« Als die verkleidete Prinzessin dies hörte, da biss sie sich vor Erstaunen in ihren Finger und war ganz betroffen. Aber es half nichts, die Speisen mussten zubereitet werden, und so betätigte sie sich mit den Köchen und den anderen Küchenhelfern bis zum Morgengrauen in der Küche.

Gleich am Morgen ging das Mädchen in den Palast und lief in den oberen Stockwerken umher. In einem Zimmer wurde es einer von Kopf bis Fuß in schwarze Gewänder gehüllten Sultanin gewahr. Im nächsten Zimmer bot sich ihm das gleiche Bild, selbst das Mobiliar war hier mit schwarzen Tüchern überzogen. Im dritten Zimmer, das es betrat, stand in der Mitte ein großes Bett, auf dem eine Sultanin saß, die über und über in rote Gewänder gehüllt war. Endlich fand die Prinzessin das Zimmer, in dem sich der Padischah aufhielt. Dieser war wahrlich in einem bedauernswerten Zustand: Man gab ihm Essenzen zu riechen, Ärzte und Hodschas hatten sich um ihn versammelt, doch der Elende lag halb besinnungslos in seinem Bett.

Inzwischen war es Abend geworden und dies war die Zeit, zu der der Dew erwartet wurde. Sämtliche Palastbewohner hatten sich aus Angst in kleine Ecken und Winkel verkrochen. Die verkleidete Prinzessin hatte großes Mitleid mit diesen Menschen und suchte nach einem Weg, wie sie ihnen beistehen konnte. Da fielen ihr die Haare ein, die ihr das Pferd gegeben hatte. Sie zog sie hervor, rieb sie aneinander, und im selben Augenblick erschien das Pferd aus seiner Rauchwolke. Es wandte sich an das Mädchen, scharrte mit den Hufen und sprach zu ihm: »Was wünschst du, meine Sultanin?« Das Mädchen antwortete: »Mein liebes Pferd, ich will von dir ein Schwert haben, mit dem ich einen gewaltigen Dew niederstrecken kann.« Das Pferd scharrte mit den Hufen, schüttelte seine Mähne und hatte augenblicklich ein Schwert, wie es sich die Prinzessin gewünscht hatte, hervorgezaubert. »Hier, meine Sultanin«, sprach es, »dies ist ein Schwert, welches zu solchen Dingen imstande ist. Doch schlage damit nicht zweimal auf dieselbe Stelle«, und es verschwand daraufhin wieder in einer Rauchwolke.

Das Mädchen nahm das Schwert, schlich sich unbemerkt ins Zimmer des Padischahs und suchte sich ein geeignetes Versteck, in dem sie die Ankunft des Dews abwartete. Um Mitternacht endlich entlud sich im Himmel ein donnerndes Getöse, dann wurde es ringsum pechschwarz. In der Dunkelheit wurde ein dumpfes Getrampel vernehmbar und kurz darauf stürzte ein gewaltiger Dew ins Zimmer herein. Kaum war er angekommen, lief die verkleidete Prinzessin aus ihrem Versteck hervor, rief Gottes Hilfe an und ließ ihr Schwert auf das Haupt des Dew niederfahren, worauf es sogleich vom Rumpf abgetrennt wurde und in eine Ecke des Zimmers rollte. Von dort wurde plötzlich eine Stimme hörbar, die Folgendes sprach: »O Held, beweise, dass du ein wahrer Held bist, und schlage noch einmal zu!« Doch das Mädchen ließ sich nicht darauf ein, denn es hatte sich die Mahnung des Pferdes gemerkt, und so hauchte der Dew sein Leben endgültig aus, und sein Haupt neigte sich zur Seite. Die verkleidete Prinzessin eilte zum leblosen Haupt des Dew, trennte ihm ein Ohr ab, steckte es in ihre Tasche und eilte aus dem Zimmer. Sie ging geradewegs in die Palastküche und nahm wie gewohnt, als ob nichts geschehen wäre, ihren Dienst auf, indem sie bald hier aushalf, bald dort.

Als der Morgen heranbrach, kam der Padischah wieder zu sich und wunderte sich darüber, dass er noch alle seine Gliedmaßen spürte. Er stand auf und wankte durch das Zimmer. Da plötzlich erblickte er die Leiche eines Ungeheuers, eines schwarzen Dews, dessen Haupt zwar abgetrennt, aber dennoch grausig anzusehen war. Der Padischah erkannte, dass es sich um den Dew handeln musste, der ihn hätte verschlingen sollen. Dann aber wunderte er sich und sagte zu sich selbst: »Wer mag diesen Dew getötet haben? Seit ich denken kann, sucht dieser Dew dieses Reich heim, und bisher hatte sich kein Held gefunden, der sich ihm in den Weg hätte stellen können.« Doch sosehr er auch darüber nachdachte, konnte er sich keinen Reim auf die Sache machen. Schließlich dankte er Gott dafür, dass er – auf welche Weise auch immer – verschont worden war, und ging hinaus. Als er vor den Palast trat, sah er, dass sein Volk sich versammelt und sein Leichentuch und einen Sarg bereitgestellt hatte. Voller Erstaunen starrten ihn seine Untertanen deshalb an, als er unversehrt und wohlbehalten vor den Toren des Palastes erschien. Sein Auftritt verschlug ihnen die Sprache, doch nach ein paar Sekunden brach jedermann in Jubelrufe aus. Alle dankten Gott dafür, dass er ihnen ihren Padischah gelassen hatte.

Endlich fing der Padischah zu sprechen an und fragte: »Wer von euch hat heute Nacht diesen Dew getötet?« Da traten einige von ihnen unverfroren zu ihm hin und gaben vor, sie seien es gewesen. Den Padischah hatte die Aussage dieser Männer zwar nicht vollständig überzeugt, doch nun konnte er nichts anderes tun, als sie reichlich mit Gold und Ländereien zu belohnen. Als dies unter seinen Untertanen bekannt wurde, taten es zahlreiche andere von ihnen den ersten Männern gleich und auch sie wurden für ihre vorgegebene Tat reichlich belohnt. Bis zu den Köchen und den Küchenhilfen erhielten sie alle Geschenke. Nur unsere verkleidete Prinzessin ließ sich nicht beschenken. Der Küchenmeister sagte: »Gehilfe, worauf wartest du? Der Padischah ist auf wundersame Weise seinem sicheren Tod entronnen, und jetzt verteilt er großzügig Geschenke an seine Untertanen. Geh auch hin und nimm dir deinen Teil!« Das Mädchen aber erwiderte: »Wenn ich vor den Padischah träte, so würde er mich sofort wegjagen.« Da riefen alle Köche: »Nein, denn er ist wie berauscht von seiner Rettung, da würde er noch nicht einmal die Ärmsten der Armen wegjagen und dir wird er sicher auch ein Geschenk geben.« So redeten sie auf das Mädchen ein, bis es schließlich nachgab und zum Padischah ging. Es trat vor den Padischah und sagte zu ihm: »Mein Padischah, ich war es, der diesen Dew heute in der Nacht getötet hat!« Doch der Padischah wollte gerade diesem schmächtigen Küchenjungen keinen Glauben schenken und wies ihn zurück, indem er sagte: »Mit welcher Kraft hättest denn du den Dew töten können?« Da zog das Mädchen das Ohr des Dews aus seiner Tasche und zeigte es dem Padischah: »Mein Padischah, wenn Ihr mir nicht glaubt, dann nehmt dieses Ohr und haltet es an das Haupt des Dews. Ihr werdet sehen, dass es davon abgetrennt wurde.« Der Padischah wollte den Worten dieses geringen Dieners noch immer nicht glauben. Doch das Ohr, das ihm gereicht wurde, glich weder dem eines Menschen noch dem eines Tieres. Damit war seine Neugier geweckt und es reizte ihn, die Probe zu machen. So gingen sie alle gemeinsam zur Leiche des Dews. Da erst bemerkte der Padischah, dass sich auf einer Seite des abgetrennten Hauptes statt eines Ohrs eine klaffende Wunde befand. Er hielt das Ohr an das Loch und musste nun zugeben, dass es genau an die Stelle passte. Da wandte er sich zum Küchengehilfen und sprach: »Mein Sohn, mein junger Held und Retter, erbitte dir von mir, was immer du willst!« Das Mädchen verhielt sich aber so bescheiden, wie es nötig war, und antwortete mit geneigtem Blick: »Mein Padischah, ich erbitte von Gott Eure Gesundheit!« Als der Padischah noch einmal fragte, wiederholte sie ihre Antwort. Da dem Untertanen Gottesfurcht und dem Herrscher Edelmut zukommt, forderte der Padischah unsere verkleidete Prinzessin ein drittes Mal auf, ihm ihren Wunsch zu nennen. Da blickte sie zum ihm auf und sagte: »Mein Padischah, Eure Gesundheit erbitte ich von Gott. Von Euch erbitte ich die Hand der Sultanin, welche in rote Gewänder gehüllt in jenem Zimmer sitzt.« Der Padischah entgegnete: »Mein Sohn! Schon so viele schöne Jünglinge haben um ihre Hand angehalten. Aber sie hat alle zurückgewiesen. An keinem wollte sie Gefallen finden. Was willst du mit einem solchen hochmütigen

Weib anfangen? Ihr Herz wirst auch du nicht erweichen können. In den anderen Zimmern findest du meine gutherzigen und umgänglichen Töchter. Welche von ihnen du auch immer zur Frau haben willst, sollst du bekommen. Und ihr sollt ein Hochzeitsfest erhalten, wie es zuvor noch keines gegeben hat!« Doch unser Mädchen war von seiner Wahl nicht abzubringen und sagte: »Mein Padischah, mein Herz hat sich in diese verliebt. Wenn Ihr sie mir in Eurer Weisheit geben wollt, so tut dies; wenn nicht, so möge Euch von Gott ein langes Leben beschieden sein. Aber eine andere will ich nicht.« Da der Padischah nichts gegen die Hartnäckigkeit dieses Jungen ausrichten konnte, ließ er seine rot gekleidete Tochter rufen. Diese erschien alsbald und stellte sich vor ihm auf. Der Padischah sagte zu ihr: »Meine Tochter, dieser Jüngling hier hat um deine Hand angehalten. Ich habe ihm meine Erlaubnis gegeben, denn er hat mich vor einem schlimmen Ende bewahrt, indem er den schwarzen Dew getötet hat. Wirst du ihn annehmen?« Seine Tochter sprach: »Mein Vater, gebt mir einen Tag Bedenkzeit. Ich will heute Nacht um Gottes Rat beten und werde Euch morgen meine Antwort geben.« Der Padischah räumte ihr die erbetene Frist ein, und die rot gekleidete Sultanin begab sich wieder in ihr Gemach.

Unsere verkleidete Prinzessin witterte ein Geheimnis hinter dem Wunsch der rot gekleideten Sultanin und nahm sich vor, dem auf den Grund zu gehen. Als es Nacht wurde und das gesamte Palastvolk sich zurückgezogen hatte, ging sie heimlich zum Zimmer der anderen und spähte durch das Schlüsselloch, um zu sehen, was sich drinnen abspielte. Sie sah, dass die

Sultanin aufgeregt im Zimmer hin und her ging und diese und jene Arbeit verrichtete. Dann stellte sie in die Mitte des Zimmers ein goldenes Wasserbecken und goss Wasser hinein. Im selben Augenblick flog eine Taube zum Fenster herein, hüpfte in das Becken und schüttelte sich. Und als sie noch mehr Wasser dazugoss, streifte die Taube nach und nach ihr Gefieder ab und verwandelte sich schließlich in einen schönen Jüngling. Das rot gekleidete Mädchen trat zu ihm und sagte: »Ach, du mein Geliebter! Heute hat mein Vater, der Padischah, mir eröffnet, dass er mich einem Küchenjungen zur Frau geben will. Ich wusste mir keinen Ausweg und bat daher um einen Tag Bedenkzeit, um mich mit dir zu beraten. Was sollen wir nur anfangen?« Der Jüngling antwortete: »Meine Sultanin, sei unbesorgt, denn ich weiß einen Weg, wie wir diesen Jungen loswerden: An dem und dem Ort gibt es einen Spiegel, der von den Dews bewacht wird. Niemandem ist es bisher gelungen, diesen Spiegel zu holen, denn niemand fand den Mut dazu. Diesen Spiegel mache morgen zur Bedingung für deine Einwilligung, denn auch diesem Küchengehilfen wird es nicht gelingen.« Der Küchengehilfe aber, unsere verkleidete Prinzessin, hörte von draußen alles mit.

Als es gegen Morgen ging, hatten die rot gekleidete Sultanin und ihr Geliebter ihre Beratung beendet und ihren Beschluss gefasst. Jetzt stieg der Jüngling wieder in die Wanne, verwandelte sich in die Taube und flog wieder zum Fenster hinaus. Die Sultanin allerdings ging sofort zum Padischah und sagte zu ihm: »Mein Vater, an dem und dem Ort befindet sich ein Spiegel, der von den Dews bewacht wird. Wenn dieser

Jüngling ihn bringt, will ich seine Frau werden, wenn nicht, so nicht.« Sogleich ließ der Padischah unseren Jüngling herbeirufen und sagte zu ihm: »Mein Sohn, habe ich es dir nicht vorausgesagt? Dieses Mädchen treibt ein Spiel mit dir! Jetzt fordert sie einen Spiegel von dem und dem Ort. Wenn du ihn bringst, dann wird sie deine Frau.« Da antwortete unsere verkleidete Prinzessin: »Mein Padischah, wenn dies Euer Befehl ist, so will ich gleich losreiten und den Spiegel holen.« Dem Padischah schenkte die beherzte Antwort des Jünglings einen Funken Hoffnung, und er sprach: »Nun denn, mein Junge, so reite los und beweise dich der Welt!«

Die verkleidete Prinzessin entfernte sich alsbald vom Palast und rieb die Haare ihres Pferdes aneinander. Das Pferd erschien sofort und fragte unser Mädchen: »Was wünschst du, meine Sultanin?« Diese antwortete: »Ach, mein liebes Pferd! Ich habe um die Hand einer der Töchter des Padischahs angehalten. Sie aber hat sich ausbedungen, dass ich ihr zunächst einen bestimmten Spiegel bringe, der an dem und dem Ort von den Dews bewacht wird. Diesen Spiegel will ich haben. Doch ist es bisher niemandem gelungen, ihn zu holen. Nun benötige ich deine Hilfe, denn außer dir und Gott habe ich keinen Beistand auf dieser Welt!« Das Pferd sagte: »Meine Sultanin, sei ohne Sorge! Steig auf meinen Rücken und halte dich gut fest!« Kaum war das Mädchen den Worten des Pferdes gefolgt, so preschte es gleich los und lief so schnell wie der Wind.

Nach einiger Zeit kamen sie zu einem hohen Berg und hielten an. Das Pferd sagte zu dem Mädchen: »Meine Prinzessin, ich habe dich bis hierher gebracht.

Nun steige auf diesen Berg und folge der Spur zur Höhle der Dews. Finde die Höhle und prüfe von einem versteckten Ort, ob die Augen der Dews geöffnet oder geschlossen sind. Sind sie geschlossen, so wachen sie; halten sie ihre Augen aber geöffnet, so weißt du, dass sie schlafen. Wenn dem so ist, geh vorsichtig hinein, und du wirst den Spiegel sehen, der über ihren Häuptern hängt. Nimm ihn schnell ab, und entferne dich aus der Höhle, ohne zurückzublicken!« Unsere verkleidete Prinzessin tat, wie ihr das Pferd geheißen hatte und machte sich auf den Weg. Sie stieg auf den Berg, suchte und fand die Höhle der Dews und beobachtete sie eine Weile. Da die Augen der Dews geöffnet waren, wusste sie, dass sie schliefen, und begab sich in die Höhle. Dort nahm sie den Spiegel, drückte ihn an sich, ohne hineinzusehen, und lief augenblicklich wieder hinaus. Während sie zum Pferd zurücklief, erwachten die Dews aus ihrem Schlaf und bemerkten sofort, dass der Spiegel entwendet worden war. Sie hefteten sich an die Fersen der Prinzessin und riefen ihr zu: »He, du Jüngling, sieh einmal her! Wir haben dir ein Angebot zu machen, wenn du uns unseren Spiegel zurückbringst!« Doch unsere Prinzessin ließ sich nicht beirren und lief weiter. Und so halfen auch die Felsbrocken nicht, die die Dews hinter ihr herwarfen. Die verkleidete Prinzessin erreichte das Pferd, schwang sich auf den Sattel und beide machten sie sich geschwind auf den Weg zurück zum Palast. Die Dews schimpften und schrien weiter, doch letztlich mussten sie erkennen, dass ihr Spiegel unwiederbringlich verloren war.

Die Prinzessin kam mit dem Pferd nach kurzer Zeit in der Nähe des Palastes an und stieg ab. Sobald sie mit ihren Füßen auf der Erde stand, verschwand das Pferd wie früher inmitten einer Rauchwolke. Dann begab sich unsere verkleidete Prinzessin geradewegs zum Padischah und sagte zu ihm: »Mein Padischah, hier habe ich den von Euch verlangten Spiegel gebracht.« Der Padischah ließ sogleich seine Tochter rufen und sagte zu ihr: »Sieh, meine Tochter: Dieser Jüngling hat den von dir verlangten Spiegel gebracht.« Da nahm die rot gekleidete Prinzessin den Spiegel, überlegte einen Augenblick und sprach: »Vater, gebt mir einen weiteren Aufschub. Ich will auch heute Nacht zu Gott beten und werde Euch morgen meine Antwort wissen lassen.« Der Padischah erwiderte: »Schön! So wollen wir sehen, welche List du morgen anwendest.« Damit gewährte er seiner Tochter die weitere Bedenkzeit, woraufhin sie sich wieder in ihr Zimmer zurückzog.

Unsere verkleidete Prinzessin aber wusste, was sich in dieser Nacht abspielen würde, und schaute wieder durch das Schlüsselloch. Wie in der vorherigen Nacht erschien der Geliebte der rot gekleideten Prinzessin als Taube und nahm im Zimmer seine Menschengestalt an. Seine Geliebte sagte zu ihm: »O du mein Augenlicht, meine einzige Freude! Jener elende Küchenhelfer hat den Spiegel hergebracht und mein Vater wollte mich ihm schon zur Frau geben, als ich ihn um einen weiteren Tag Bedenkzeit ersuchte, um mich mit dir zu beraten. Was nur können wir tun?« Der Jüngling war zwar überrascht von der Nachricht des entwendeten Spiegels, beruhigte aber die Prinzessin und sagte zu ihr: »Meine Sultanin, sei nicht traurig. Ich weiß eine andere Aufgabe, die du dem Küchenhelfer stellen sollst: An dem und dem Ort bewachen die Dews einen Himmelsstein. Niemand kann diesen Ort finden. Verlange morgen von diesem Jüngling, er möge dir den Himmelsstein bringen und du kannst getrost sein, dass es ihm nicht gelingen wird. Dann wird sich niemand mehr zwischen uns drängen.«

Unsere verkleidete Prinzessin hatte alles gehört, was sie wissen musste. Als es schließlich Morgen ward, verwandelte sich der Jüngling wieder in eine Taube und flog davon. Sofort begab sich die Tochter des Padischahs zu ihrem Vater und sagte: »Vater, der Jüngling soll mir von dem und dem Ort einen Himmelsstein bringen. Diesen verlange ich, dann werde ich auch seine Frau.« Dem Padischah tat der arme Küchenhelfer nun vollends leid, doch er konnte nichts gegen die Launen seiner Tochter ausrichten und ließ den Jüngling rufen, um ihm Folgendes mitzuteilen: »Mein Sohn, an dem und dem Ort bewachen die Dews einen Himmelsstein. Diesen fordert meine Tochter, wenn sie deine Frau werden soll. Wenn du dich dazu in der Lage siehst, so bring ihn her. Wenn nicht, so gib es gleich zu und ich will dir sofort eine meiner anderen Töchter geben!« Da rief unser Mädchen: »Mein Padischah, wenn dies Euer Befehl ist, so will ich gleich den Himmelsstein besorgen!« Sofort entfernte es sich erneut aus dem Palast, um mit den Haaren ihr Pferd herbeizurufen. Das Pferd tauchte aus dem Nichts auf und fragte sie: »Meine Sultanin, was wünschst du?« Die verkleidete Prinzessin trug ihr Anliegen vor: »Mein liebes Pferd, auch heute habe ich um die rot gekleidete Prinzessin angehalten und wieder hat sie eine Bedingung gestellt. Jetzt will sie, dass ich den Himmelsstein herbeibringe, der sich an dem und dem Ort befindet und von den Dews in einer Höhle bewacht wird. Doch niemand kann zu diesem Ort gelangen, und falls doch, dann kann er die Höhle nicht finden. Selbst wenn er es bis zur Höhle geschafft hat, kann er den Stein nicht von dort wegtragen. Nun bist du meine letzte Hoffnung.« Das Pferd tröstete seine Herrin sogleich: »Meine Prinzessin, sei nicht mehr verzweifelt, denn ich werde dich gleich zum besagten Ort bringen. Steig auf, und halte dich gut fest an meinem Hals.« Gesagt, getan! Unsere Prinzessin schwang sich wieder auf ihr Pferd und beide brausten davon.

Nach einiger Zeit kamen sie am Fuß eines Bergs an, der war so hoch, dass dessen Gipfel zu sehen kein Auge imstande war und den zu besteigen keine Beine genügend Kraft besaßen. Unsere beiden machten dort halt. Nachdem das Mädchen abgestiegen war, wies ihm das Pferd einen Weg und sagte: »Meine Sultanin, folge diesem Weg dort und er wird dich zur Höhle der Dews führen. Wenn du dort angekommen bist, so prüfe zunächst, ob ihre Augen geöffnet oder geschlossen sind. Bedenke, dass sie schlafen, wenn ihre Augen geöffnet sind. Dann geh vorsichtig in die Höhle hinein, und du wirst in einer Nische in der Wand den Himmelsstein sehen. Nimm ihn, und verlasse die Höhle, ohne auch nur eine Sekunde zu zögern, sonst wird dies dein letzter Tag sein. Bedenke weiterhin, meine Prinzessin, dass, wenn die Dews erwachen und dich verfolgen, sich jede Verwünschung, die sie dir zurufen, erfüllen wird. Und nun geh, ich habe dir den Weg gezeigt. Möge Gott dich leiten!«

Die verkleidete Prinzessin begab sich nun auf den Weg, den ihr das Pferd gewiesen hatte. Sie kletterte den Berg hinauf und fand schließlich die Höhle, in der die Dews wohnten. Sie blickte vorsichtig hinein und sah, dass die Augen der Dews geöffnet waren. So konnte sie beruhigt hineingehen. Aus der Nische entnahm sie den Himmelsstein und kehrte unverzüglich um. Während sie aber den Berg hinunterlief, um mit dem Pferd wieder zurückzureiten, erwachten die Dews und bemerkten sofort den Diebstahl. Sie liefen dem Mädchen nach und sahen, dass es schon die halbe Strecke hinter sich gebracht hatte. Die Dews warfen mit Felsbrocken nach ihm, und als sie merkten, dass das Mädchen sich dadurch nicht einschüchtern ließ, begannen sie mit Flüchen und Verwünschungen: »Bei Gott, du Jüngling mit schnellen Beinen, geschickten Händen und scharfem Verstand! Wenn du ein Mann bist, so sollst du eine Frau werden, und wenn du eine Frau bist, so sollst du ein Mann werden!« So blieben sie in ihrem Zorn zurück.

Unser Mädchen jedoch kam glücklich beim Pferd an und zeigte ihm den Stein in ihren Händen. Das Pferd sagte: »Ja, dies ist der Himmelsstein, steck ihn in deine Tasche. Doch sage mir, meine Prinzessin, haben die Dews etwas hinter dir hergerufen, nachdem du die Höhle verlassen hattest? Wenn sie es getan haben, so wird sich das Gesagte erfüllen, was auch immer es war, und du wirst ihrem Fluch nicht entkommen.« Das Mädchen antwortete: »Sie riefen hinter mir drein: ›Wenn du ein Mann bist, so sollst du eine Frau werden, und wenn du eine Frau bist, so sollst du ein Mann werden!‹« Da sah das Mädchen an sich herunter und untersuchte sich selbst und – was sollte sie da sehen: Sie war zu einem Mann geworden! Als das Pferd merkte, was mit dem Mädchen geschehen war, da freute es sich und war zufrieden. Und das Mädchen sprach: »Das war der sehnlichste Wunsch, den ich hatte. Dem Herrn sei Dank, denn mein Wunsch ist in Erfüllung gegangen!« Unser Prinz, der nun ein wahrhaftiger Prinz war, bestieg sodann das Pferd, und sie ritten zurück zum Palast. Und wie unser Prinz abstieg, verschwand das Pferd wieder in einer Rauchwolke.

Der Prinz begab sich sogleich in den Palast, trat vor den Padischah und sagte zu ihm: »Mein Padischah, hier ist der Himmelsstein, den Ihr gewünscht habt.« Der Padischah freute sich sehr, dass der Jüngling auch diese Aufgabe gelöst hatte, und ließ seine Tochter rufen. Als diese erschien, sagte er zu ihr: »Meine Tochter, sieh, der Jüngling hat auch den Himmelsstein gebracht, den du von ihm verlangt hast. Welches Hindernis wirst du ihm nun in den Weg stellen?« Da errötete das Mädchen und wurde ganz verlegen. Zu ihrem Vater sprach es: »Vater, gib mir auch diese Nacht noch zu denken! Morgen werdet Ihr mein letztes Wort hören!« Der Padischah antwortete: »Sehr wohl, meine Tochter! Auch der morgige Tag wird kommen; wir haben bis hierher Geduld geübt, wir werden es auch bis morgen tun.« Dann suchte das Mädchen wieder sein Zimmer auf. Der Padischah wandte sich an unseren Prinz und sagte: »Mein Junge, du hast gehört, was meine Tochter gesagt hat. Nun geh auch du und komme morgen wieder her. Wir wollen sehen, was uns am morgigen Tag erwartet.« Mit diesen Worten entließ er den Prinzen, der sich ebenfalls zurückzog.

Auch dieser Tag wurde zur Nacht, und unser Prinz schlich sich wie zuvor an das Zimmer der rot gekleideten Prinzessin und beobachtete durch das Schlüsselloch, was sich drinnen abspielte. Wie gewohnt, stellte das Mädchen ein goldenes Wasserbecken in der Mitte des Zimmers auf und goss Wasser aus einer silbernen

Kanne hinein. Dann flog die Taube zum Fenster geradewegs ins Wasserbecken. Hier schüttelte sie sich und verwandelte sich in den Jüngling, den Geliebten der Prinzessin. Sie umarmten sich auf das innigste und dann berichtete das Mädchen: »Ach, mein Geliebter, das Licht meiner Augen! Mein Herz, jener elende Jüngling hat auch den Himmelsstein gebracht. Was soll nun aus uns werden? Mein Vater hat mir einen dritten Tag Bedenkzeit geschenkt, doch was wird nun geschehen?« Da sagte der Jüngling zu ihm: »Meine Sultanin! Das soll dich nicht bekümmern! Denn ich bin schließlich der Sohn des Herrschers über die Peris und mir sollte doch ein Ausweg in den Sinn kommen! In unserem Palastgarten steht ein Baum, an dem weinende Granatäpfel und lachende Quitten wachsen. Wenn sich jemand diesem Baum nähert, weinen die Granatäpfel bitterlich und die Quitten brechen in schallendes Gelächter aus. Deshalb kann sich niemand diesem Baum nähern! Du aber wirst dir morgen diesen Baum wünschen. Ich hingegen werde meinen Vater bitten, alle seine Soldaten zu bewaffnen und als Wache unter dem Baum aufzustellen. Wir werden Tag und Nacht warten, und sobald der Jüngling kommt, werden wir ihn dort erschlagen.« Als das Mädchen hörte, dass dieser elende Küchenjunge keine Gefahr mehr für es sein würde, war es wieder ruhig und zufrieden. Sie einigten sich also auf den erwähnten Baum als dritte Aufgabe für den Küchenjungen. Im Morgengrauen nahm der Geliebte der Prinzessin wieder seine Taubengestalt an und flog davon.

Die rot gekleidete Prinzessin ging, als es Morgen wurde, sofort zu ihrem Vater und sprach: »Mein Padischah, im Garten des Herrschers der Peris befindet sich ein Baum, an dem weinende Granatäpfel und lachende Quitten wachsen. Diesen Baum soll mir der Küchenjunge bringen. Wenn es ihm gelingt, so stelle ich keine Bedingungen mehr und werde endgültig seine Frau.« Dem Padischah blieb nichts anderes übrig, als auch diese Bedingung anzunehmen, und er rief den Küchenjungen zu sich. »Mein Sohn«, sprach er zu ihm, »aller guten Dinge sind drei und so vernehme die dritte Aufgabe, die meine Tochter dir stellt: An dem und dem Ort befindet sich der Palast des Padischahs der Peris. Im Palastgarten steht ein Baum mit weinenden Granatäpfeln und lachenden Quitten. Diesen Baum bringe her, und du sollst meine Tochter zur Frau haben.« Der Jüngling sagte zu ihm: »Mein Padischah! Ich habe die beiden vorherigen Aufgaben erfüllt, und mit Gottes Hilfe wird mir auch die dritte gelingen.«

Damit verabschiedete er sich vom Padischah, rieb die Haare aneinander und sofort erschien das Pferd. »Was wünschst du, mein Prinz?«, fragte das Pferd und der Prinz antwortete: »Ach, mein liebes Pferd! Der Padischah hat mir heute die dritte Aufgabe gestellt. Den Baum mit weinenden Granatäpfeln und lachenden Quitten aus dem Garten des Palastes der Peris muss ich beschaffen, und die rot gekleidete Prinzessin wird mein. Du warst mir bisher bei allen Aufgaben der einzige Beistand, und nun benötige ich deine Hilfe aufs Neue.« Das Pferd hielt inne und überlegte, dann aber sprach es: »Mein Prinz, dies zu bewältigen wird nicht leicht sein, doch wir wollen dorthin gehen und schauen, wie wir es anstellen können!«

Der Prinz bestieg das Pferd, und beide flogen nur so dahin. Nach einiger Zeit sahen sie eine Stadt und auf dem Weg standen drei Knaben. Vor ihnen lagen ein Hammelfell, eine Mütze, eine Peitsche und ein Pfeil. Diese vier Gegenstände waren den Knaben von ihrem Vater als Erbschaft geblieben, doch die drei Brüder konnten diese Sachen nicht untereinander aufteilen und stritten deshalb. Als das Pferd die Sachen erblickte, sagte es zu dem Jüngling, er möge die drei Knaben überlisten und sich drei der vier Gegenstände aneignen, denn sie würden noch von großem Nutzen für ihn sein. Daraufhin ging der Prinz auf die drei Knaben zu und sagte zu ihnen: »Ihr Kinder, warum streitet ihr denn?« Als die drei ihm den Grund nannten, sprach er: »Wartet! Lasst mich die Sachen unter euch verteilen!« Er nahm den Pfeil vom Boden auf und rief: »Ich werde diesen Pfeil abschießen. Wer von euch zuerst ankommt und den Pfeil an sich nimmt, dem gehört auch der Rest der Erbschaft!« Die Knaben waren damit einverstanden. Der Prinz schoss den Pfeil mit aller Kraft, derer sein Arm fähig war, ab, und die Knaben rannten hinterher. Schnell nahm der Prinz die übrigen Gegenstände und legte an deren Stelle je eine Handvoll Goldstücke hin. Dann lief er zurück zum Pferd, saß auf und beide führten ihren Weg fort. Die Knaben kamen zurück und sahen zu ihrer Freude, dass anstelle ihrer Erbstücke je eine Handvoll Goldstücke lagen, welche sie nun gerecht unter sich aufteilen konnten.

Der Prinz und das Pferd näherten sich nun dem Palast des Herrschers über die Peris. Das Pferd blieb stehen und sagte zu seinem Reiter: »Mein Prinz, es ist höchste Zeit! Diese Mütze ist eine Zaubermütze, setze sie auf, und du wirst unsichtbar werden. Dann setze dich auf das Hammelfell und schlage mit der Peitsche darauf. Das Fell wird sich in die Luft erheben und du wirst damit in den Garten fliegen und mit einem weiteren Peitschenschlag den besagten Baum herausreißen. Dann kehrst du hierher zurück!«

Der Prinz war erfreut über seine Zaubergegenstände und setzte die Mütze auf. Ohne dass ihn jemand sehen konnte, ging er in den Palast und wanderte umher. Da plötzlich sah er, wie in einem der Zimmer der Sohn des Herrschers der Peris und die rot gekleidete Prinzessin beisammensaßen. Er ging hinein und setzte sich unbemerkt neben die beiden. Nach einiger Zeit kamen die Speisen, und während das Mädchen und der Jüngling sich niedersetzten und aßen, setzte sich der Prinz auf die andere Seite des Tisches und begann ebenfalls zu essen. Die beiden anderen bemerkten, dass auch auf der anderen Seite der Platte die Speisen weniger wurden. Der Peri-Prinz sagte zu seiner Geliebten: »Meine Sultanin, dies war mein Anteil und dies deiner. Wessen Anteil aber war dies hier?« Doch das Mädchen wusste keine Antwort und beide waren verwundert.

Nachdem sie ihr Mahl beendet hatten, begaben sie sich zum Fenster und nahmen auf einer Sitzbank Platz. Zuvor hatte das Mädchen dem Sohn des Peri-Padischah ein gesticktes Taschentuch zum Geschenk gemacht. Unser unsichtbarer Prinz nahm dieses Taschentuch weg und steckte es in seine Brusttasche. Die beiden anderen bemerkten nun, dass das besagte Taschentuch verschwunden war. Sie suchten zwar im ganzen Zimmer danach, doch sie konnten es nicht finden.

Es war Abend geworden. Der Prinz bestieg nun endlich das magische Hammelfell, schlug einmal mit der Peitsche darauf und erhob sich in die Luft. Er schwebte zum Baum mit den weinenden Granatäpfeln und den lachenden Quitten, packte ihn und riss ihn mit aller Kraft, die ihm zu Gebote stand, aus der Erde. Im selben Augenblick fingen die Granatäpfel an, bitterlich zu weinen, und die Quitten lachten herzhaft drauflos. Unser Prinz erhob sich sofort gen Himmel. Als die Soldaten, die der Padischah der Peris aufgestellt hatte, sahen, wie der Baum immer weiter wegflog, stießen sie einen Schlachtruf aus und rannten los, um den Eindringling zu packen und den Baum zurückzuholen. Doch die Überraschung war allzu groß; so gerieten sämtliche Soldaten in große Unordnung, und in ihrer Verwirrung erschlugen sie sich gegenseitig.

Die Prinzessin und der Peri-Prinz schauten zum Fenster heraus. Als sie sahen, dass der Baum mit den lachenden und den weinenden Früchten immer weiter in der Ferne verschwand, merkten sie, wie es um sie stand. Der Sohn des Peri-Padischahs sagte nun zu seiner Geliebten: »Meine Sultanin! Der Jüngling hat sowohl das Geschenk, das du mir gegeben hattest, genommen, als auch den geforderten Baum aus der Erde gerissen. Er hat alle Aufgaben erfüllt. Ich bin besiegt und kann von nun an nichts mehr mit dir zu schaffen haben. Werde du nun irgendeinem zu eigen, wer immer es auch sein mag, ich muss dich verlassen!« Da lief das Mädchen mit großem Kummer aus dem Palast und begab sich zu seinem Vater.

Wir wollen nun wieder zu unserem Prinzen kommen: Er nahm den Baum, flog auf dem Hammelfell zu seinem Pferd, schwang sich auf dessen Rücken und beide traten ihren Rückweg an. Vor dem Palast angekommen, stieg der Prinz ab und lief schnurstracks zum Padischah: »Mein Padischah«, sagte er, »hier seht Ihr den Baum mit den weinenden Granatäpfeln und den lachenden Quitten; ich habe ihn Euch gebracht. Auch meine dritte Aufgabe ist gelöst.« Dem Padischah verschlug es fast die Sprache und er freute sich über alle Maßen: »Bravo, mein Sohn, das ist wahrlich eine Heldentat! Welchem besseren Mann als dir könnte ich meine Tochter geben?« Die rot gekleidete Prinzessin war verstummt und konnte kaum glauben, was mit ihr geschehen war. Dieser Jüngling hatte alle Aufgaben bestanden und war ihren Fallen entgangen. Und wie sie ihn von der Seite verstohlen betrachtete, dachte sie, dass er sich doch als wahrer Held herausgestellt hatte, und sie fand mehr und mehr Gefallen an ihm. So willigte sie denn in die Entscheidung ihres Vaters ein.

Der Padischah ließ die beiden sofort vermählen und vierzig Tage und vierzig Nächte währte das Hochzeitsfest.

Danach kehrte unser Prinz mit seiner Gemahlin zurück in das Reich seines Vaters. Sie begaben sich in den Palast und der Prinz ging zu seinem Vater und seiner Mutter und küsste den Saum ihrer Gewänder. Dann setzten sie sich alle gemeinsam nieder und der Prinz erzählte alles, was ihm zugestoßen war, eines nach dem anderen. Seine Eltern waren voller Erstaunen. Schließlich vermählten sie die Prinzessin erneut mit dem Prinzen und feierten vierzig Tage und vierzig Nächte die Hochzeit.

Auch sie haben das Ziel ihrer Wünsche erreicht, möge Gott auch uns unser Glück bescheren!

Die Geschichte vom Kristallpalast und dem Diamantschiff

Es war einmal, und doch war es keinmal. In alter Zeit gab es einmal einen Padischah, dessen Kinder früh starben.

Eines Tages wurde ihm wieder ein Kind geboren, eine Tochter. Die Eltern wollten dieses Kind nicht auch noch verlieren und beauftragten sämtliche Ärzte und Gelehrten, einen Weg zu finden, wie das Mädchen am Leben zu erhalten sei. Nach langen Beratungen kamen die Ratgeber zu einem Entschluss und teilten dem Padischah Folgendes mit: »Erhabener Gebieter, wir sind darin übereingekommen, dass es für Eure Tochter das Beste wäre, wenn sie abgeschieden von den Menschen in einer Höhle unter der Erde aufwächst. Auf der Erde ist sie ungeschützt und wäre allen Gefahren dieser Welt ausgesetzt.« Der Padischah und seine Gemahlin folgten dem Rat der Gelehrten. Bald darauf wurde an einem geeigneten Ort unter der Erde eine Höhle gegraben, in der nun das Kind mit seiner Amme, einer Kinderfrau und anderen Dienerinnen einquartiert wurde. Das Mädchen blieb fortan in der Höhle und wuchs und gedieh prächtig.

Tag um Tag, Woche um Woche, Monat um Monat, Jahr um Jahr vergingen und – um es kurz zu machen – das Mädchen erreichte sein fünfzehntes Lebensjahr und war zu einer unvergleichlich schönen und lieblichen Prinzessin mit einem außerordentlichen Verstand herangewachsen.

Eines Tages aber empfand es Langeweile in seiner unterirdischen Welt und fing an, auf der Suche nach Abwechslung in der Höhle umherzulaufen. Bald gab es keinen Winkel und keine versteckte Ecke mehr, die es nicht durchstöbert hatte. Und wie das Mädchen seinen Blick in der Höhle umherschweifen ließ, entdeckte es plötzlich eine Öffnung in der Decke. Diese war nämlich das einzige Fenster zur Außenwelt. Nun war die Neugier des Mädchens geweckt und sofort nahm es alle Sessel und Stühle, die es finden konnte, und baute sich daraus eine Treppe, über die es schließlich zur Öffnung gelangte. Es zerschlug das Fenster und streckte seinen Kopf nach draußen – und was erblickte es da! Ein endloses, schimmerndes Meer erstreckte sich vor ihr, von dessen Oberfläche die Sonnenstrahlen in tanzenden Lichtfunken zurückgeworfen wurden. Schiffe fuhren umher und am Ufer sah sie Bäume, die sich sanft im Wind wiegten und aus deren Ästen und Zweigen fröhliches Vogelgezwitscher erklang. Leuchtend grüne Wiesen waren mit Tausenden herrlich duftender bunter Blumen übersät. Das Mädchen geriet vollends in Staunen und war so überwältigt von diesem Anblick, dass es ganz benommen wurde und hinunterstieg.

Kurz darauf erschien die Kinderfrau und sah die übereinandergestapelten Möbel und die zerbrochene Fensterscheibe. Sie fand die Prinzessin, ganz in sich gekehrt und in Gedanken versunken, und fragte sie, was dies alles zu bedeuten habe. Die Prinzessin, wie aus einem Traum erwacht, blickte auf und berichtete ihr, was sie getan hatte. Dann rief sie: »Um Himmels willen, bringt mich aus dieser engen Höhle hinaus, sonst werde ich hier vor Kummer vergehen!« Die Kinderfrau verständigte sofort den Padischah und dieser ließ seine Berater zusammenrufen und fragte, was zu tun sei. Diese hielten es für angebracht, dass die Prinzessin nun Schritt für Schritt in die Außenwelt geführt wurde. So wurde die Prinzessin jeden Tag für ein paar Stunden nach draußen gebracht und nach einiger Zeit hatte sie sich vollständig an das Leben über der Höhle gewöhnt.

Eines Tages ging sie im Rosengarten spazieren und blickte von dort sinnend auf das weite Meer. Dann ging sie zu ihrem Vater und sagte: »Mein mächtiger Vater! Lasst für mich auf diesem Meer einen Palast aus Kristall erbauen. Es sollen Möbel aus Gold und Silber darin sein, mit wertvollen Intarsien und goldgewirkter Atlasseide bezogen. Einen solchen Palast wünsche ich mir von Herzen!« Der Padischah konnte seinem einzigen Kind nichts abschlagen und sprach: »Mein Kind, wenn es nur dies ist, was dein Herz begehrt, so sollst du deinen Kristallpalast haben!«

Hierauf ließ er die Baumeister rufen und gab ihnen den Auftrag, nach den Anweisungen seiner Tochter einen Kristallpalast zu erbauen. Binnen eines Jahres war der Palast errichtet. Der Padischah begab sich ans Ufer des Meeres und betrachtete den Palast, bei dessen Anblick man von seinem Glanz geblendet wurde, so prächtig war er anzusehen. Als die Prinzessin kam und sah, dass der Palast erbaut war, küsste sie ihrem

Vater die Hand, worauf dieser sprach: »Meine Tochter, hier steht der Palast, den du dir gewünscht hast. Nun ziehe mit deinen Dienerinnen und deinen Sklavinnen ein und lebe dort in Freude und Zufriedenheit!« Und mit diesen Worten übergab er ihr den goldenen Schlüssel zum Kristallpalast. Das Mädchen zog darauf mit seinem Gefolge in den Palast ein und verbrachte dort ihre Tage.

Lassen wir die Prinzessin sich an den Kostbarkeiten ihres Palastes ergehen und wenden uns dem zu, was sich vor den Palastmauern abspielte. Aus allen Richtungen strömten Menschen herbei, um den Kristallpalast zu bewundern, denn es hatte sich in Windeseile herumgesprochen, dass auf jenem Meer ein Palast von überwältigender Pracht erbaut worden war. Diese Kunde erreichte eines Tages auch den Sohn des Padischahs von Jemen. Dieser war begierig, diesen sagenhaften Palast mit eigenen Augen zu sehen, und so bat er seinen Vater, ihm eine Reise zu gestatten. »Mein mächtiger Vater«, sprach er, »der Padischah von Stambul hat auf dem Meer einen Palast errichten lassen, dessen Schönheit und Pracht mit Worten nicht zu beschreiben ist. Nun möchte ich mit Eurer Erlaubnis dorthin reisen und ihn mit eigenen Augen sehen.« Sein Vater gab ihm die Erlaubnis, der Prinz ließ sofort ein Schiff bereit machen und trat bald darauf mit einigen Gefährten seine Reise an. Sie segelten Tag und Nacht und segelten immer weiter, bis sie eines Tages in der Ferne ein leuchtendes Glänzen erblickten. »Das muss der Kristallpalast sein!«, rief der Prinz zu seinen Gefährten, und nach einigen Tagen kamen sie tatsächlich dort an. Der Prinz segelte um den Palast herum und betrachtete ihn von allen Seiten. Er traute kaum seinen Augen und fragte sich, ob dies ein Trugbild oder gar ein Traum sei. Als es gegen Abend ging, ließ er Anker werfen und hielt sich weiterhin auf der Brücke auf, um den Palast zu bestaunen.

Soll sich der Prinz nach Herzenslust in die Betrachtung des Palastes vertiefen, wir wenden uns wieder der Prinzessin zu. Diese trat ans Fenster und erblickte vor dem Palast ein Schiff. Und während sie sich fragte, wer dies wohl sein könnte, entdeckte sie den Prinzen und sah, dass er ein schöner Jüngling war, einer, der dem Mond am Vierzehnten glich und von heldenhafter Statur war. Sogleich quoll ihr Herz über vor Liebe. In diesem Augenblick hob der Prinz seinen Kopf, um sich weiter der Schönheit des Palastes zu erfreuen und sah – es verschlug ihm fast den Atem – ein über alle Maßen schönes Mädchen, das da aus dem Fenster blickte. Auch um den Prinzen war es geschehen und er fiel in Ohnmacht. Als er wieder zu sich kam, war die Prinzessin verschwunden. Da war ihm elend zumute, und er lief rastlos umher in der Hoffnung, das Mädchen noch einmal zu sehen. Endlich wurde er des Laufens müde und sank in einen tiefen Schlaf. Da aber erschien die Prinzessin wieder am Fenster, denn auch sie wollte den Prinzen noch einmal ansehen. Und wie sie ihn friedlich schlafend vorfand, da entfloh ihrem Herzen ein tiefer Seufzer und aus ihren Augen flossen stille Tränen. Ein Tropfen aus ihren Augen verirrte sich aber und fiel auf die Wange des Prinzen, der darauf erwachte und sah, wie die Prinzessin auf ihn hinunterblickte und weinte. Da verstand er, dass auch die Prinzessin ihm verfallen war. Doch er wurde von Eitelkeit und Stolz darüber übermannt und rief ihr zu: »Hier das Schiff und hier das

Segel! Und nun auf nach Jemen!« Damit gab er den Befehl, die Anker zu lichten, und fuhr in seine Heimat zurück.

Sehen wir nun, wie es um die Prinzessin stand. Diese hatte genug Tränen verströmt und endlich verstanden, was der Prinz im Sinn hatte. »Wohlan, mein Jüngling, dies also ist der Weg, den du gewählt hast«, dachte sie bei sich und trocknete ihre Tränen. Dann eilte sie zu ihrem Vater und brachte ihm eine weitere Bitte vor: »Mein mächtiger Vater«, sprach sie, »ich erbitte von dir ein Schiff. Sein Rumpf soll aus reinen Diamanten sein, die Kabinen aus Juwelen und die Masten aus Rubinen. Seine Besatzung sollen vierzig weiße Sklaven und vierzig schöne Jungfrauen sein. Ein solches Schiff wünsche ich mir, sonst vergehe ich vor Kummer!« Noch am selben Tag ließ der Padischah Juweliere und Goldschmiede und andere Meister bestellen und gab das Schiff in Auftrag. Nach Ablauf von zwei Jahren war das Schiff fertiggestellt. Die Prinzessin trat nun zu ihrem Vater, küsste ihm die Hand und sagte: »Mein mächtiger Vater! Da das Schiff nun erbaut ist, gib mir die Erlaubnis zu einer Reise, ich will auch in kürzester Zeit zurückkehren!« Ihr Vater antwortete: »Meine Tochter, ich sehe wohl, dass dich ein Kummer plagt, drum will ich dir die Erlaubnis erteilen. So fahre denn und lass deinen alten Vater nicht allzu lange mit deiner Sehnsucht leben!« Die Prinzessin rüstete sich für die Reise, ließ das Schiff klarmachen und begab sich noch am selben Tag an Deck. Am nächsten Morgen segelte sie mit ihrer Mannschaft los.

Nach monatelanger Reise fuhren sie endlich eines Abends in den Hafen von Jemen ein und verbrachten die Nacht auf dem Schiff. Ein hoher Beamter des Padischahs hörte vom Eintreffen des Schiffes und suchte es am nächsten Morgen auf. Als er es erblickte, kannte sein Staunen keine Grenzen. »Nie in meinem Leben habe ich ein solch prachtvolles Schiff gesehen«, sprach er zu sich, »wer es wohl befehligt? Möge Gott es vor neidvollen Blicken bewahren.« Damit ging er zum Padischah und berichtete ihm. Dieser wurde sofort neugierig auf das Schiff und schickte zunächst seinen Lala dorthin, auf dass er in Erfahrung bringe, woher das Schiff komme und wem es gehöre. Der Lala begab sich auf das Schiff und wurde zur Kabine unserer Prinzessin geführt. Diese gab sich als Jüngling aus und empfing ihn in Kapitänsuniform. Der Lala konnte sich gar nicht sattsehen an den edel gekleideten Menschen und der ausgesuchten Einrichtung des Schiffes. Doch dann besann er sich seines Auftrags und sprach: »Mein Herr, ich bin hier, weil mich mein Padischah schickt, um von Euch zu erfahren, wer Ihr seid und woher Ihr kommt.« Unsere Prinzessin antwortete: »Ich bin ein Kaufmannssohn aus Stambul und befinde mich auf Reisen, um mich in fremden Ländern zu bilden und zu vergnügen.« Der Lala war's damit zufrieden und kehrte wieder zu seinem Herrn zurück. Diesem berichtete er: »Mein Padischah! Dieses Schiff gehört einem Kaufmann. Der Kapitän ist ein schöner Jüngling, der dem Mond am Vierzehnten gleicht. Auf seinem Gesicht und dem seiner Matrosen ist kein einziges Haar, das ihre Schönheit trüben könnte. Dieses Schiff verdient es wahrlich, nach Herzenslust bestaunt zu werden!« Da konnte der Padischah seine Begierde, das Schiff endlich zu sehen, nicht mehr bändigen und ließ sich in seinem eigenen Boot in vollem Staat zum Diamantschiff rudern. Als unser Kapitän sah, dass der

Padischah selbst sich näherte, ließ er seine Mannschaft prächtige Kleidung anlegen und segelte ihm mit seinem Schiff entgegen, um ihm gebührenden Respekt zu zeigen. Der Padischah legte an und wurde in allen Ehren empfangen. Dann führte man ihn zum Kapitän und sie tranken gemeinsam Kaffee, zogen an der Wasserpfeife und kosteten von den im Überfluss vorhandenen Süßigkeiten. Der Padischah konnte sich nicht sattsehen an den Kostbarkeiten auf dem Schiff und der Schönheit der Besatzung. »Dies alles«, dachte er bei sich, »ist wahrlich eines Padischahs würdig.« Endlich beendete er seinen Besuch und kehrte in seinen Palast zurück.

Im Palast angekommen, erzählte der Padischah seinem Sohn vom Diamantschiff und dessen Kapitän. Der Prinz hatte bereits von dem Schiff gehört, und nachdem er von seinem Vater vernommen hatte, was für Leute sich darauf befanden, da stieg eine Ahnung in ihm auf. Doch er verspürte nun umso mehr Lust, es zu sehen. Deshalb bestieg auch er ein Boot und begab sich zum Schiff. Als der Kapitän davon in Kenntnis gesetzt wurde, dass nun der Prinz auf dem Weg zum Schiff sei, da ließ er auch diesen königlich empfangen und in seine Kabine führen. Der Prinz konnte seine Augen kaum von diesem schönen Kapitän abwenden und blickte ihn immerzu an. Doch bei aller Schönheit kam der Kapitän dem Prinzen bekannt vor, und er stellte ihm neugierige Fragen. Unsere Prinzessin verstand es aber durchaus, sich nicht zu verraten. Dann wurde es endlich Abend, und der Prinz verließ das Schiff.

Am nächsten Morgen aber ging unsere Prinzessin von ihrem Diamantschiff, mietete einen großen Konak, der sich genau vor dem Palast des Padischahs befand und richtete sich dort mit ihren Dienerinnen ein. Ihr Schiff ließ sie an eine sichere Stelle des Hafens ziehen.

Wenden wir uns wieder dem Prinzen zu. Dieser wollte am nächsten Morgen wieder auf das Diamantschiff gehen und begab sich zum Hafen – doch was sollte er da sehen! Vom Schiff war weit und breit nichts zu sehen. Da fuhr ihm ein Schmerz durch seine Brust und er befürchtete schon, der schöne Kapitän sei wieder abgereist. Doch sein Lala konnte ihn beruhigen und erzählte ihm, dass das Schiff an einer anderen Stelle stand und die Besatzung den Konak, der sich vor dem Palast befand, bezogen hatte. Da war der Prinz erleichtert und ging zum Palast zurück. Dort setzte er sich hin und betrachtete den Konak. Plötzlich erschien unsere Prinzessin an einem der Fenster. Der Prinz war verwirrt, und fast war es ihm so, als würde er gerade das Mädchen aus dem Kristallpalast sehen, doch dann fasste er sich und meinte, dieses liebliche Wesen sei vielleicht die Frau des Kapitäns. Doch wieder war es um unseren Prinzen geschehen, und die Schöne vom Fenster hatte sein Herz voll und ganz erobert. Als aber unsere Prinzessin den Prinzen erblickte, schloss sie das Fenster und verschwand. Das Feuer in des Prinzen Herzen war aber schon entfacht und wieder fand er keine Ruhe. »Wenn ich sie doch noch ein einziges Mal sehen könnte!«, rief er und jammerte und klagte bis in die Nacht hinein.

Am nächsten Morgen hielt er erneut Ausschau nach der unbekannten Schönen, doch vergeblich, sie erschien nicht mehr am Fenster. Da eilte der Prinz zu seiner Mutter und sprach: »Meine liebe Mutter, im

Konak vor unserem Palast wohnt die lieblichste Person auf Erden. Sie muss die Frau des Kapitäns vom Diamantschiff sein. Ich habe sie gestern am Fenster gesehen und werde keine Ruhe mehr finden, ehe ich sie nicht noch ein einziges Mal zu Gesicht bekomme. Bringe ihr doch diese Holzpantoffeln als Geschenk und bitte sie in meinem Namen, sie möge sich mir noch einmal zeigen.«

Die Mutter sträubte sich zunächst dagegen, der Bitte ihres Sohnes nachzukommen. Diamantschiff hin, Diamantschiff her, sie war immerhin die Frau des Padischahs und es schickte sich nicht, dass sie der Frau eines Kapitäns einen Willkommensbesuch abstattete. Aber dann sah sie, wie sehr ihr Sohn litt, und wusste, dass, wenn seine Sehnsucht nicht gestillt würde, der Kummer ihn erdrücken würde. So ließ sie sich im Konak ankündigen und begab sich dorthin. Die Herrin des Hauses aber wartete, bis ihre Dienerinnen die Gemahlin des Padischahs zu ihr führten, und bot ihr einen Platz in einer Ecke des Raums an. Die Mutter des Prinzen wunderte sich über diese Behandlung, verhielt sich aber ihrem Sohn zuliebe still. Sie war hin- und hergerissen zwischen der Schönheit ihrer Gastgeberin, dem prachtvoll eingerichteten Konak und dem ungebührlichen Verhalten, das diese schöne Person an den Tag legte. Sie überreichte nun die verzierten Holzschuhe, die sie als Geschenk mitgebracht hatte. Unser Mädchen nahm sie und übergab sie einer Dienerin, der sie auftrug, sie möge diese Schuhe in die Küche bringen und dort einer schwarzen Sklavin geben. Die Mutter des Prinzen beobachtete dies mit Befremden, doch sie hatte ihrem Sohn nun einmal versprochen, ihm zu helfen, daher ließ sie sich nichts anmerken. Dann sprach sie zu unserem Mädchen: »Mein liebes Kind, mein Sohn, der Prinz, hat den einzigen Wunsch, Eure Schönheit noch ein einziges Mal bewundern zu können. Was sagt Ihr dazu?« Unser Mädchen gab der Mutter des Prinzen mit der Hand zu verstehen, dass dies auf keinen Fall infrage käme. Darauf musste die Frau des Padischahs den Konak verlassen und sie begab sich wieder in den Palast. Dort ließ sie ihrem Zorn freien Lauf und sprach zum Prinzen: »Ich habe dein Geschenk übergeben. Aber es war gerade einmal gut genug für eine schwarze Sklavin. Und dann wollte das Mädchen überhaupt nichts von deiner Bitte wissen. Wahrlich, das ist meiner nicht würdig, drum sieh zu, wie du dich selbst von deinem Kummer erlöst!« Der Prinz wusste nicht mehr ein noch aus, zog sich zurück und jammerte und klagte sich wieder in den Schlaf.

Am nächsten Morgen ging er wieder zu seiner Mutter, küsste ihr die Hand und sagte: »Meine liebe Mutter, einmal hilf mir noch, denn ich habe niemanden sonst, der dazu imstande wäre.« Der Mutter war der elende Zustand ihres Sohnes unerträglich und so versprach sie ihm, das Mädchen ein weiteres Mal aufzusuchen. Von ihren Vorfahren war ihr eine Perlenkette von unermesslichem Wert geblieben. Die wollte sie der Herrin des Konaks überreichen. »Wir werden sehen«, sprach sie zu ihrem Sohn, »ob sie dann ihren Hochmut ablegt.« Dann begab sie sich wieder zum Konak. Dort wurde sie wie am vorigen Tag empfangen und zu unserer Prinzessin geführt. Die Mutter wiederholte die Bitte ihres Sohnes, indem sie dem Mädchen die Perlenkette gab. Das Mädchen nahm die Kette und betrachtete sie kurz. Dann stand es auf und ging zu einem Papagei in einem Käfig, der an der Decke hing. Es nahm die Perlen einzeln von der Schnur und gab sie dem Papagei zu fressen. Es war ein einziges Knacken und Knirschen, als der Vogel die Perlen mit seinem Schnabel zerkleinerte und verschlang. Die Mutter des Prinzen wollte kaum glauben, was sich vor ihren Augen abspielte. »Sieh an«, dachte sie bei sich, »hier fressen die Papageien also Perlen.« Dann erhob sie sich und verließ ohne viele Worte den Konak. Kaum war sie im Palast angekommen, als ihr Sohn schnell herbeilief, ungeduldig, zu erfahren, was sie dieses Mal erlebt habe. Seine Mutter sprach: »Mein Sohn, dieses unselige Mädchen hat die Perlen in die Hand genommen, nur um sie gleich an seinen Papagei zu verfüttern. Da wusste ich mir keinen Rat mehr und habe den Konak verlassen. Von diesem Mädchen haben wir nichts Gutes zu erwarten. Schlag es dir aus dem Kopf, mein Sohn, denn ich vermag dir nicht mehr zu helfen.« Wieder verbrachte der Prinz eine Nacht voller Qualen.

Am nächsten Morgen erwachte der Prinz noch elender als zuvor und nahm sich vor, seine Mutter ein letztes Mal um Hilfe zu ersuchen. So trat er vor sie und sprach: »Meine liebe Mutter, nur ein letztes Mal noch erbitte ich deine Hilfe. Ich habe hier einen alten, wertvollen Koran. Den bringe ihr heute als Geschenk. Vielleicht wird dies ihr Herz für mich erweichen.« Die Mutter vergaß augenblicklich das ungebührliche Verhalten des Mädchens, denn ihr Herz kannte nur Liebe und Mitgefühl für ihren Sohn. Da nahm sie den Koran und begab sich ein drittes Mal zum Konak. Sobald unsere Prinzessin die Mutter des Prinzen kommen sah, eilte sie ihr entgegen, empfing sie persönlich und führte sie hinein. Die Mutter des Prinzen konnte sich zwar nicht erklären, was diese Veränderung hervorgerufen hatte, doch sie dachte an ihren Sohn und verhielt sich still. Dann nahm sie den Koran hervor und reichte ihn dem Mädchen. Dieses nahm das Buch in die Hand, küsste es dreimal und legte es auf den höchsten Schrank im Raum. Die Mutter des Prinzen fasste endlich Zuversicht, denn das Mädchen hatte dem heiligen Buch den ihm gebührenden Platz gegeben, so dass kein anderes Buch höher lag. Die Sultanin freute sich so sehr darüber, dass sie sich mit folgenden Worten an ihre Gastgeberin wandte: »Mein liebes Kind. Der Prinz ist in einem beklagenswerten Zustand. Ihr könnt ihn davon befreien, indem Ihr ihm noch einmal Euer Gesicht zeigt. Habt ein wenig Mitleid mit ihm, meine Tochter, denn sonst muss ich befürchten, dass er sich ein Leid antut!« Unsere Prinzessin antwortete nun: »Meine liebe Herrin, wenn ich mich dem Prinzen zeige, kann es nicht auf gewöhnliche Art sein!« Die Mutter versprach ihr, alles zu tun, was sie verlange. Daraufhin sprach das Mädchen: »Richtet dem Prinzen aus, er soll eine goldene Brücke bauen lassen und diese rundherum mit Rosen ausschmücken. Wenn die Brücke fertig ist, soll der Prinz an einem Ende warten. Ich werde über die Brücke gehen, und dann wird er mich betrachten können.« Nachdem die Mutter des Prinzen diese Anweisungen gehört hatte, ging sie zu ihrem Sohn und sagte ihm, was er zu tun hatte.

Und so geschah es. Der Prinz ließ eine Brücke genau nach der Beschreibung des Mädchens erbauen: Herrlich golden und über und über mit den schönsten Rosen geschmückt stand sie nun da. Nun begab sich der Prinz an das eine Ende und ließ dem Mädchen berichten, dass alles bereit sei. Da kleidete sich unsere Prinzessin mit kostbaren Gewändern und erlesenem Schmuck an und ging zur Brücke. Sie schritt auf den Prinzen zu, der am anderen Ende bereits ungeduldig wartete. Doch dann fiel ein Rosenzweig herunter und die Prinzessin wurde von den Dornen ins Gesicht gestochen. Sie schrie vor Schmerz auf und lief in ihren Konak zurück. Der arme Prinz, der sich seinem Glück bereits so nahe wähnte, war ganz verdutzt und verstand nicht, was da am anderen Ende der Brücke vor sich ging. Als er sah, dass das Mädchen in den Konak zurücklief, wandte er sich wieder an seine Mutter und bat sie, herauszufinden, was es damit auf sich habe. Die Mutter begab sich nun wieder zur Prinzessin und fand diese krank im Bett liegend vor. »Meine Tochter«, rief sie, »was ist geschehen, dass Ihr Euch dem Prinzen nicht gezeigt habt?« Da antwortete das Mädchen: »Meine Herrin, ich wurde von den Rosendornen gestochen. Und nun will ich nichts mehr von der Brücke und von Eurem Sohn wissen!« Da rief die andere: »Mein Kind, das ist gar sehr bedauerlich. Aber was soll denn jetzt geschehen? Der Prinz steht da auf der Brücke und weiß nicht, wie ihm geschieht.« Die Prinzessin setzte sich auf und antwortete: »Wenn dem so ist, dann soll er eine andere Brücke bauen. An die Enden soll er einen goldenen und einen silbernen Leuchter aufstellen. Dann soll man ein Grab für ihn ausheben und er soll sich hineinlegen. Ich werde mich dann an sein Grab setzen und er kann sich an mir sattsehen!« Die Mutter verspürte einen jähen Zorn in sich aufsteigen, doch es half nichts, das Glück ihres Sohnes hing nun einmal von diesem Mädchen ab, und so überbrachte sie ihm die neuen Anweisungen. Der Prinz war auch dieses Mal zu allem bereit und ließ die Brücke sofort erbauen. Dann wurde ein herrschaftliches Grab für ihn errichtet und er legte sich hinein.

Lassen wir den Prinzen in seinem eigenen Grab liegen und sehen, wie es inzwischen unserer Prinzessin ergangen ist. Diese hatte in der Nacht zuvor heimlich ihr Diamantschiff aus dem Hafen ziehen und für die Rückfahrt rüsten lassen. Am Morgen war es abfahrbereit mit allen Dienerinnen und Sklavinnen an Bord. Sie aber begab sich nun zur besagten Brücke und ging geradewegs zum Prinzen, der in seinem Grab wartete. Als sie endlich bei ihm ankam, rief sie: »Hier das Schiff und hier das Segel! Und nun auf nach Stambul!« Mit diesen Worten lief sie zu ihrem Schiff und fuhr los!

Der Prinz hatte nun erraten, wer dieses schöne Mädchen war und warum es alle diese Dinge getan hatte. Da wusste er, was zu tun war, stand auf und begab sich zu seiner Mutter. »Mutter«, sprach er, »mein Leid habe ich mir selbst zugefügt. Jetzt aber kenne ich das Mittel dagegen. Ich muss nun eine Reise unternehmen und alles daransetzen, dass die Prinzessin mir vergibt, denn ich war es, der sie gekränkt und sie verlassen hat!« Die Mutter sah ein, dass sie ihren Sohn ziehen lassen musste, und gab ihm ihren Segen. Dann bat der Prinz auch seinen Vater um dessen Erlaubnis, und nachdem diese erteilt worden war, bestieg er ein Schiff und fuhr hinter der Prinzessin her.

Endlich, nach Monaten der Reise, erschien der Kristallpalast hell leuchtend und glitzernd am Horizont. Der Prinz steuerte das Schiff langsam heran und ließ, am Palast angekommen, die Segel streichen. Dann setzte er sich in ein Boot und ruderte zum Palast. Die Prinzessin hatte bereits gesehen, dass er eingetroffen war, empfing ihn vor dem Palast und führte ihn hinein. Endlich war die Gelegenheit gekommen, da sie sich aussprechen konnten. Der Prinz konnte nicht mehr an sich halten und sprach: »Meine Prinzessin, warum hast du mir und meiner Mutter all diese Dinge angetan? Wie eine Bettlerin kam sie an deine Tür, ich ließ mich sogar lebendig zu Grabe legen. Am Ende hast du mich trotzdem verlassen und bist abgereist!« Da antwortete die Prinzessin: »Und doch hast du mich zuerst verlassen! Hast du vergessen, wie du, meinen Palast bewundernd, auf deinem Schiff lagst und wie meine Tränen auf dein Gesicht fielen? Du hast mir mein Herz gestohlen, nur, um von mir fortzugehen und mich in meinem Kummer allein zu lassen!« Da erkannte der Prinz von neuem, dass er ihrer beider Leid zu verantworten hatte, und bat seine Geliebte, ihm zu vergeben. Die Prinzessin tat es von ganzem Herzen und endlich fielen sich die Liebenden in die Arme.

Alsbald begab sich die Prinzessin zu ihrem Vater und berichtete ihm, wer da gekommen sei und was sich ereignet hatte. Der Padischah war erstaunt über das, was er da hörte, doch seine Erleichterung über den glücklichen Ausgang des Ganzen war größer und so ließ er am folgenden Tag die Hochzeit seiner Tochter mit dem Prinzen von Jemen ausrufen. Vierzig Tage und vierzig Nächte feierten sie in Freude und Ausgelassenheit.

Unser Märchen hat hier sein Ende: Sie haben das Ziel ihrer Wünsche erreicht, und uns möge das Gleiche beschert sein!

Der Pferdeprinz

Es war einmal, und doch war es keinmal. Es war einmal ein Padischah, der hatte drei Söhne und eine Tochter. Eines Tages wurde der Padischah krank und fühlte, dass sein Ende nahte. Da ließ er seine Söhne um sein Lager kommen und sprach zu ihnen: »Meine Söhne, ich werde bald sterben, und es ist mein Wunsch, dass ihr eure Schwester demjenigen zur Frau gebt, der als Erster um sie anhält, sobald ich nicht mehr bin.« Dann starb der Padischah und sein ältester Sohn bestieg an seiner Stelle den Thron.

Es währte nicht lange, als eines Tages ein Derwisch erschien und um die Hand der Schwester des Padischahs anhielt. Der junge Herrscher aber gedachte nicht der Worte seines verstorbenen Vaters, sondern verweigerte dem Derwisch seine Schwester und jagte ihn fort. Ein paar Tage später versuchte der Derwisch erneut sein Glück – doch auch dieses Mal wurde er nicht erhört und mit Schlägen aus dem Palast vertrieben. Tags darauf aber kam ein Dew und wollte die Prinzessin zur Frau. Die beiden älteren Brüder wollten ihre Schwester auch dem Dew nicht geben. Da aber ermahnte sie der jüngste von ihnen und sagte: »Meine

Brüder, es war der Letzte Wille unseres Vaters, dass wir unsere Schwester demjenigen geben sollten, der als Erster um sie anhält. Ihr aber jagt jeden davon, der ein solches Anliegen äußert.« Die beiden älteren aber wollten gar nichts davon wissen und vertrieben auch den Dew.

Eines Tages ging das Mädchen im Palastgarten spazieren. Da flog plötzlich ein gewaltiger Vogel geradewegs auf sie zu, packte sie und erhob sich mit seiner Beute wieder in die Lüfte. Der Dew hatte sich nämlich in einen Vogel verwandelt und die Prinzessin geraubt, nachdem ihre Brüder sie ihm nicht zur Frau gegeben hatten. Da entstand ein Weinen und Jammern, als man merkte, dass die Prinzessin vom Dew entführt worden war. Und die beiden Brüder machten dem Padischah Vorwürfe, da er das Werben des Derwischs nicht angenommen hatte, obgleich ihr Vater ihnen aufgetragen hatte, die Prinzessin dem Ersten zu geben, der sie verlangte. Der junge Padischah aber konnte die Vorwürfe nicht mehr ertragen, und so erklärte er, er wolle ausziehen, um seine Schwester zu finden und aus der Gewalt des Dews zu befreien. Dann setzte er seinen mittleren Bruder auf den Thron, steckte ihm seinen Ring an den Finger und sprach: »Wenn dieser Ring dich drückt, dann weißt du, dass ich entweder tot oder in Gefahr bin. Wenn du es vermagst, komm, um mir beizustehen.« Mit diesen Worten zog er fort.

Es verging kurze Zeit, da empfand der neue Padischah einen Schmerz an seinem Finger. Da wusste er, dass er seinem Bruder zu Hilfe eilen musste. Er übergab sofort den Thron und den Ring seinem jüngsten Bruder, instruierte ihn, wie es zuvor der ältere getan hatte und nahm Abschied. So blieben der Padischah und seine alte Mutter allein im Palast zurück. Doch es verging nur kurze Zeit, als auch der jüngste den Druck des Ringes zu spüren bekam. Da hielt er es nicht mehr im Palast aus und erklärte seiner Mutter, dass er sich jetzt auf die Suche nach seinen beiden Brüdern begeben müsse. Er übergab ihr den Ring und ließ sie allein zurück.

Die alte Sultanin wartete Monat um Monat auf ihre Kinder, doch weder kamen diese noch erhielt sie Nachricht von ihnen. Eines Tages aber verspürte auch sie einen Druck am Finger, und da war sie gewiss, dass auch ihr jüngster Sohn in Gefahr geraten war. Sie dachte bei sich: »Was soll ich alte Frau hier allein ausrichten? Alle meine Kinder sind fort und es ist ihnen ein Leid geschehen. Ich werde gleichfalls ausziehen und sie entweder finden oder sterben.« Sie ging sofort in den Stall, ließ ein altes Pferd satteln und ritt in die Welt hinaus.

Sie ritt Tag und Nacht, über Stock und Stein und binnen kurzer Zeit hatte sie sich in einem Felsental verirrt und fand keinen Weg mehr hinaus. Da schwand ihr jede Hoffnung, ihre Kinder jemals wiederzusehen, und vor Erschöpfung ließ sie sich auf die Erde fallen. Sie hatte keinen Proviant mehr und verhungerte und verdurstete fast, als ihr Pferd Wasser ließ. Da sie nichts anderes hatte, musste sie dieses Wasser trinken, um nicht umzukommen. Nachdem sie ein wenig geruht hatte, entdeckte sie plötzlich den Weg, den sie gekommen war. Und da sie nicht wusste, wie sie ihre Kinder finden sollte, erschien es ihr am klügsten, wieder in ihre Heimat zurückzukehren, und so trat sie den Rückweg an. Nachdem sie eine Weile geritten war, erreichte sie ihren Palast und zog dort wieder ein. Es verging

Tag um Tag, Woche um Woche und Monat um Monat. Da stellte es sich heraus, dass die Sultanin vom Wasser des Pferdes ein Kind empfangen hatte, denn ihr Bauch wurde größer und größer, bis sie schließlich eines Tages einen Sohn gebar.

Der Junge wuchs heran und überragte alle anderen Knaben in seinem Alter an Verstand und Geschicklichkeit. Eines Tages, als er elf oder zwölf Jahre zählte, nahm er mit einigen anderen Knaben am Dschirit-Spiel teil. Unser Pferdesohn war so geschickt darin, dass er den Neid seiner Mitspieler heraufbeschwor. Diese ärgerten sich und beschimpften ihn und nannten ihn »Sohn eines Pferdes«. Da ging der Junge wütend zu seiner Mutter und berichtete ihr, was die anderen Jungen ihm nachgerufen hatten. Die Sultanin versuchte ihn zu trösten, aber ihr Sohn wollte sich nicht beruhigen und verlangte von ihr, dass sie ihm sagte, wer denn sein Vater sei, sonst sei er sogar bereit, sie zu töten. Und er hatte sie auch schon zu Boden geworfen, als sie ihm endlich erzählte, was es mit seiner Geburt auf sich hatte. Da rief der Junge: »Wenn dem so ist, so muss auch ich ausziehen und meine Brüder und meine Schwester suchen und sie hierher zurückbringen, wenn sie noch am Leben sind.« Die Mutter bat ihn inständig, sie nicht auch noch zu verlassen, denn dann sei sie ja vollends ohne Kinder, doch es half nichts, der Pferdesohn wollte nicht von seinem Entschluss zurücktreten, bestieg das alte Pferd, das sein Vater war, und ritt davon.

Er ritt hierhin und dorthin und gelangte eines Tages zu einem großen Haus. Da stieg er ab und betrat das Haus, in dem sich drei junge Männer befanden, die schlimme Verwundungen hatten und von einem schönen Mädchen gepflegt und umsorgt wurden. Er war in das Haus gekommen, in dem seine Schwester und seine drei Brüder vom Dew gefangen gehalten wurden. Doch weder der Pferdesohn noch seine Geschwister erkannten einander. Der Pferdesohn fragte die Bewohner, wer sie seien. Diese antworteten: »Wir sind die Kinder von dem und dem Padischah aus der und der Stadt. Und wer bist du?« Da verstand der Pferdesohn, dass er am richtigen Ort angekommen war, und rief: »Ich bin euer jüngster Bruder!« Die vier Geschwister aber glaubten ihm nicht, doch dann holte der Pferdesohn den Ring hervor, den ihm seine Mutter als Beweis mitgegeben hatte. Als die Brüder den Ring sahen, wussten sie, dass dieser Jüngling wirklich ihr Bruder war, und hießen ihn willkommen. Nun ließ sich der Pferdesohn erzählen, was seiner Schwester und seinen Brüdern widerfahren war. Da plötzlich erbebte die Erde derart, dass das Haus erzitterte, und als ein dumpfes Gestampfe zu vernehmen war, wussten die unglücklichen Geschwister, dass der Dew sich näherte. Der Dew betrat das Haus und begrüßte seinen neuen Gast. Der Pferdesohn aber fiel nicht auf das Schmeicheln des Dews herein, sondern forderte ihn an Ort und Stelle auf, sich mit ihm auf den Platz vor dem Haus zu begeben und um seine Geschwister zu kämpfen. Seine Brüder und seine Schwester wollten ihn von seinem Vorhaben abbringen, aber der Pferdesohn ließ sich durch keine ihrer Warnungen beeindrucken, sondern begab sich mit dem Dew nach draußen. Und schon mit seinem ersten Schlag warf er den Dew zu Boden. Dieser rief aber: »Du bist wahrlich ein tapferer Kämpfer! Wenn du aber ein richtiger Mann bist, dann schlage noch einmal zu!« Aber der Prinz antwortete: »Meine Mutter hat mich auch nur einmal geboren«, und ließ den Dew liegen. So ging der Dew elend zugrunde.

Die drei Prinzen und ihre Schwester waren nun befreit. Gemeinsam ritten sie nach Hause zu ihrer Mutter und feierten ihr Wiedersehen. Die älteren Brüder boten dem Pferdesohn an, ihn zum Padischah zu ernennen, da er sich als heldenhafter als sie selbst erwiesen hatte. Doch dieser wollte nichts davon wissen. Er wolle, so antwortete er, auch die beiden Brüder des Dews aufspüren und umbringen, da diese sie früher oder später doch heimsuchen würden. Auch dieses Mal wollten ihm seine Brüder von diesem Unterfangen abraten, doch kein mahnendes Wort, kein Flehen und kein Bitten konnten den Jungen davon abbringen. Er bestieg wieder das Pferd, das sein Vater war, und nahm Abschied von den Seinen.

Er ritt über Berg und Tal, über Stock und Stein und Felder und Wiesen und traf eines Tages endlich auf eine riesige Gestalt, die Bäume aus dem Wald ausriss und sie aufeinanderschichtete. »Das muss einer der beiden Brüder des Dews sein«, dachte er bei sich und fragte ihn: »Was tust du da?« Jener antwortete: »Ich errichte mir einen Schutz, denn der Pferdesohn hat einen meiner Brüder getötet, und bald wird er hier sein, um auch mich zu töten.« – »Kennst du diesen Pferdesohn?«, erkundigte sich der Prinz. »Nein«, antwortete der Dew. Da packte der Pferdesohn den Dew an der Nase und riss sie ihm ab. »Jetzt«, sagte er dann zum Dew, »kennst du ihn!« Da verstand der Dew, dass er gerade demjenigen gegenüberstand, vor dem er sich am meisten fürchtete, und bettelte um sein Leben. Unser Jüngling verschonte ihn aus Mitleid und machte ihn zu seinem Weggefährten. So reisten die beiden zusammen weiter.

Sie zogen wieder über Berg und Tal und Stock und Stein, durch tiefe Schluchten und über hohe Berge. Eines Tages wurden sie eines Riesen gewahr, der eine Mauer aus großen Felsblöcken errichtete. Da fragte der Pferdesohn: »Was treibst du da?« Der Gefragte antwortete: »Ich errichte mir einen Schutz, denn der Pferdesohn hat einen meiner Brüder getötet, und bald wird er hier sein, um auch mich zu töten.« Der Pferdesohn erkannte, dass dies der zweite Dew war, den er suchte. Auch diesen fragte er, ob er denn den Pferdesohn kenne. Und als dieser mit »Nein« antwortete, rief unser Held: »Hier bin ich!«, und schlug ihm mit solcher Kraft auf die Schulter, dass er unter Schmerzensschreien zusammenbrach und winselnd um sein Leben bettelte. Auch mit ihm zeigte der Prinz Mitleid und machte ihn zu seinem zweiten Gefährten. Zu dritt wanderten sie weiter.

Eines Tages stiegen sie auf einen Berg, auf dem eine Schafherde ihren Weideplatz hatte. Aber die Schafe waren ohne Schäfer. Unsere drei Reisenden beschlossen, auf den Schäfer zu warten, und setzten sich hin. Die Stunden gingen dahin, doch kein Schäfer ließ sich blicken. Die drei hielten dies für sehr sonderbar, doch noch immer glaubten sie, dass der Schäfer nun bald kommen müsse. Dann aber, als die Abenddämmerung hereinbrach, stellten sich die Schafe wie von einer unsichtbaren Hand geführt in Reih und Glied auf und verließen die Weide. Der Pferdeprinz und seine Gefährten waren nun neugierig zu wissen, was es mit diesem Schauspiel auf sich hatte, und so folgten sie den Schafen. Wie sie nun so hinter der Herde hergingen, kamen sie in eine Höhle, in der sich allerlei Hausrat befand, die aber menschenleer war. Da sie von ihrer Reise müde und hungrig waren, fanden sie dies ein gutes Nachtlager und schlachteten eines der Schafe und verspeisten es. Dann begaben sie sich zur Ruhe.

Am nächsten Morgen trug der Pferdeprinz einem der Dews auf, in der Höhle zu bleiben und das Essen vorzubereiten, während er selbst mit dem anderen wieder mit den Schafen auf die Weide ging. Der Dew behielt eines der Schafe in der Höhle, schlachtete es und tat es in einen Kessel. Während das Fleisch im Kessel schmorte, erschien auf einmal eine alte bucklige Frau, eine Hexe, in der Höhle. Sie trat zum Dew und sagte: »Mein Sohn, gib mir ein bisschen Fleisch zu essen.« Der Dew merkte nicht, dass sie eine Hexe war, und drehte sich um, um ein Messer zu nehmen und der Frau etwas Fleisch abzuschneiden. Doch da schnappte sich die Hexe das ganze Schaf und lief aus der Höhle hinaus. Der Dew blieb verblüfft und mit offenem Mund dasitzen. Als der Pferdeprinz am Abend mit dem anderen Dew und den Schafen zurückkehrte, verlangte er nach dem Schaf, doch es war nichts da. Da erzählte der Dew, was geschehen war und wie die alte Frau das Schaf gestohlen hatte. Der Pferdeprinz wurde sehr wütend und rief: »Du dummer Kerl! Du bist imstande, Bäume mit ihren Wurzeln auszureißen und kannst einer alten Frau nicht beikommen?« Doch sosehr er sich auch seinem Zorn hingeben wollte, es half alles nichts. Und so schlachteten sie ein weiteres Schaf und verzehrten es.

Am nächsten Tag blieb der andere Dew in der Höhle, um ein Schaf zuzubereiten. Und als der Pferdesohn abends heimkehrte, musste er erfahren, dass es auch diesem Dew nicht anders ergangen war als seinem Bruder. Unser Jüngling wurde wieder sehr wütend und rief: »Große Felsbrocken bist du in der Lage zu bewegen; kannst du da nicht eine schwache Frau davonjagen?« Doch was nutzten schon Schimpfen und Schreien; es wurde wieder ein neues Schaf geschlachtet und gegessen.

Am dritten Tag beschloss der Pferdesohn, selbst in der Höhle zu bleiben und das Essen zuzubereiten. Kaum hatte er den Kessel mit dem Schaf darin auf das Feuer gestellt, als die Alte auch schon erschien und um Fleisch bat. Er aber hieß sie, das Schaf zu halten, damit er ihr ein Stück abschneiden könne. Aber als sie das Schaf packte, nahm der Prinz sein Messer und schlug der Hexe damit den Kopf ab. Der fiel von ihren Schultern und rollte aus der Höhle hinaus. Der Pferdesohn folgte dem Kopf, der in einen Wald rollte und schließlich in einen Brunnen fiel. Der Jüngling merkte sich den Ort und kehrte zur Höhle zurück. Dort waren inzwischen seine Gefährten angekommen und hatten den kopflosen Rumpf der Hexe entdeckt. Sie staunten sehr über die Kräfte dieses Pferdejungen und fürchteten sich noch mehr vor ihm. Als dieser wieder in der Höhle ankam, aßen sie das Schaf und legten sich schlafen.

Am nächsten Morgen führte er die beiden Dews zum Brunnen und erklärte ihnen, dass der Kopf der alten Frau hineingefallen sei und er ihn jetzt wieder herausholen wolle. Er band sich ein Seil um und gab das andere Ende den beiden Dews, die ihn damit in den Brunnen hinunterließen. Am Grund des Bodens sah er eine Eisentür, trat durch sie hindurch und fand sich zu seiner größten Überraschung in einem paradiesischen Garten. Er war von der Schönheit dieses Gartens so eingenommen, dass er um ein Haar nicht bemerkt hätte, dass inmitten des Gartens ein gläserner Pavillon stand, in dem ein Mädchen saß und mit einer Stickerei beschäftigt war. Als die Schöne ihn erblickte, fragte sie ihn, wie er denn in den Garten gelangt sei. Der Prinz erzählte ihr, was ihn auf den Grund des Brunnens und in diesen Garten geführt hatte. Da fasste das Mädchen plötzlich unter seinen Stickrahmen und zog den abgetrennten Kopf der Alten hervor. »Suchst du diesen Kopf hier? Diese Hexe war meine und meiner beiden Schwestern Mutter.« – »Das trifft sich gut, dass du noch Schwestern hast, ich habe noch Brüder, und wenn du willst, so will ich euch mitnehmen in unseren Palast.« Das Mädchen – was blieb ihm anderes übrig – willigte ein und rief seine Schwestern. Bald darauf hatten sie sich für die Reise gerüstet und gingen zur Öffnung des Brunnens, um sich von den Dews wieder nach oben ziehen zu lassen. Der Pferdesohn ließ zuerst ein Mädchen nach dem anderen hinaufziehen. Da sahen die beiden Dews, wie aus dem Brunnen drei Mädchen stiegen, eines schöner als das andere. Sie beschlossen, den Pferdesohn im Brunnen zu lassen und die Mädchen für sich zu behalten. Als darauf der Prinz aus dem Brunnen rief, sie sollten ihn hinaufziehen, war sein Rufen vergebens, denn die Dews hatten die Mädchen bereits geraubt und liefen davon.

Unser Pferdesohn erkannte, dass er von den Dews verraten worden war, und kehrte in den Garten zurück. Und wie er so dort umherging, erblickte er auf einem Baum ein Vogelnest mit Jungen, die aus Leibeskräften schrien und ziepten und aufgeregt herumflatterten. Da trat der Pferdesohn ein wenig näher heran und sah, dass sich eine Schlange am Baum entlangschlängelte und bedrohlich mit ihrer gespaltenen Zunge zischte. Sofort ergriff unser Held seinen Dolch und zerstückelte die Schlange derart, dass sie in tausend Stücken auf die Erde fiel. Von der Sonne und seiner Anstrengung ermüdet, legte er sich daraufhin unter den Baum und schlief ein. Während der Pferdesohn nun unter dem Baum lag und schlief, kam die Mutter der Vogeljungen geflogen, und wie sie den Jüngling erblickte, wollte sie gerade hinunterstürzen und ihn umbringen. Es verhielt sich nämlich so, dass die Schlange, die der Pferdesohn erledigt hatte, jedes Jahr zum besagten Baum kam und die Jungen in dem dort befindlichen Nest auffraß. Die Vogelmutter dachte nun, dass es der Schlafende unterm Baum war, der ihre Jungen umbrachte, und schoss wie ein Pfeil zu ihm herab. Doch ihre Jungen riefen ihr zu, dass dies ihr Retter sei, und wiesen auf die Reste der Schlange, die um den Baum herumlagen. Da bremste die Vogelmutter ihren Flug, flog ganz behutsam auf den Jüngling zu, um ihn nicht in seiner Ruhe zu stören. Sie breitete einen Flügel über ihm aus, um ihm Schatten zu spenden, und mit dem anderen fächerte sie ihm kühle Luft zu.

Als der Pferdesohn einige Zeit später erwachte, sprach der Vogel zu ihm: »Du junger Held, du hast meine Jungen vor der Schlange gerettet. Nun wünsche dir von mir, was auch immer du begehrst.« Der Prinz antwortete: »Ich wünsche, dass du mich aus diesem Brunnen hinaus und wieder auf die Erde bringst.« Sofort ließ der Vogel den Pferdeprinzen aufsitzen und schwang sich mit ihm in die Lüfte. Auf der Erde angekommen, trennten sich die beiden und unser Held ging seines Weges.

Der Prinz lief und lief, durchwanderte weite Ebenen und überwand hohe Berge. Eines Tages kam er in eine Stadt, und weil er vom vielen Wandern erschöpft war, ging er auf das erstbeste Haus zu und klopfte. Da öffnete eine alte Frau, und als der Junge sie fragte, ob sie ihn für diese Nacht aufnehmen würde, da antwortete sie: »Ich habe nur eine kleine Kammer, aber wenn du dich damit begnügen willst, so bist du mir willkommen.« Darauf gab ihr der Pferdeprinz eine Handvoll Gold und setzte sich nieder. Die alte Frau bereitete einige Speisen zu und gemeinsam aßen sie. Und während sie so aßen und über dies und jenes sprachen, da war von der einen Seite des Hauses ein solch klagendes Weinen und Jammern zu hören, dass es einem das Herz zerriss. Unser Jüngling fragte die alte Frau, was es damit auf sich habe. Da fing die alte Frau zu erzählen an: »Mein Sohn, in unserem Land gibt es nur eine einzige Quelle. Sie spendet nur einmal im Jahr Wasser, und zwar nur dann, wenn ein Drache kommt und sich bei der Quelle niederlegt. Und jedes Jahr fordert dieser scheußliche Drache als Belohnung ein Menschenopfer. In diesem Jahr nun soll ihm die Tochter des Padischahs geopfert werden. Und deshalb weinen und klagen die Leute.« Der Prinz hörte zu, was die Frau zu berichten hatte, sagte aber nichts dazu. Nach einer Weile hörte er von der anderen Seite des Hauses eine lustige Gesellschaft lachen und singen. »Und was ist das für ein Treiben hier auf der anderen Seite?« fragte er die Frau. »Auf dieser Seite wird eine Hochzeit gefeiert. Dort sind vor nicht allzu langer Zeit zwei Männer eingezogen, bei dem einen fehlt die Nase und der andere hat eine eingedrückte Schulter. Sie haben drei Feenmädchen, drei Peris, bei sich und heute findet die Hochzeit statt.«

Als unser Pferdeprinz dies alles erfuhr, da wusste er sogleich, dass er die Verräter gefunden hatte. Er zog einen Ring von seinem Finger, den er von der jüngsten und schönsten der Schwestern erhalten hatte, als er sich im Brunnen mit ihr verlobt hatte. Er sprach: »Mütterchen, nimm diesen Ring und gehe morgen zur Hochzeitsgesellschaft. Dort setze dich neben das jüngste der Mädchen, und wenn es sich anschickt, dir die Hand zu küssen, so sage ihm, es solle es nicht tun, und zeige ihm diesen Ring. Und wenn es dich fragt, woher du denn den Ring hast, so antworte ihm, dass ich in deinem Hause bin.«

Am nächsten Morgen ging die Frau, wie es ihr der Pferdeprinz aufgetragen hatte, zur Hochzeit und setzte sich neben das jüngste der Feenmädchen. Dieses wollte ihr zur Begrüßung die Hand küssen, doch die alte Frau wehrte ab, zeigte ihr aber den Ring. Das Mädchen erkannte den Ring sofort und fragte die Frau aufgeregt, wie sie denn in den Besitz dieses Ringes gekommen sei. Die Alte antwortete: »Mein Kind, der, den du suchst, ist in meinem Haus. Jetzt aber verhalte dich ruhig und warte ab.«

Lassen wir die beiden auf der Hochzeit verweilen und wenden uns dem Prinzen zu. Der hatte sich am Morgen auf den Weg zu der Quelle gemacht, um zu sehen, was mit der Prinzessin geschah, die dem Drachen übergeben werden sollte. Er kam zu einem Platz, auf dem eine große Menschenmenge vor einem Zelt stand, das man für die Prinzessin errichtet hatte. Darin sollte sie auf den Drachen warten. In einiger Entfernung sah er auch, dass die Prinzessin mit einem Gefolge zum Zelt geführt wurde. Der Pferdeprinz schlüpfte heimlich in das Zelt, und als die Prinzessin hineingeführt wurde und ihn erblickte, da erschrak sie sehr und bat den Jüngling, doch zu fliehen, oder er würde auch vom Drachen aufgefressen werden wie sie selbst. Doch unser Held nahm sein Schwert, stellte sich an den Eingang des Zeltes und wartete. Da streckte das Ungetüm auch schon seine sieben Häupter durch die Tür und wollte nach der Prinzessin greifen, als ihm der Pferdeprinz mit einem Schwerthieb alle seine Häupter abschlug. Dann führte er die Prinzessin aus dem Zelt hinaus und übergab sie den dort versammelten Leuten, auf dass sie sie zurück in den Palast brachten. Mit fröhlichen Rufen und unter Freudentränen geleitete man die Prinzessin zu ihrem Vater. Der Pferdeprinz ließ den toten Drachen bei der Quelle begraben, auf dass ihr Wasser wieder fließe, denn sonst wäre sie für immer versiegt.

Unseren Prinzen zog es aber wieder in das Haus der alten Frau, damit er sehen könne, wie es um das Mädchen aus dem Brunnen stand. Die alte Frau hatte das Mädchen in einem günstigen Augenblick von der Hochzeitsgesellschaft entfernt und unbemerkt in ihr Haus gebracht. Als der Pferdeprinz ins Haus kam, ließ er sich berichten, was die beiden Dews am Brunnen getrieben hatten. Und nachdem das Mädchen mit seinem Bericht zu Ende war, ging der Pferdeprinz hin und tötete auch die beiden Dews. Die beiden anderen Schwestern aber führte er ebenfalls in das Haus der alten Frau.

Lassen wir nun den Pferdeprinzen und die drei Schwestern bei der alten Frau sitzen und wenden uns dem Padischah zu, dessen Tochter vor einem bösen Schicksal bewahrt worden war. Dieser wollte unbedingt den Retter seiner Tochter sehen und ließ ihn suchen. Doch es war weit und breit keiner zu finden, der zugab, den Drachen getötet zu haben. Da befahl der Padischah, dass alle Männer der Stadt an seinem Palast vorbeiziehen sollen, damit seine Tochter aus ihren Reihen denjenigen erkenne, der sie vor dem Drachen gerettet hat. So zog das ganze Volk am Palast vorbei und es waren nicht mehr viele übrig, als die alte Frau auch unseren Helden hinschickte. Und sobald die Prinzessin den Jüngling erblickte, erkannte sie ihn als ihren Retter. Der Padischah ließ unseren Pferdeprinzen zu sich rufen und sprach: »Du hast meine Tochter gerettet und uns von einem bösen Fluch befreit. Und wenn es auch dein Wille ist, so gebe ich sie dir zur Frau.« Unser Held sah, dass die Prinzessin noch schöner war als das Feenmädchen, und da er sein Herz an sie verloren hatte, antwortete er: »Mein Padischah, Euer Wunsch sei mir Befehl.« Und so führte er auch seine Braut in das Haus der alten Frau.

Am nächsten Tag verabschiedete sich unser Pferdeprinz mit einer weiteren Handvoll Gold von seiner Gastgeberin und machte sich mit seiner Prinzessin und den drei Feenschwestern endlich auf den Weg in seine Heimat. Dort angekommen, gab er die älteste Schwester seinem ältesten Bruder zur Frau, die mittlere seinem mittleren Bruder und die jüngste dem jüngsten Bruder. Er aber vermählte sich mit der Prinzessin, und sie feierten vierzig Tage und vierzig Nächte ihre Hochzeit und lebten fortan in Glück und Zufriedenheit.

Bruder und Schwester

Es war einmal, und doch war es keinmal. Es war einmal ein Padischah, der hatte einen Sohn und eine Tochter. Der Padischah wurde alt und starb eines Tages. Nach ihm wurde sein Sohn auf den Thron gesetzt. Dieser aber war noch unerfahren in den Staatsgeschäften und hatte nach einiger Zeit sein ganzes Vermögen aufgebraucht. So sprach er eines Tages zu seiner Schwester: »Liebste Schwester, ich habe all unser Vermögen verzehrt; wenn das Volk erfährt, dass wir jetzt ohne Geld dastehen, wird man uns von hier fortjagen. Ich aber könnte die Schande nicht ertragen. Deshalb lass uns allen zuvorkommen und von hier fliehen.« Die Schwester wusste auch keinen anderen Ausweg, und da sie sonst keine Angehörigen hatten, willigte sie ein. Sie machten sich für die Reise fertig und verließen heimlich in der Nacht den Palast.

Während sie so ihres Weges zogen, gelangten sie auf eine große Ebene. Hitze und Staub setzten ihnen so sehr zu, dass sie kaum weitergehen konnten. Der Bruder war so geschwächt, dass er drohte, in Ohnmacht zu fallen. Da erblickte er auf der Erde eine Pfütze und sprach zu seiner Schwester: »Meine Schwester, keinen

Schritt gehe ich weiter, bevor ich von diesem Wasser getrunken habe!« – »Mein Bruder«, erwiderte das Mädchen, »halte noch ein wenig durch, denn das Wasser ist ungenießbar. Lass uns weitergehen, bis wir sauberes Wasser gefunden haben!« Aber der Bruder achtete nicht auf seine Worte und rief: »Nein, ich kann mich kaum noch auf den Beinen halten. Und wenn es das Letzte ist, was ich tue, ich werde dieses Wasser trinken!« Und damit hatte er sich auch schon auf die Erde geworfen und seinen Mund ins Wasser getaucht. Er trank und trank – und plötzlich verwandelte er sich in einen Hirsch!

Da weinte und klagte seine Schwester bitterlich und rief: »Da siehst du, was du angerichtet hast! Warum hast du meine Worte nicht erhört? Was wird nun geschehen?« Aber sie konnte es nicht mehr ändern, und so gingen sie weiter ihres Weges über die Ebene, bis sie bei einer Quelle und einem großen Baum ankamen. Dort wollten sie eine Rast einlegen. Da trat der Hirsch zu seiner Schwester und sprach: »Meine Schwester, klettere auf diesen Baum, dort bist du sicher; ich will derweil ein wenig umherlaufen und nach etwas Essbarem suchen.« Das Mädchen tat, was ihm der Bruder geraten, und stieg auf den Baum. Der Hirsch machte sich auf die Suche und erlegte einige Hasen, die er seiner Schwester brachte, welche sie zubereitete. So verbrachten sie einige Zeit.

Eines Tages erschienen die Stallknechte des Padischahs jenes Landes und wollten dessen Rosse aus der Quelle, die sich unter dem Baum befand, tränken. Sie füllten ihre mitgebrachten Tröge und führten die Tiere unter den Baum. Als diese trinken wollten, da spiegelte sich das Gesicht des Mädchens im Wasser. Die Pferde scheuten und weigerten sich zu trinken. Die Knechte glaubten zunächst, dass das Wasser unrein sei, und füllten die Tröge mit frischem Wasser. Aber die Rosse liefen immer wieder zurück. Die Knechte konnten sich keinen Reim auf das sonderbare Verhalten der Tiere machen, kehrten zum Palast zurück und berichteten dem Padischah, was sich an der Quelle zugetragen hatte. Der Padischah fragte, ob sie denn das Wasser untersucht hätten. Und als die Knechte bejahten und ihm sagten, dass die Pferde auch dann nicht getrunken hatten, da schickte sie der Padischah wieder zurück und trug ihnen auf, die Gegend gründlich zu durchsuchen und zu finden, was die Tiere verschreckt haben könnte.

Die Knechte kehrten sofort zurück und ließen keinen Stein auf dem anderen, doch sie fanden nichts. Aber als sie die Quelle untersuchten, da erblickten sie das Bild des Mädchens, das sich im Wasser spiegelte. Dann sahen sie hinauf und wussten nun, was der Grund für die Scheu der Pferde war. Sofort benachrichtigten sie den Padischah, der sich sogleich zur Quelle begab und dort, wie er seinen Blick hob, ein Mädchen sah, das dem Mond am Vierzehnten glich und dessen Lieblichkeit und Anmut ihn fast um den Verstand brachte. »Bist du ein In oder ein Dschinn?«, fragte sie der Padischah. – »Ich bin weder ein In noch ein Dschinn, sondern ein Menschenkind wie du«, antwortete das Mädchen. Der Padischah bat es nun, vom Baum herabzusteigen, doch das Mädchen blieb oben. Und wie sehr der Padischah auch flehte, wie sehr er sie auch zu locken versuchte, welche Überredungskünste er auch anwandte – es war vergebens: Das Mädchen bewegte sich keinen Zoll. Da wurde der Padischah wütend und befahl, den Baum sofort zu fällen. Seine

Männer nahmen nun die Äxte hervor und hieben auf den Baum ein. Es wurde bereits dunkel und die Männer waren immer noch mit dem Baum beschäftigt. Als aber endlich die Nacht hereinbrach, da hörten sie auf und wollten am nächsten Tag vollenden, was sie begonnen hatten. Nachdem sie fortgegangen waren, lief der Hirsch zu seiner Schwester und fragte sie, was das alles zu bedeuten habe. Das Mädchen erzählte ihm alles, und da sprach der Hirsch: »Du hast klug gehandelt, meine Schwester! Wenn der Padischah dich wieder bittet, steige auch dann nicht herab.« Dann ging der Hirsch um den Baum herum und beleckte ihn dabei mit seiner Zunge – und siehe da! Die Rinde schloss sich und der Baumstamm wurde sogar noch dicker, als er es zuvor gewesen war.

Am nächsten Morgen ging der Hirsch wieder weg, und als die Leute des Padischahs kamen, sahen sie, dass der Baum nicht nur wieder heil, sondern sogar noch kräftiger geworden war. Sie traktierten den Baum wieder mit ihren Äxten und schwitzten und schufteten, bis es wieder Nacht wurde und sie wieder heimgingen. Auch in dieser Nacht kam der Hirsch heran und beleckte den Baumstamm mit seiner Zunge, wodurch dieser wieder zusammenwuchs. Beim Morgengrauen versteckte sich der Hirsch.

Als der Padischah mit seinen Holzfällern kam und sah, dass der Baum noch dicker geworden war, da erkannte er, dass er zu anderen Mitteln greifen musste. Er begab sich sogleich zu einer Hexe und versprach ihr eine stattliche Belohnung, wenn sie ihm dazu verhalf, das Mädchen vom Baum runterzuholen. Die Hexe willigte nur zu gerne ein und machte sich gleich ans Werk. Sie nahm einen Dreifuß, einen Kessel und noch weitere nötige Zutaten und begab sich damit zur Quelle. Dort tat sie, als ob sie blind sei, stellte den Dreifuß auf die Erde und den Kessel obendrauf. Aber sie achtete darauf, dass der Boden des Kessels nach oben zeigte. Dann schöpfte sie mit geschlossenen Augen Wasser aus der Quelle und goss es neben den Kessel auf die Erde. Das Mädchen beobachtete die Alte von der Baumkrone aus und glaubte tatsächlich, dass sie blind sei. Es hatte Mitleid mit dieser Frau und rief ihr zu: »Liebes Mütterchen, dein Kessel steht verkehrt herum, das ganze Wasser fließt auf die Erde.« – »Mein liebes Kind«, begann die Alte, »wer bist du? Ich kann dich nicht sehen! Ich habe Wäsche zum Waschen hergebracht, und wenn du ein guter Mensch bist, so hilf mir dabei!« Doch das Mädchen gedachte der mahnenden Worte ihres Bruders und so blieb sie in ihrem Baum.

Tags darauf erschien die Hexe wieder. Sie zündete ein Feuer an und wollte etwas Mehl sieben. Doch statt nach dem Mehl zu greifen, nahm sie Asche und das Mädchen rief ihr zu, dass dies kein Mehl, sondern Asche sei. Darauf bat die Hexe, sie möge doch zu ihr kommen und ihr helfen. Aber das Mädchen blieb im Baum, denn sein Bruder hatte ihm am Abend zuvor noch einmal ins Gewissen geredet und ihm gesagt, es solle unter keinen Umständen vom Baum steigen.

Am dritten Tag brachte die Hexe ein Lamm mit. Dieses wollte sie schlachten. Sie nahm ein Messer, doch anstatt dem Tier die Klinge an den Hals zu legen, versuchte es die Alte mit dem Griff. Immer und immer wieder drückte sie damit auf die Kehle des Tieres. Das arme Lamm erlitt solche Qualen, dass es unser Mädchen nicht mehr ertragen konnte. Es vergaß die Warnung seines Bruders und stieg vom Baum hinab, um dem Leiden des Lämmchens ein Ende zu setzen. Doch kaum war es mit den Füßen auf der Erde angekommen, da packte es auch schon der Padischah, der sich in der Nähe versteckt hatte, und brachte sie in seinen Palast.

Der Padischah hatte großen Gefallen an diesem Mädchen gefunden und wollte es zu seiner Gemahlin machen. Und dem Mädchen gefiel auch der Padischah, aber es wollte so lange nicht in die Heirat einwilligen, ehe man ihm nicht den Hirsch, der ja ihr Bruder war, gebracht hatte. Da schickte der Padischah seine Leute aus, um den Hirsch zu fangen. Bald hatte man den Hirsch auch gefunden, und nachdem die Geschwister wieder vereint waren, gab das Mädchen dem Padischah das Jawort und die Hochzeit wurde abgehalten. Die junge Sultanin wollte den Hirsch ständig in ihrer Nähe haben, und wenn sie sich zu Bett begaben, hatte auch der Hirsch sein Nachtlager in ihrem Schlafgemach. So lebten sie glücklich miteinander.

Ihr Glück wäre vollkommen gewesen, hätte es da nicht eine schwarze Sklavin im Palast gegeben. Diese war voller Missgunst ihrer neuen Herrin gegenüber, weil der Padischah dieses Mädchen ihr vorgezogen hatte, und wartete auf eine günstige Gelegenheit, um sich der Sultanin zu entledigen. Neben dem Palast befand sich ein Garten mit einem großen Teich. Dort vertrieb sich die Gemahlin des Padischahs häufig die Zeit. Eines Tages saß sie wieder an diesem Teich und erfreute sich an der Schönheit des Gartens. Die Sklavin aber war ihr nachgeschlichen, lief herbei und – warf sie in den Teich! Die Sultanin sank tief auf den Grund. Da kam plötzlich ein großer Fisch angeschwommen und verschlang sie.

Lassen wir die Sultanin im Bauch des Fisches und sehen, was die schwarze Sklavin trieb. Diese lief sofort in den Palast und nahm die Stelle der Sultanin ein. Als am Abend der Padischah zu ihr kam, wunderte er sich sehr, wie sich das Antlitz seiner Frau verändert hatte. Er fragte sie, warum sie so schwarz geworden sei. Da antwortete die Sklavin, sie sei im Garten spazieren gegangen und habe darüber die Zeit vergessen. Da habe ihr die Sonne die Haut gebräunt. Der Padischah merkte nicht, dass es seine Sklavin war, und glaubte ihren Worten. Als aber der Hirsch kam, sah er sofort, dass diese Frau nicht seine Schwester war, und war voller Sorge, denn er verstand, dass die Sklavin ihr Böses getan hatte.

Die Sklavin merkte, dass der Hirsch sie durchschaut hatte. Damit er sie aber nicht verraten konnte, dachte sie sich auch eine Teufelei für ihn aus. Sie stellte sich sterbenskrank und legte sich ins Bett. Der Padischah war besorgt um seine Gattin und ließ sie von Ärzten untersuchen. Die falsche Sultanin aber hatte die Ärzte zuvor mit Geld und anderen Versprechen dazu überredet, dass sie vorgeben sollten, die Sultanin könne nur dann genesen, wenn man ihr die Leber des Hirschs gab. Die Ärzte gingen auf den Handel ein und überbrachten dem Padischah einen entsprechenden Bericht. Dieser ging zu seiner vermeintlichen Gemahlin und fragte sie, ob es wirklich ihr Wille sei, den Hirsch, ihren Bruder, schlachten zu lassen. Die Sklavin tat, als ob sie es bedauerte, und sprach: »Welchen anderen Ausweg habe ich denn! Es ist die Meinung der Ärzte, dass dies die einzige Rettung für mich ist.« Dann fügte sie hinzu: »Was aber geschieht mit meinem Bruder, wenn ich sterbe? Dann wäre er ganz auf sich gestellt. Da ist es doch besser, dass ich weiterlebe und er von dem

Zauber erlöst wird.« Der Padischah fügte sich dem Willen seiner Frau und befahl mit trauriger Stimme, dass man das Tier töte und ihm die Leber herausnehme.

Der Hirsch aber ahnte bereits, dass man ihm nach dem Leben trachtete und eilte zum Teich. Dort blickte er in das Wasser und rief: »Schwester, mein liebes Schwesterherz! Mir sitzt das Messer an der Kehle! So hilf mir doch!« Die Schwester rief aus dem Bauch des Fisches: »Mein lieber Bruder, wie nur kann ich dir helfen? Ich bin im Bauch des Fisches gefangen und habe einen kleinen Prinzen auf meinem Schoß!« Es verhielt sich nämlich so, dass die Sultanin im Inneren des Fisches einen Sohn geboren hatte. Als der Hirsch die Worte seiner Schwester vernahm, wusste er, dass es keine Rettung mehr für ihn gab.

Es trug sich aber zu, dass der Padischah dem Hirsch in den Garten gefolgt war, und so hatte er alles gehört, was die Geschwister einander zuriefen. Sogleich ließ er den Teich leeren, und als der große Fisch auf dem Grund erschien, da schlitzte er ihm den Bauch auf und nahm seine Gemahlin und seinen Sohn glücklich in die Arme. Dann ließ er sich von der Sultanin berichten, was ihr widerfahren war. Nachdem sie mit ihrem Bericht zu Ende war, eilte der Padischah in den Palast und rief die Sklavin zu sich. Er fragte sie, was ihr lieber war: vierzig Schwerter oder vierzig Pferde? Die Sklavin rief: »Was soll ich mit vierzig Schwertern, die sind für den Kampf! Gib mir vierzig Pferde, dann kann ich auf ihnen ausreiten!« Der Padischah ließ die Sklavin an die vierzig Pferde binden und ließ die Tiere in alle Richtungen laufen. Die Sklavin wurde in vierzig Stücke gerissen und fand damit ihre gerechte Strafe.

Sehen wir nun, wie es um den Hirsch stand. Der

war beim toten Fisch zurückgeblieben und leckte etwas von dessen Blut. Da durchfuhr ihn plötzlich ein Zittern, und ehe er es sich versah – war er wieder in einen Menschen verwandelt! Freudig lief er zu seiner Schwester, und als diese sah, dass ihr Bruder wieder ganz hergestellt war, da weinte sie vor Glück.

Aus Freude über den glücklichen Ausgang feierten der Padischah und seine Gattin ihre Hochzeit nochmals vierzig Tage und vierzig Nächte lang. Den Bruder seiner Gemahlin ernannte der Padischah zu seinem Wesir und verheiratete ihn mit seiner Schwester. Auch sie feierten vierzig Tage und vierzig Nächte.

Sie haben das Ziel ihrer Wünsche erreicht, und damit kommt dieses Märchen zum Schluss!

Die Geschichte vom Smaragdphönix

Es war einmal, und doch war es keinmal. Es war einmal ein Padischah, der hatte einen Apfelbaum in seinem Garten.

Dieser Baum brachte nur drei Äpfel hervor, und wenn diese gerade ausgereift waren und rot glänzten, kam um Mitternacht ein siebenköpfiger Dew und fraß sie auf. Dem Padischah war es nie vergönnt, auch nur einen der Äpfel zu kosten. Dies beschäftigte den Padischah sehr, denn er legte großen Wert auf die Pflege seines Apfelbaums. Tag und Nacht dachte er bei sich: »Habe ich nicht eigens aus den entferntesten Gegenden einen Setzling herbeigeschafft, diesen Baum gehegt und gepflegt, die Äste und Zweige gestutzt und jeden Schaden von ihm ferngehalten? Doch habe ich noch nie auch nur einen einzigen Apfel geplückt. Ich befehlige so viele Soldaten, aber sie ergreifen die Flucht, wenn der Dew erscheint.«

Eines Tages ließ der Padischah ausrufen, dass er nach jemandem suche, der ihn aus seiner Lage befreien könnte. Doch es fand sich niemand, der sich dazu imstande fühlte. Der Padischah hatte nun drei Söhne, die dem Aufruf folgen wollten. So erschien sein ältester Sohn, küsste den Saum seines Gewandes und sprach: »Mein mächtiger Vater, heute Nacht wird der Dew wieder erscheinen. Ich bitte Euch, lasst mich heute Wache halten. Ich werde den Dew in Gottes Namen töten und Euch die Äpfel bringen.« Da verspürte der Padischah einen Funken Hoffnung, doch er äußerte sich besorgt: »Mein Sohn, zwar sprichst du weise und voller Mut, doch wie wirst du den Dew töten? Am Ende wirst du dir schwere Verletzungen zuziehen. Wenn du aber überzeugt bist, dass du ihn besiegen kannst, so gehe denn in Gottes Namen!« Der Prinz zog sich zurück, legte seine Rüstung und seine Waffen an und hängte sich noch Pfeil und Bogen um die Brust. Es dämmerte bereits und der Prinz trat seine Wache in einem Versteck nahe beim Apfelbaum an. Stunde um Stunde verging, ohne dass sich auch nur ein Zweiglein regte. Doch dann, genau um Mitternacht, entstand in der Ferne ein donnerndes Getöse, und mit einem Mal stand alles Leben still. Himmel und Erde hüllten sich in schwarzen Rauch und der Geruch des Todes verbreitete sich überall. Wie ein wandelnder Feuerball tauchte mit einem Mal der siebenköpfige Dämon aus dem Rauch auf und bewegte sich schwerfällig auf den Apfelbaum zu. Aus seinen vierzehn Augen schossen wilde Flammen, und niemand konnte sich ihm nähern, ohne verbrannt zu werden. Als der Prinz diese Erscheinung sah, zog er sich immer weiter in sein Versteck zurück und hatte nicht einmal mehr den Mut zu fliehen, geschweige denn, seinen Bogen zu spannen und seine Pfeile abzuschießen. Der Dew indes pflückte in alter Gewohnheit die Äpfel, verschlang sie genüsslich und machte sich auf und davon. Den Baum ließ er wie einen verdorrten Stumpf zurück.

Am nächsten Morgen ließ der Padischah nach seinem Sohn rufen, doch man hatte einige Mühe, ihn zu finden. Endlich kam er aus seinem Versteck hervor, noch nicht ganz erholt von seinem nächtlichen Schrecken. Der Padischah fragte: »Nun, mein Sohn, hast du den Dew getötet und mir die Äpfel gebracht?« Da warf sich der Prinz vor die Füße seines Vaters, küsste die Erde und sagte: »Mein Padischah, ich habe nur mein Leben retten können. Dieser Dew ist von der Sorte, dessen bloßer Anblick einem den Verstand raubt. Vergebt mir, Vater, denn meine Kraft war zu gering für ihn.« Der Padischah entließ seinen Sohn und verfiel wieder in seine trübe Stimmung.

Ein Jahr darauf trug der Apfelbaum wieder Früchte und von neuem machte sich Unruhe breit, bedeutete dies doch, dass der Dew bald wieder erscheinen würde. Diesmal fasste sich der mittlere Prinz ein Herz und wollte dem Dew Einhalt gebieten. Aber – um die Sache nicht unnötig in die Länge zu ziehen – ihm erging es nicht besser als seinem älteren Bruder, und der Padischah ging auch in diesem Jahr leer aus.

So verging ein weiteres Jahr und der Apfelbaum hatte sich erholt und trug wieder Früchte, die kurz vor der Reife standen. Da begab sich der jüngste Sohn des Padischahs zu seinem Vater und sprach zu ihm: »Mein mächtiger Vater, die Äpfel reifen wieder und der Tag ist gekommen, an dem der Dew seine Beute holt. In Gottes Namen und mit Eurer Erlaubnis will ich diesem Treiben Einhalt gebieten.« Da entgegnete der Padischah: »Wie, auch du? Deine beiden Brüder konnten nichts gegen diesen Dew ausrichten und kamen gerade mit ihrem Leben davon. Was steht dir, dem jüngsten meiner Söhne, zu Gebote, das den Dew unschädlich machen könnte?« Doch der Prinz flehte und bettelte, und da der Padischah gleichgültig geworden war gegen die Dinge der Welt, erteilte er seinem Sohn die gewünschte Erlaubnis. Dieser rüstete sich und begab sich in sein Versteck in der Nähe des Baumes. Genau um Mitternacht wurden Himmel und Erde von lärmendem Gepolter und schwarzem Rauch eingenommen, und dann erschien der flammende siebenköpfige Dämon. Unser Prinz aber ließ sich nicht von der gewaltigen Erscheinung des Dews einschüchtern, spannte einen vergifteten Pfeil in seinen Bogen und schoss ab. Der Pfeil durchbohrte alle Häupter des Ungeheuers und flog aus dem letzten wieder heraus. Da ertönte ein solcher Schrei in der Nacht, dass Himmel und Erde erbebten, und der Dew erstarrte in seiner Bewegung. Dann aber drehte er sich um und stampfte davon, eine Blutspur hinter sich herziehend.

Der Prinz aber pflückte sofort die Äpfel, die er seinem Vater überreichte. Der Padischah traute kaum seinen Augen und brachte vor Erstaunen kein Wort heraus. Dann aber glättete sich seine Stirn, und er brach in helle Freude aus. »Das hast du wahrlich gut gemacht, mein Sohn, deine Kühnheit kennt nicht ihresgleichen! Nun wünsche von mir, was auch immer du begehrst!« Dem Prinzen wollte aber kein anderer Wunsch über die Lippen kommen als Gesundheit für seinen Vater, doch endlich sprach er: »Mein hoher Herr, es ist mein Wunsch, diesen Dämon zu verfolgen und ihn zu töten. Es schickt sich für einen Helden nicht, seine angefangene Tat nicht zu vollenden.« Der Padischah versuchte zwar, seinen Sohn von seinem Vorhaben abzubringen, doch er vermochte ihn nicht zu überreden und so erteilte er ihm schweren Herzens die Erlaubnis zur Abreise. Als der Prinz verkündete, dass er auch seine beiden älteren Brüder mitzunehmen gedenke, da war der Padischah beruhigt.

Gleich am nächsten Morgen brachen die drei Brüder auf. Sie gingen der Spur nach, die der Dew mit seinem Blut gelegt hatte. So ritten sie einige Tage, bis sie an einem Brunnen ankamen, an dem sich die Blutspur verlor. Doch der Brunnen war über und über mit Blut verschmiert. Da wussten die Brüder, dass der Dew in diesen Brunnen gestiegen sein musste. Auf der Öffnung lag ein Stein, der so schwer war, dass die beiden älteren Brüder sich umsonst bemühten, ihn zur Seite zu rücken. Da trat der jüngste Prinz vor den Stein, rief Gott um Hilfe an und schleuderte den Stein mit seiner bloßen Hand fort. Die beiden älteren Brüder waren voller Erstaunen. Der jüngste Prinz aber sprach: »Meine Brüder, solange wir dem Dew noch dicht auf den Fersen sind, will ich in den Brunnen hinabsteigen und ihn töten. Bindet dieses Seil um mich und lasst mich hinunter.« Den ältesten der Brüder verärgerten diese Worte seines Bruders, da er keine Befehle von ihm annehmen wollte. Deshalb erwiderte er: »Mein Bruder, ich bin älter, und solange ich da bin, steht es dir nicht zu. Ich werde hinabsteigen.« So ließen sie ihn hinab. Doch kaum war er ein Stück hinuntergeglitten, schrie er wie am Spieß und rief: »Um Gottes willen, ich verbrenne! Zieht mich hinauf!« Sofort zogen sie ihn hinauf. Dann ließ sich der mittlere Bruder hinabseilen. Doch schon bald schrie auch er aus dem Inneren: »Um Gottes willen, ich erfriere! Zieht mich hinauf!« Sofort zogen ihn die beiden anderen wieder aus dem Brunnen heraus. Nun blieb den beiden älteren Brüdern nichts anderes übrig, als das Seil um ihren jüngsten Bruder zu binden und ihn in den Brunnen hinabzulassen. Der jüngste Prinz bat seine Brüder: »Meine Brüder, was auch immer ich rufe, wie laut ich auch klage, achtet nicht darauf und lasst mich nur weiter hinab.« Die beiden älteren Brüder taten, wie ihnen ihr Bruder geraten hatte, und so gelangte unser junger Prinz auf den Grund des Brunnens.

Er kam in einen dunklen Raum, und nachdem sich seine Augen an die Dunkelheit gewöhnt hatten, blickte er um sich und erkannte in einer Wand die Umrisse einer Tür. Dahinter erstreckte sich ein langer Tunnel, durch den der Prinz schritt. Am Ende des Tunnels gelangte er in einen Raum, und wie er hineinblickte, sah er dort ein Mädchen, so schön wie der Mond am Vierzehnten, über einer Stickerei sitzen. Von diesem Raum gelangte er in einen weiteren, in dem ein noch schöneres Mädchen saß und ebenfalls stickte. Der Prinz ging weiter und kam schließlich in ein drittes Zimmer. Dort sah er ein Mädchen, dessen Schönheit ihm schier den Atem stocken ließ. Unser Prinz wusste gar nicht, wie ihm geschah, so sehr war er überwältigt von ihrer Erscheinung, und auf der Stelle hatte er sein Herz an dieses Mädchen verloren. Er war nicht imstande, auch nur ein Wort zu sagen, und das Mädchen betrachtete ihn eine Weile und verstand, was mit ihm geschehen war. Schließlich fasste sich der Prinz und fragte sie: »Mädchen, bist du ein In oder ein Dschinn?« Da sagte das Mädchen: »Ich bin ein Menschenkind so wie du.« Und es fuhr fort: »Mein Jüngling! Wie bist du hierhergekommen? Ein Dew haust in diesem Brunnen, und sobald er deiner gewahr wird, gibt es für dich kein Entrinnen mehr und er wird dich auf der Stelle töten!« Der Prinz aber entgegnete: »Meine Prinzessin, ich sehe, du bist ein Menschenkind und zweifellos von hoher Geburt. Doch du irrst dich, was meine Absichten betrifft. Ich bin es, der dem Dew die Wunde beigebracht hat und der seinem Blut bis hierher gefolgt ist. Ich bin gekommen, um zu vollenden, was ich begonnen hab. Zeig mir, wo er sich aufhält, und ich will auf ewig dein Diener sein.« Das Mädchen wurde nun von den Worten des Jünglings so eingenommen, dass es sich auch auf der Stelle in ihn verliebte, und so brachte es ihn zu dem Zimmer, in dem sich der Dew befand.

Der Prinz stürmte sofort ins Zimmer und sah den Dew am anderen Ende des Raums in seinem eigenen Blut liegen. Trotz der Verwundung hatte der Dew nichts von seiner Furcht einflößenden Erscheinung und seiner Bösartigkeit eingebüßt. Sobald er den Prinzen erblickte, schleuderte er ihm schreiend seine Keule entgegen. Der Prinz aber konnte geschickt ausweichen. Und dann, da der Dew nun unbewaffnet war, schwang er sein Schwert und stach und hieb auf alle sieben Köpfe ein, bis sie alle vom Rumpf abgetrennt waren und das Ungeheuer leblos auf die Erde sackte.

Nachdem er den Dew getötet hatte, kehrte der Prinz zu den drei Mädchen zurück. Er hieß sie einige Schätze einpacken, die an Gewicht leicht und von großem Wert waren, und begab sich mit ihnen zur Öffnung des Brunnens, wo seine beiden Brüder auf ihn warteten. Diesen rief er zu, sie mögen den Strick hinunterlassen, und eines nach dem anderen schickte er die beiden ersten Mädchen nach oben. Als er das dritte hinaufschicken wollte, sprach es zu ihm: »Mein Prinz, steig du zuerst hinauf und lass mich nachkommen. Denn wenn deine Brüder mich sehen, werden sie Neid empfinden und dich hier im Brunnen zurücklassen.« Doch der Prinz beachtete die Worte des Mädchens nicht und band ihm den Strick um, um es hinaufzuschicken. Da erkannte das Mädchen, dass sie ihn nicht würde überzeugen können, und sagte: »Mein Prinz, so nimm wenigstens diese drei Haare von mir. Wenn deine Brüder den Strick durchtrennen und du zurück in den Brunnen fällst, so reibe die Haare aneinander. Dann werden am Grund des Brunnens ein weißes und ein schwarzes Schaf zum Vorschein kommen. Wenn du auf das weiße Schaf fällst, so wirst du auf die Erde zurückkehren. Landest du aber auf dem schwarzen Schaf, so sinkst du sieben Schichten unter die Erde hinab.« Damit riss das Mädchen sich drei Haare vom Kopf und reichte sie ihm. Der Prinz steckte sie ein und rief seinen Brüdern zu: »Brüder, dieses Mädchen ist mein Anteil«, und schickte es hinauf.

Die Brüder zogen nun das Mädchen herauf, und kaum war es über der Brunnenöffnung zu sehen, da sahen sie, wie schön es war. Wie es das Mädchen vorhergesagt hatte, waren die Brüder voll des Neids für den jüngsten Prinzen und dachten bei sich, dass es doch nicht sein konnte, dass der jüngste unter ihnen sich das schönste Mädchen ausgesucht hatte. Da beschlossen sie, ihren Bruder zurück in den Brunnen zu werfen, und sobald dieser auch in der Öffnung erschien, schnitten sie das Seil durch und der Prinz stürzte in den Brunnen hinein. Sofort rieb er die drei Haare aneinander und im selben Augenblick erschienen auf dem Grund des Brunnens ein weißes und ein schwarzes Schaf. Der Prinz fiel auf das schwarze und stürzte mit ihm sieben Schichten in die Erde hinab.

Lassen wir den Prinzen in den Tiefen der Erde und sehen, was mit den beiden anderen Brüdern geschah. Diese brachten die drei Mädchen sofort in den Palast und traten vor ihren Vater. Sie hatten sich eine Lüge für den Verbleib ihres Bruders ausgedacht und sprachen zu ihrem Vater: »Vater, der Dew hat unseren jüngsten Bruder im Brunnen getötet. Wir haben daraufhin den Dew umgebracht, diese Mädchen befreit und hierher mitgenommen.« Da verfiel der Padischah in tiefe Trauer um seinen Sohn, und aus seinen Augen floss Blut statt Tränen.

Der Padischah und die beiden Prinzen sollen im Palast verweilen, kehren wir zum Prinzen unter der Erde zurück. Auf dem siebten Grund der Erde angekommen, blickte er um sich und sah, dass da eine Welt war, wie es sie oben auf der Erde gab. So lief er drauflos und wanderte eine Weile umher. Gegen Abend kam er in eine Stadt und klopfte an die Tür eines kleinen

Hauses. Eine alte Frau mit gebeugtem Rücken und faltigem Gesicht öffnete. Er sagte: »Mütterchen, willst du mich heute Nacht als Gast aufnehmen? Ich bin weit gewandert und erschöpft und hungrig.« Die Frau antwortete: »Ach, mein Sohn! Ich habe nicht einmal genügend Platz für mich selbst, wie sollte ich dich noch aufnehmen? Außerdem bin ich arm und das Essen reicht noch nicht einmal für mich.« Da klimperte der Prinz mit den Goldmünzen, die er in seiner Tasche trug, und sofort hellte sich das Gesicht der Frau auf. »Komm, mein Sohn«, sprach sie, »ich werde dir einen Platz suchen, wo du liegen kannst«, und ließ ihn ins Haus. Da der Prinz von seiner Wanderung sehr durstig war, bat er die Alte um etwas Wasser. Diese ging daraufhin zu einem Wandschrank, nahm dort einen Krug heraus und gab dem Prinzen daraus zu trinken. Doch der Prinz konnte das Wasser nicht trinken, da es stank und Würmer sich darin gebildet hatten. Er war sehr verwundert darüber und sprach zur Alten: »Mütterchen, was hast du mir da für Wasser gegeben? Nicht einmal Tieren könnte man es geben!« Da sprach sie: »Ach, mein Sohn, wir trinken dieses Wasser täglich. Denn in dieses Land kommt jedes Jahr ein Drache und sperrt uns das Wasser von unserer einzigen Quelle ab. Er verlangt jedes Jahr ein Mädchen, um es zu fressen. Dann lässt er das Wasser fließen, und alles Volk versammelt sich an der Quelle und füllt unter Streit und Geschimpfe sämtliche Krüge, die zur Hand sind. Unser Wasser teilen wir auf ein Jahr ein. Und morgen wird wieder ein Jahr zu Ende gehen und dieses Mal wird die Tochter des Padischahs dem Drachen übergeben. Unsere Not ist groß, denn wenn der Drache kein Mädchen bekommt, schneidet er uns das Wasser ab.«

Als der Prinz dies hörte, war er sehr bestürzt und versank eine Zeitlang in Nachdenken. Am Morgen ging er früh aus dem Haus und kam geradewegs zur Quelle. Dort hatten sich zahlreiche Menschen mit Krügen in der Hand angesammelt und stritten sich bereits um das Wasser.

Im Palast wurde die Tochter des Padischahs angekleidet. Man stellte sie vor einen Brautzug, führte sie zur Quelle und ließ sie dort allein zurück. Der Prinz schaute diesem Treiben von einiger Entfernung zu und sah, wie die Tochter des Padischahs bitterlich weinte. Er konnte den elenden Zustand der Prinzessin nicht ertragen und ging auf sie zu. »Meine Prinzessin«, rief er, »fürchte dich nicht. Ich habe einen Dew getötet und sein Blut klebt noch an meinem Schwert. Ich werde auch den Drachen, der dich bedroht, besiegen. Halte dich nur dicht hinter mir.« Er spannte seinen Bogen und hielt sich schweigend bereit. Nach einiger Zeit war aus der Quelle ein Lärmen zu vernehmen, Wasser sprudelte hervor und Flammen loderten auf. Dann war alles in dunklen Rauch gehüllt, aus dem ein siebenköpfiger Drache hervorkam. Aus seinen Mäulern und Nüstern sprühte Feuer und er heulte laut auf. Als er die beiden erblickte, da lachte er heiser auf und sagte: »Holla, was habe ich heute für ein Glück! Zwei Menschen, die ich verschlingen kann!« Dann holte er tief Atem, um die beiden einzusaugen. Alles um ihn herum wurde angezogen, Steine bewegten sich und Sträucher wurden aus der Erde gerissen. Doch unser Prinz stemmte seine Füße fest in die Erde und bewegte sich kein Stück weiter. Der Drache zog seinen Atem noch tiefer ein, doch der Prinz widerstand, die Prinzessin hinter ihm, ihre Arme eng um ihn geschlungen.

Der Drache näherte sich dem Prinzen, aber sosehr er sich auch abmühte, es gelang ihm nicht, die beiden einzusaugen. Der Prinz zielte nun auf eines der Mäuler und schoss den Pfeil ab. Er durchbohrte damit alle sieben Häupter des Drachen, der wütend aufschrie, sich hin und her wand, auf die Erde stampfte, sich aufbäumte und schließlich mit einem dumpfen Schlag niederfiel. Aus seinen Mäulern und Nüstern floss sein dunkles Blut. Die Prinzessin hob ihren Schleier und trocknete ihre Tränen. Sie tauchte eine Hand in das Blut des Drachen, wandte sich an den Prinzen und sprach: »Mein Held, du hast vollbracht, wozu niemand bisher den Mut aufgebracht hat. Möge dir Gottes Gunst immer sicher sein!« Damit drückte sie mit dem Blut des Drachen ein Zeichen auf seinen Rücken und kehrte zu ihrem Vater zurück.

Als der Padischah sah, dass seine Tochter in den Palast zurückkehrte, da dachte er, sie sei geflohen, und er rief: »Meine Tochter, warum bist du von dort geflohen? Weißt du denn nicht, dass meine Herrschaft an einem Krug Wasser hängt? Wenn das Volk merkt, dass du zurückgekommen bist, wird es mich umbringen!« Die Prinzessin hörte sich ruhig an, was ihr Vater sagte. Dann erklärte sie in ruhigem Ton: »Mein Vater, ich bin nicht geflohen. Dort an der Quelle hielt sich ein Held auf. Er hat den Drachen getötet und mich befreit. Wenn du es nicht glaubst, so geh zur Quelle hin und du wirst dort den toten Drachen vorfinden!«

Der Padischah begab sich sofort zur Quelle und fand dort tatsächlich den toten Drachen vor. Dieser war selbst tot noch so Furcht einflößend, dass es niemand wagte, sich ihm zu nähern. Der Padischah kehrte in seinen Palast zurück und sprach zu seiner Tochter: »Wenn du jenen Helden sehen würdest, würdest du ihn erkennen?« Da sprach das Mädchen: »Ich habe ein Zeichen auf seinen Rücken aufgetragen; wenn ich ihn sehe, erkenne ich ihn sofort.« Sofort ließ der Padischah ausrufen, dass alle Männer im Alter von sieben bis siebzig Jahren am Palast vorbeiziehen sollen, damit man unter ihnen den Prinzen erkenne.

Lassen wir den Padischah und seine Ausrufer im Palast und kehren wir zu unserem Prinzen zurück. Nachdem er den Drachen getötet und die Prinzessin vor einem schlimmen Schicksal bewahrt hatte, kehrte er in das Haus der alten Frau zurück und ruhte sich aus. Kurz darauf kam die Alte nach Hause und rief: »Mein Sohn, heute hat unser Padischah befohlen, dass jedermann im Alter zwischen sieben und siebzig Jahren an seinem Palast vorbeiziehen solle. Wozu sitzt du noch hier, mach dich auf zum Palast!« Der Prinz gehorchte, ging zum Palast und reihte sich dort in die Schlange der Vorbeiziehenden ein. Die meisten Männer waren bereits am Palast vorbeigezogen, so dass der Prinz als einer der Letzten unter den Augen des Padischahs und seiner Tochter vorbeiging. Die Prinzessin erkannte ihn sofort an dem Zeichen auf seinem Rücken, und so warf sie ihm ein besticktes Taschentuch zu Füßen. Sofort wussten die Wachtposten, dass der Richtige gefunden worden war. Sie geleiteten den Prinzen geschwind in den Palast und vor den Padischah. Als der Padischah diesen Jüngling sah, der fast noch ein Kind war, wollte er kaum glauben, dass er den Drachen getötet habe. Deshalb fragte er nur vorsichtig: »Mein Sohn, hast du den Drachen getötet?« Da antwortete er: »Jawohl, mein Padischah. Ich habe ihn mit einem Pfeil und einem Schwerthieb getötet.« Doch der Padischah zweifelte noch und suchte nach dem Zeichen, das seine Tochter angebracht hatte. Da trat die Prinzessin hervor, zeigte ihrem Vater den Rücken des Prinzen und legte ihre Hand auf den Blutabdruck. Da erkannte der Padischah, dass dieser Jüngling der Richtige war, und alle seine Zweifel waren verflogen. Er rief voller Freude: »Mein Sohn, erbitte von mir, was immer du nur wünschst, ich will es dir nach Kräften gewähren!« Der Prinz antwortete: »Mein Herr, ich erbitte nur Eure Gesundheit!« Der Padischah aber erwiderte: »Mein Sohn, meine Gesundheit hat mir dieses Alter beschert. Für dich aber hat sie keinen Nutzen. Nun nenne mir deinen Wunsch, denn noch niemals ist es vorgekommen, dass das Angebot eines Padischahs ausgeschlagen wurde!« Da sprach der Prinz: »Mein Padischah, gebt mir zehn Tage, damit ich nachdenken kann, und dann will ich Euch antworten.« Der Padischah gewährte ihm die erbetene Frist und entließ ihn aus dem Palast.

Unser Prinz kehrte in das Haus der alten Frau zurück. Die Tage vergingen und dem Prinzen wollte so gar nichts einfallen, was er sich vom Padischah wünschen könnte. Eines Tages übermannte ihn die Langeweile so sehr, dass er Pfeil und Bogen nahm und aus der Stadt in Richtung der Berge ging. Da es Sommer war, wurde der Prinz schnell müde. Er ließ sich unter einen großen Baum fallen und schlief in dessen Schatten sofort ein. Dieser Baum aber war ein besonderer Baum, denn in seiner Krone befand sich das Nest des Smaragdphönix und dessen Jungen. Und mit diesen hatte es folgende Bewandtnis: Jedes Jahr wartete eine riesige Schlange einen günstigen Zeitpunkt ab, zu dem der Phönix nach Nahrung suchte, schlängelte sich am Baum hoch und fraß die Jungen auf. Bevor der Phönix zu seinen Jungen zurückkehrte, machte sich die Schlange wieder davon. Unser Prinz hatte sich nun gerade an einem solchen Tag unter den Baum gelegt. Während er friedlich schlief, wand sich die Schlange auf der anderen Seite durch das Gras und kletterte am Baum empor zum Nest, wo die Jungen vor Angst und Entsetzen anfingen zu schreien. Der Prinz erwachte durch das Schreien der Jungen und sah, dass sich eine gewaltige Schlange um den Baum gewunden hatte und dass der Kopf sich über ein Vogelnest beugte. Sofort sprang der Prinz auf und spannte seinen Bogen. Mit einem einzelnen Pfeil nagelte er den Kopf der Schlange an den Baum fest, so dass der Rest des Körpers leblos in der Luft hing. Da legte sich der Prinz wieder unter den Baum, um seinen unterbrochenen Schlaf fortzusetzen.

Nach einiger Zeit war vom Himmel her ein Getöse zu hören und kurz darauf war der Smaragdphönix zu sehen mit Flügeln so groß, dass sie die Sonne verdeckten. Als der Phönix den schlafenden Jüngling unter dem Baum erblickte, nahm er an, endlich den Bösen gefunden zu haben, der ihm jedes Jahr seine Jungen raubte, und rief: »Wehe, dies ist wohl der Räuber meiner Jungen!« Mit diesen Worten schoss der Phönix wie ein Pfeil auf den Prinzen herab in der Absicht, ihn zu töten. Doch die Jungen im Nest riefen ihrer Mutter zu: »Mutter, der Jüngling, der dort liegt, ist unser Retter, denn sieh, was hier am Baum hängt!« Der Phönix blickte auf den Baum und sah dort die tote Schlange, wie sie vom Baum herunterbaumelte. Da verlangsamte er seinen Flug und kam ganz geräuschlos auf dem Boden an. Als er sich leise dem Prinzen näherte, merkte er, dass dieser mittlerweile in der Sonne lag, und so breitete der Phönix seinen Flügel wie ein Zelt über dem Prinzen aus, spendete ihm Schatten und fächerte ihm Luft zu.

Nach einiger Zeit erwachte der Prinz und dachte, es sei bereits Nacht geworden, so dunkel war es um ihn herum. Da erschrak der Prinz und sprach zu sich: »Wehe, es ist tiefe Nacht; ich sollte mich auf den Rückweg machen, denn hier gibt es vielleicht wilde Tiere.« Er schickte sich an loszugehen, als er merkte, dass über ihm eine Art Zelt war. Und wie er um sich blickte, zog der Phönix langsam seinen Flügel zurück. Da sah der Prinz, dass es noch Tag war und dass ein großer Vogel vor ihm stand und ihn anblickte. Nun begann der Vogel zu sprechen und sagte: »Mein Held, du hast meine Jungen gerettet und meinen schlimmsten Feind besiegt. Erbitte nun von mir, was auch immer du wünschst!« Der Prinz antwortete: »O du erhabener Vogel! Ich erbitte von dir, dass du mich zurück auf die Erde bringst.« Der Phönix erwiderte: »Mein Jüngling, das ist ein recht schwieriges Unterfangen. Aber du hast dein eigenes Leben für meine Jungen aufs Spiel gesetzt. Deshalb werde ich auch mein Leben für dich einsetzen. Jedoch verlange ich von dir vierzig Schafe und vierzig Schläuche Wein als Wegzehrung. Dies alles bringe mir. Und wenn ich unterwegs ›gak‹ sage, gib mir Fleisch, sage ich ›guk‹, will ich Wein. Wenn du das alles beherzigst, will ich dich auf die Erdoberfläche zurückbringen!«

Da begab sich der Prinz zum Padischah und sagte: »Mein Herr, ich verlange von Euch vierzig Schafe und vierzig Schläuche Wein.« Der Padischah wunderte sich zwar über den Wunsch des Jünglings, dachte dann aber bei sich, dass der Prinz wohl ein genügsamer Mensch sei, und gab sich zufrieden. Der Prinz ließ die Schafe schlachten und säubern, lud sie zusammen mit den Weinschläuchen auf einen Wagen und brachte alles zum Smaragdphönix. Das Fleisch und den Wein verstaute er auf den Flügeln des Phönix und setzte sich selbst in die Mitte. Der Vogel erhob sich sogleich in die Lüfte und flog und flog immer höher. Immer wenn er »gak« sagte, warf der Prinz ihm ein Stück Fleisch in den Schnabel, wenn er »guk« sagte, gab er ihm Wein zu trinken. So flogen sie mehrere Tage dahin. Eines Tages aber bemerkte der Prinz, dass sich der Proviant des Phönix dem Ende zuneigte. Und als das letzte Stück Fleisch verzehrt und der letzte Schluck Wein getrunken war, verfiel der Prinz in Unruhe, denn wenn der Phönix nichts mehr zu essen bekam, konnte er nicht mehr weiterfliegen, und die Hoffnungen des Prinzen, in seine Heimat zurückzukehren, wären dahin. Er überlegte, was zu tun sei, doch es fiel ihm nichts ein. Und als der Vogel wieder »gak« sagte, war er voller Verzweiflung. Als der Vogel nochmals »gak« sagte und der Prinz sah, dass die Kräfte des Vogels schon nachließen, schnitt er sich kurzerhand ein Stück Fleisch von seinem Schenkel ab und gab es dem Phönix zu essen. Dieser merkte aber, dass es Menschenfleisch war, und bewahrte es in seinem Mund auf. Mit seinen letzten Kräften schoss der Phönix noch einmal in die Höhe und kam endlich im Brunnen an, durch den der Prinz gefallen war. Da sprach der Phönix zum Prinzen: »Nun, mein Jüngling, wir sind auf der Erde angelangt. Jetzt verweile hier nicht länger, sondern gehe schnell in deine Heimat zurück!« Der Prinz aber konnte sich wegen seines Schenkels nicht von der

Stelle bewegen und sprach zum Phönix: »Geh nur du zuerst, dann werde ich auch gehen!«, denn er wollte dem Vogel nicht zeigen, dass er das Fleisch aus seinem eigenen Bein herausgeschnitten hatte. Der Phönix aber nahm das Fleisch aus seinem Mund hervor und legte es auf die offene Stelle am Bein des Prinzen und siehe da! das Bein war wieder so hergestellt, als sei es niemals versehrt gewesen. Der Phönix war nämlich ein heiliger Vogel, der über große Heilkräfte verfügte.

So stand der Prinz auf, sagte dem Phönix Lebewohl und machte sich auf den Weg in seine Heimat. Als er in seiner Heimatstadt ankam, ging er nicht sofort in den Palast seines Vaters, sondern suchte zuerst einen Fleischerladen auf, in dem er eine Haut kaufte und sie sich auf den Kopf streifte, um wie ein Kahlkopf auszusehen. Dann ging er weiter und begegnete einem Hirten und tauschte seine Kleider gegen die des Hirten ein. So bekleidet begab sich der Prinz zum Obergärtner seines Vaters und ersuchte ihn um eine Anstellung im Garten des Padischahs. Der Obergärtner betrachtete sich den Burschen und antwortete: »Geh hinfort, du Kahlkopf! Ich habe keine Verwendung für dich. Mit deinem kahlen Kopf und deinen zerschlissenen Kleidern bist du wahrlich keine Zierde für diesen Garten«, und er wollte den Prinzen schon fortjagen. Doch dieser bat und bettelte so lange, bis der Gärtner schließlich nachgab, nur um seine liebe Ruhe zu haben. So wurde der Prinz im Garten seines Vaters als Gehilfe eingestellt und musste Dünger austragen und allerlei andere schwere Arbeit leisten.

Eines Tages trat der Obergärtner mit einem Strauß Rosen in der Hand vor den Prinzen und sprach: »Ich gehe jetzt fort. Gib du in der Zwischenzeit gut auf den Garten acht, dass mir den Blüten und Trieben kein Schaden entsteht!« Nachdem der Gärtner sich entfernt hatte, nahm unser Prinz die Haare hervor, die ihm das Mädchen im Brunnen gegeben hatte, und rieb sie aneinander. Sofort erschien ein Neger mit Lippen so groß, dass die eine den Himmel berührte und die andere die Erde, und rief: »Befiehl, mein Prinz!« Der Prinz sagte: »Bringe mir ein rotes Ross und einen roten Anzug samt Waffen!« Der Neger entfernte sich und kehrte binnen Sekunden mit den Sachen zurück. Der Prinz legte den Anzug an, rüstete sich mit den Waffen und saß auf. Dann ritt er im Garten umher und hieb so lange auf alle Bäume und Blüten ein, bis alle Pflanzen klein gehauen auf dem Boden verstreut lagen. Nun verwandelte sich der Prinz wieder in den Kahlkopf und nahm seinen gewohnten Posten ein. Als der Gärtner zurückkehrte und sah, dass der Garten dem Erdboden gleichgemacht worden war und dass sein Gehilfe in einer Ecke saß und weinte, da wurde er so wütend, dass er einen Stock packte und damit auf den Prinzen einschlagen wollte. Doch zum Glück des Kahlkopfes hatten die drei Prinzessinnen das Geschehen von ihrem Fenster aus beobachtet und riefen: »O Gärtner, lass nur von diesem Jungen! Es kam ein Reiter auf einem roten Ross und dieser hat deine Blumen niedergemäht!« Der Gärtner musste den Worten der Prinzessinnen Glauben schenken und den Kahlkopf verschonen. Dann machte er sich daran, den Garten wiederherzustellen. Und binnen kurzer Zeit war es ihm und seinen Helfern gelungen, den Garten wieder in seiner alten Pracht und Schönheit erstrahlen zu lassen.

Nachdem eine geraume Zeit vergangen war, nahm

der Gärtner wieder einen Strauß Rosen und ermahnte den Prinzen, nur gut auf den Garten aufzupassen. Doch sobald der Gärtner gegangen war, verwüstete er wie beim ersten Mal den Garten und schlug alles kurz und klein. Dann kauerte er sich in seine Ecke und wartete auf den Gärtner. Der Arme war wie vom Blitz getroffen und in seiner Wut wollte er wieder auf den Kahlkopf losgehen, als die Prinzessinnen ihm Einhalt geboten. Sie erklärten dem Gärtner auch dieses Mal, wer die Verwüstung angerichtet hatte. Dieser fügte sich und begann mit der Pflege seines Gartens.

Eines Tages hatte der Gärtner wieder einen Strauß Rosen in der Hand und erklärte dem Kahlkopf, dass er den Garten wie seinen Augapfel hüten solle. Doch unser Prinz verlor keine Zeit und zerstörte den Garten vollends, sobald sich der Gärtner entfernt hatte. Und als dieser zurückkehrte, verlor er fast die Besinnung, da der Garten nunmehr einer Wüste glich. Jetzt halfen auch die Beteuerungen der Prinzessinnen nichts mehr: Der Gärtner geriet derart außer sich, dass er dem Kahlkopf eine gehörige Tracht Prügel erteilte und ihn für immer aus dem Garten fortjagte.

Unser Prinz entfernte sich vom Palastgarten und schritt durch die Straßen der Stadt. Da erblickte er den Laden eines Goldschmiedes und trat hinein. Den Besitzer bat er: »Meister, willst du mich als Gehilfen bei dir aufnehmen?« Dieser aber antwortete: »Fort von hier, du kahlköpfiger Bursche! Das Goldschmiedehandwerk ist eine feine Kunst, was sollte ich da mit einem Kerl wie dir anfangen?« Doch unser Prinz ließ sich abermals nicht beirren und redete so lange auf den Goldschmied ein, bis dieser nachgab und ihn als Gehilfen bei sich einstellte.

Lassen wir unseren Prinzen nun dem Goldschmied als Gehilfe dienen und wenden wir uns den drei Prinzessinnen zu. Nachdem die beiden Brüder des Prinzen die Mädchen in den Palast gebracht hatten, begann man unverzüglich mit den Hochzeitsvorbereitungen. Die Mädchen aber einigten sich darauf, dass sie versuchen würden, die bevorstehende Hochzeit so lange wie möglich hinauszuzögern. Darum fanden sie an jedem Gewand, das noch so kunstvoll bestickt war, und an jedem Schmuck einen Makel und wiesen alles zurück, was ihnen dargeboten wurde. Doch zu der Zeit, als unser Prinz den Garten zerstörte, hatte der Padischah gerade den Befehl gegeben, dass die Hochzeit nun endlich stattfinden würde. Die drei Mädchen hatten den Prinzen von ihrem Fenster aus erkannt und wussten nun, dass er auf die Erde zurückgekehrt war. Und als sie den Befehl des Padischahs hörten, sannen sie auf eine weitere Möglichkeit, noch ein wenig Zeit zu gewinnen. Sie einigten sich darauf, dass jede von ihnen eine letzte Bedingung stellen wollte, bevor sie vermählt wurde. So traten sie gemeinsam vor den Padischah und nannten ihm eine nach der anderen ihre Aufgaben. Die Erste sagte: »Bringt mir einen Stickrahmen und eine Nadel aus Gold. Diese sollen so beschaffen sein, dass sie von selbst sticken können.« Daraufhin die Zweite: »Mir beschafft ein goldenes Tablett, auf dem eine goldene Henne und vierzig goldene Küken goldene Gerstenkörner picken.« Schließlich die Dritte: »Meine Bedingung ist eine goldene Platte, auf dem ein goldener Windhund einen goldenen Hasen jagt.« Alle drei riefen sie: »Wenn Ihr uns diese Gegenstände nicht beschafft, so werden wir nicht in die Hochzeit einwilligen!« Dem Padischah blieb nichts anderes übrig, als auf die Wünsche der Prinzessinnen einzugehen. Er ließ die Goldschmiede rufen und befahl ihnen, binnen vierzig Tagen die gewünschten Gegenstände herzustellen. Wenn es ihnen nicht gelänge, die Frist einzuhalten, so würden sie alle dem Henker übergeben.

Nachdem die Goldschmiede den Befehl des Padischahs vernommen hatten, gingen sie eine Weile mit gesenktem Kopf daher, denn sie wussten nicht, wie sie diese goldenen Zaubergegenstände herstellen sollten. Da beschlossen sie, sich in dem Geschäft, in dem unser Prinz als Gehilfe diente, zusammenzusetzen und zu beraten. Als unser Kahlkopf die Unruhe und die aufgeregten Gemüter der Gäste bemerkte, fragte er seinen Meister, was denn der Grund für diese Aufregung sei. Der Meister aber antwortete: »Scher dich weg, kahlköpfiger Bursche! Was verstehst du schon von solchen Dingen!« Doch der Prinz kam ein wenig näher an seinen Meister heran und fragte erneut: »Aber Meister, lieber Meister! Was ist es, das dich so bedrückt? Kein Leid kann gelindert werden, wenn es unausgesprochen bleibt, und kein Weg gefunden, wenn nicht danach gefragt wird. Du bist ein weiser Mann, doch auch ich bin ein Geschöpf Gottes und biete dir meine Hilfe an.« Dem Meister gefielen diese klugen Worte des Kahlköpfigen, und so erzählte er ihm, was für eine Aufgabe ihm und den anderen Goldschmieden gestellt worden war. Nachdem unser Prinz alles gehört hatte, kratzte er sich an seinem kahlen Kopf und sprach mit einem Lächeln: »Mein Meister, ich dachte, es sei etwas ganz Unerfüllbares, und deshalb fragte ich. Nun aber gräme dich nicht länger, denn ich werde dir helfen. Bringe mir vom

Markt Nüsse, Rosinen und Wachskerzen für vierzig Tage. Ich will die Zaubergegenstände innerhalb dieser Zeit herstellen und vor Ablauf der Frist übergeben. Du aber sei in der Zwischenzeit ganz beruhigt und vertrau auf mich.« Der Meister aber dachte bei sich: »Dieser Kahlkopf ist doch ein komischer Kerl und versteht sich darauf, einem das Gemüt zu erheitern. In meiner schlimmsten Stunde hat er es doch tatsächlich fertiggebracht, mich zu unterhalten. Dabei steht ihm nur der Sinn nach Nüssen und Rosinen. Meine letzte Stunde wird ohnehin bald schlagen, so kann ich wenigstens ihm seinen Wunsch erfüllen.« Damit begab er sich auf den Markt und kaufte seinem Gehilfen, was er verlangt hatte.

Nachdem unser Prinz nun die Nüsse, die Rosinen und die Kerzen erhalten hatte, schloss er sich des Nachts in den Laden ein und verzehrte vierzig Tage lang im Schein der Wachskerzen die Nüsse und die Rosinen und ließ es sich gut gehen. In der vierzigsten Nacht aber nahm er wieder die Haare hervor, die ihm das Mädchen im Brunnen gegeben hatte, und rieb sie aneinander. Als der Neger erschien und nach seinem Begehren fragte, verlangte der Prinz die goldenen Zaubergegenstände. Der Neger verschwand und kehrte so schnell mit den Zauberdingen zurück, dass der Prinz gerade ein paar Nüsse und Rosinen verzehren konnte. Er verstaute die Gegenstände im Schrank und legte sich schlafen.

Am nächsten Morgen öffnete unser Prinz wieder das Geschäft und sah, dass sich sein Meister und dessen Goldschmiedefreunde dorthin begaben. Alle hatten sie während der vierzig Tage ihre Angelegenheiten geregelt, ihre Schulden beglichen, ihren Sklaven die

Freiheit geschenkt und sogar ihr Grab ausheben lassen. Denn sie waren ja alle noch im Glauben, dass dies der Tag ihrer Hinrichtung sein würde. Ohne jegliche Hoffnung gingen sie in den Laden und setzten sich. Da entsann sich der Meister der Worte unseres Prinzen und, um sich und seine Freunde ein wenig aufzuheitern, fragte er den Kahlkopf: »Nun, mein Junge, es sind nun vierzig Tage vergangen, und bald werden die Soldaten des Padischahs hier erscheinen. So zeige mir nun, was du fertiggebracht hast. Wo sind die Zaubergegenstände?« Der Prinz antwortete: »Mein Meister, du hast dich umsonst gesorgt. Dort in dem Schrank befindet sich alles, was die drei Prinzessinnen fordern.« Der Meister war sehr belustigt über die Antwort des Kahlkopfes, ging aber dennoch zum Schrank und öffnete ihn – und was sah er da? Vor ihm standen alle die Dinge, die er und seine Freunde anfertigen sollten! Da war die Freude groß, und der Meister lief zum Kahlkopf und umarmte ihn. Dann aber begaben sie sich sofort in den Palast und legten die Zauberdinge dem Padischah zu Füßen. Dieser ließ die drei Mädchen rufen, und als sie sahen, dass man ihre Aufgaben gelöst hatte, waren sie gewiss, dass der Prinz wieder auf der Erdoberfläche war. Sie dankten dem Herrn und warteten nun ab.

Lassen wir die drei Mädchen im Palast und kehren wir zu unserem verkleideten Prinzen zurück. Dieser wartete im Laden auf seinen Meister und sah, wie jener sich dem Laden näherte. Kaum war er durch die Tür getreten, so stand unser Prinz auf und sprach: »Mein Meister, ich habe meine Pflicht getan und das Werk ist vollendet. Nun gib mir die Erlaubnis zu gehen, denn meine Zeit hier ist beendet.« Sein Meister wollte ihn nicht gehen lassen, aber sosehr er auch versuchte, den Kahlen von seinem Entschluss abzubringen: Es half kein Bitten, und kein Versprechen war so reizvoll, dass es den Prinzen hätte halten können. So entließ ihn der Meister schweren Herzens, und unser Prinz ging wieder seiner Wege.

Er ging einige Zeit in der Stadt umher und entdeckte eine Schneiderwerkstatt. Er betrat das Geschäft und fragte den Schneider: »Meister, willst du mich als Gehilfen bei dir einstellen?« Der Schneidermeister sagte: »Ich brauche zwar keinen Lehrling, aber du siehst mir nach einem wackeren Burschen aus und fürs Wasserholen und Kehren taugst du wohl allemal!«, und nahm den kahlen Prinzen bei sich auf.

Lassen wir den Prinzen in der Schneiderwerkstatt und sehen, wie es den drei Mädchen im Palast ergangen ist. Der Padischah rief die drei wieder zu sich und sprach: »Meine Prinzessinnen, Eure Wünsche wurden erfüllt. Jetzt ist es Zeit, die Hochzeit zu feiern. Habt Ihr noch etwas zu sagen?« Die Mädchen hatten sich aber insgeheim schon auf eine neue Aufgabe geeinigt, und so antworteten sie: »Gnädiger Padischah, wir haben folgende weitere Bedingung: Die Gewänder, die für uns genäht wurden, gefallen uns allesamt nicht. Wir wollen für eine jede von uns ein Gewand, das weder mit einer Schere zugeschnitten noch mit einer Nadel genäht wurde, das aber in eine Nussschale hineinpasst. Wenn Ihr uns dreien ein solches Gewand machen lasst, möge die Hochzeit beginnen.« Dem Padischah blieb, da den Wünschen der Prinzessinnen entsprochen werden musste, nichts anderes übrig, als die besten Schneider der Stadt zu rufen und von ihnen solche Gewänder zu fordern, wie sie die Prinzessinnen beschrieben hatten. Auch ihnen gewährte er eine Frist von vierzig Tagen, und sollten sie dann die Gewänder nicht liefern können, so seien sie des Todes. Damit entließ er sie, auf dass sie sich an die Arbeit machten.

Die armen Schneider dachten verzweifelt nach und wussten so gar nicht, wie sie dies bewerkstelligen sollten. Sie trafen sich alle in dem Laden, in dem unser kahler Prinz arbeitete, machten sich eifrig über die Stoffe her, maßen hier aus und dort aus, aber es wollte keinem so recht einfallen, wie man solche Gewänder nähen sollte. Nachdem die Gäste den Laden verlassen hatten, fragte der Prinz den Meister nach dem Grund der Aufregung. Dem Meister stand nicht der Sinn danach, mit dem Kahlkopf zu plaudern, und er wollte ihn fortjagen. Unser Prinz aber redete auf ihn ein, und da dieser ohnehin sein Ende kommen sah, berichtete er seinem Gehilfen, was ihm im Palast mitgeteilt worden war. Nachdem unser Prinz vernommen hatte, was für eine Aufgabe die drei Mädchen diesmal gestellt hatten, sprach er: »Mein Meister, sei wieder vergnügt, denn ich werde dir dazu verhelfen, die Gewänder herzustellen. Besorge du mir nur Nüsse, Rosinen und Wachskerzen für vierzig Tage und ich will dir am vierzigsten Tag die Gewänder geben.« Der Schneider dachte bei sich, dass es seinem Gehilfen nach Nüssen und Rosinen verlangte, und da seinem eigenen Leben bald ein Ende gesetzt werden würde, wollte er wenigstens dem Burschen seinen Wunsch erfüllen.

Unser Prinz nahm die Dinge, die der Schneider ihm brachte, und schloss sich in ein Zimmer ein. Dort verbrachte er vierzig Tage im Schein der Kerzen und ließ es sich mit den Nüssen und den Rosinen gut gehen.

Als nun die vierzigste Nacht anbrach, nahm er wieder die Haare hervor und rieb sie aneinander. Wie die vorigen Male erschien auch jetzt der Neger und fragte ihn nach seinem Wunsch. Der Prinz nannte ihm die neue Aufgabe, und kaum waren ein paar Sekunden vergangen, da lagen die erwähnten Gewänder vor ihm. Unser Prinz nahm sie und legte sie in einen Schrank. Dann legte er sich ruhig schlafen.

Am nächsten Morgen strömten alle Schneider in den Laden und wähnten sich dem Tode nahe. Der Meister wollte für etwas Belustigung sorgen, trat zum kahlköpfigen Prinzen und rief: »Nun, mein Junge? Was hast du in den vierzig Tagen getrieben? Hast du die Gewänder, die die Prinzessinnen verlangen?« Da antwortete unser Prinz: »Jawohl, mein Meister, die habe ich. Sie liegen dort im Schrank.« Der Meister ging schmunzelnd zum Schrank – doch was sah er, als er ihn öffnete? Dort lagen drei Gewänder, die weder von einer Schere zugeschnitten waren noch von einer Nadel genäht. Zudem passten sie in eine Nussschale, so fein waren die Stoffe! Sogleich nahmen sie die Gewänder und brachten sie in den Palast, um sie dem Padischah zu übergeben.

Der Padischah nahm die Kleider in Empfang und befahl sogleich, dass die Hochzeit nun stattfinden solle. Und da die Vorbereitungen bereits seit Monaten im Gange waren, entstand sogleich ein reges Treiben im Palast, so dass alsbald die Feierlichkeiten begannen und das Festmahl gereicht wurde.

Aus Anlass der Hochzeit ließ der Padischah das Dschirit-Spiel veranstalten, an dem alle Söhne der edlen Herren teilnahmen. Zu solchen Turnieren durften sich alle Einwohner der Stadt vor dem Palast versammeln und zuschauen. Darum rief der Schneider seinen Gehilfen zu sich und sagte: »Mein Sohn, wir wollen zusammen zum Palast gehen. Dort wird heute der älteste Sohn unseres Padischahs im Turnier kämpfen. Wir wollen es uns ansehen.« Doch der Kahlkopf antwortete: »Mein Meister, geh du allein. Mein Kopf ist kahl. Was, wenn ich in der Menschenmenge von etwas geschlagen werde?« Der Meister wollte den Jungen beruhigen und ihn unbedingt mitnehmen, doch unser Prinz ließ sich nicht dazu überreden und blieb im Laden.

Nachdem der Meister den Laden verlassen hatte, nahm der Prinz sogleich die Haare hervor und rieb sie aneinander. Sofort erschien der Neger und nahm seine Befehle entgegen. Der Prinz sprach: »Ich will von dir ein rotes Ross und eine vollständige Rüstung und Waffen haben.« Kaum hatte der Prinz seinen Wunsch ausgesprochen, da hatte der Neger bereits alles herbeigeschafft. Unser Prinz nahm nun die Haut von seinem Kopf ab, legte die Rüstung an, nahm die Speere an sich, schwang sich auf das Pferd und ritt zum Palast. Auf dem Platz vor dem Palast war das Turnier bereits im Gange und so schoss unser Prinz mitten auf den Platz und beteiligte sich am Spiel. Er spielte so lange mit und ritt so lange hin und her, bis er eine günstige Gelegenheit fand und seinen ältesten Bruder am Arm verletzte. Als dieser zu Boden stürzte, verließ unser Prinz den Platz und begab sich schnell in den Schneiderladen. Dort nahm er wieder die Gestalt des Kahlen an und wartete auf seinen Meister. Dieser erschien kurz darauf und erzählte aufgeregt, was sich zugetragen hatte. Da sprach unser Prinz: »Es ist gut, mein Meister, dass ich nicht mitgekommen bin. Wer weiß, was mir zugestoßen wäre.« Und damit ging er weiter seiner Arbeit nach.

Am Tag darauf wollte der Meister seinen kahlen Burschen wieder mit zum Palast nehmen, denn nun würde sich der mittlere Sohn des Padischahs im Turnier messen. Doch auch dieses Mal blieb der Junge im Laden zurück. Sobald der Meister aber fortgegangen war, rief er mit den Haaren den Neger und verlangte ein neues Ross und neue Waffen. Dann ritt er zum Turnierplatz und mischte sich wieder unerkannt ins Spiel. Nachdem er zahlreiche Mitstreiter besiegt hatte, gelang es ihm in einem günstigen Augenblick, seinen mittleren Bruder am Bein zu verletzen und vom Pferd zu stürzen. Dann gab er seinem Ross die Sporen und ritt schnurstracks zum Laden zurück. Bald schon kam der Meister und berichtete dem kahlen Burschen, was sich vor dem Palast zugetragen hatte. Da dankte der Kahlkopf Gott, dass er nicht zum Palast gegangen war.

Am folgenden Tag war die Reihe am Sohn des Wesirs, sich im Kampf zu beweisen. Der Meister wollte sich auch dieses Schauspiel nicht entgehen lassen und begab sich wieder zum Palast. Sofort trug unser Prinz dem Neger auf, er möge ihm ein weiteres Ross und eine weitere Rüstung besorgen. Sogleich war alles herbeigeschafft. Wieder kleidete sich unser Prinz an und ritt zum Palast, um an den Spielen teilzunehmen. Nachdem das Spiel einige Zeit im Gange war, heftete sich der Prinz an die Fersen des Sohns des Wesirs und warf seinen Speer nach ihm, so dass jener von ihm durchbohrt wurde und er tot umfiel. Diesmal aber blieb der Prinz auf dem Platz und ritt auf seinem Pferd umher. Doch schon bald ergriffen die Soldaten den

Jüngling und brachten ihn vor den Padischah. Dieser war bereits wegen der Verletzung seiner beiden Söhne außer sich vor Wut und verurteilte den Prinzen sofort zum Tode. Er sollte an Ort und Stelle hingerichtet werden. Da wurde der Prinz zu Boden geworfen und schon war der Henker bereit, ihm den Kopf abzuschlagen, als der Prinz das Wort an den Padischah richtete und sagte: »Mein mächtiger Padischah! Meine beiden Brüder hier haben mich in den Brunnen zurückgeworfen. Doch Gott hat sich meiner erbarmt und ich bin nicht umgekommen und bin nach zahlreichen Abenteuern hierhergekommen. Ich hätte auch heute wegreiten können, doch ich wollte die Dinge im Guten klären und bin geblieben. Meine Brüder haben es nicht vermocht, mich umzubringen, werdet Ihr es jetzt tun?« Da trat der Padischah näher an den Prinzen und erkannte endlich seinen jüngsten Sohn. »Wehe, mein Sohn!«, rief er und weinte. »Mein Sohn, ich habe dich tot geglaubt und nun stehst du vor mir!« Da half er seinem Sohn auf die Beine und umarmte ihn. Dann sagte der Padischah: »Mein Sohn, wie sollen wir nun vorgehen? Soll ich deine Brüder dem Henker übergeben oder soll ich sie verbannen?« Der Prinz antwortete: »Mein Vater, gebt jedem von ihnen einen Konak außerhalb des Palastes und vermählt sie mit den beiden älteren Mädchen. Sie sollen dort wohnen und über ihre schändliche Tat nachdenken. Ich aber will das jüngste zur Gemahlin, denn wir haben uns bereits auf dem Grund des Brunnens verlobt.« Da befahl der Padischah von neuem, dass die Hochzeit gefeiert werden solle. Und nach vierzig Tagen und vierzig Nächten zogen die beiden älteren Brüder mit ihren Gemahlinnen in ihre Konaks. Unser Prinz aber führte die jüngste

Prinzessin als seine Gemahlin in den Palast. So fand ein glückliches Ende, was mit Schrecken begann und über leidvolle und verworrene Wege führte.

Die beiden haben das Ziel ihrer Wünsche erreicht, und uns möge das Gleiche beschert sein!

Der Dew in Rossgestalt

Es war einmal, und doch war es keinmal. Es war einmal ein Padischah, der hatte drei Töchter.

Eines Tages wollte der Padischah eine Reise unternehmen und rief seine Töchter zu sich. »Meine Töchter«, sprach er zu ihnen, »während meiner Abwesenheit werdet ihr für mein Ross sorgen und ihm Futter und Wasser geben.« Der Padischah liebte dieses Ross so sehr, dass er es nur dann gut versorgt wusste, wenn er es in die Obhut seiner Töchter gab. Die Töchter versprachen ihm, für das Tier zu sorgen, und der Padischah reiste ab.

Am ersten Tag ging die älteste Tochter in den Stall und wollte das Ross füttern. Doch das Tier scheute und ließ sie noch nicht einmal in seine Nähe. Auch die mittlere Prinzessin vermochte es nicht, dem Pferd sein

Futter hinzustellen. Als aber die jüngste das Futter in den Stall trug, da ließ sich das Ross geduldig von ihr füttern und tränken. Den beiden älteren Schwestern kam dies gerade entgegen, denn nun waren sie nicht mehr an ihr Versprechen gebunden und konnten es sich gut gehen lassen. Die jüngste Schwester ging nun jeden Tag in den Stall und versorgte das Ross.

Als der Padischah heimkehrte, wollte er sofort wissen, ob sein Ross gut versorgt war. Da berichteten die beiden älteren Schwestern, dass das Pferd nur die jüngste zu sich gelassen habe und dass diese daraufhin die Pflege übernommen habe. Dem Padischah gefiel dies, und er sprach zu seiner jüngsten Tochter: »Mein Kind, wenn du das Ross so gut versorgt hast, so sollst du seine Frau werden.« Die beiden älteren Schwestern aber wollte er mit dem Sohn des Wesirs und dem des obersten Gottesgelehrten vermählen. Die jüngste Prinzessin zog, nachdem alle Hochzeitsfeierlichkeiten abgeschlossen waren, zu ihrem Pferdegemahl in den Stall. Doch was sollte sie da sehen, als sie in den Stall eintrat: Vom Ross war weit und breit keine Spur und stattdessen stand da ein schöner Jüngling von edler Gestalt! Mit dem Rossjüngling verhielt es sich nämlich so: Er war der Sohn einer Dew-Frau und hatte tagsüber die Gestalt eines Pferdes. Des Nachts aber legte er die Pferdehaut ab und nahm seine übliche Gestalt an. Als die Prinzessin dies erfuhr, da war sie sehr glücklich über ihre Vermählung, und die beiden verlebten jede Nacht in Freude und Glück. Am Tage aber verwandelte sich der Jüngling wieder in ein Ross.

Eines Tages richtete der Padischah ein Dschirit-Turnier aus und lud viele junge Prinzen dazu ein. Auch die Gatten seiner beiden älteren Töchter nahmen an dem Spiel teil, und es gab wahrlich keine besseren Kämpfer als sie. Die beiden Schwestern wollten die jüngste ein wenig necken und sagten: »Siehst du, wie unsere Gatten kämpfen und die Speere werfen? Wo aber ist denn dein Ross?« Diese war verärgert über diesen Scherz und lief weinend in den Stall. Als das Ross vernahm, was die beiden Schwestern gesagt hatten, da verwandelte es sich in den Jüngling und ermahnte seine Frau, sein Geheimnis ja niemandem zu verraten, sonst würde sie ihn verlieren und nie wiedersehen. Die Prinzessin versprach es und der Jüngling eilte auf den Turnierplatz. Dort kämpfte er so heldenhaft und warf die Speere so geschickt, dass er selbst seine beiden Schwager besiegte.

Dies Schauspiel wiederholte sich am nächsten Tag und der Ross-Dew übertraf alle anderen Kämpfer. Am dritten Tag aber sprach er zu seiner Gattin: »Nimm diese drei Haare von mir und bewahre sie gut auf. Wenn ich einmal nicht bei dir bin und du in Not gerätst, so verbrenne sie, und ich werde dir zu Hilfe eilen.« Dann begab er sich wieder auf den Turnierplatz und kämpfte. Die Zuschauer bewunderten diesen fremden Helden sehr, wie er einen Gegner nach dem anderen ausschaltete. Die beiden älteren Schwestern wandten sich abermals der jüngsten zu und sagten: »Schau, wie diese Helden sich auf das Speerwerfen verstehen, allen voran der Fremde. Wie aber vermag dein Gatte den Speer zu werfen?« Da wurde es der jüngsten Schwester zu viel, sie vergaß alle Versprechen, die sie ihrem Gatten gegeben hatte, und erwiderte: »Dieser fremde Held dort, den ihr bewundert, der ist mein Gatte!« Doch kaum hatte sie diese Worte ausgesprochen, da verschwand dieser vom Platz und ward nicht mehr gesehen. Da entsann sie sich des Versprechens und bereute es bitter, dass sie in ihrer Schwäche ihren Gatten verraten hatte. Sie ging in den Stall in der Hoffnung, dass er irgendwann wieder dort auftauchen würde, doch vergeblich! Es kam kein Gatte und auch kein Ross.

Am nächsten Morgen, nachdem sie kein Auge zugetan hatte, ging sie zu ihrem Vater und erklärte ihm, dass sie nun ausziehen müsse, um ihren verlorenen Gatten wiederzufinden. Der Padischah versuchte alles, um sie von diesem Vorhaben abzubringen, doch er vermochte nichts vorzubringen, was sie überzeugen könnte. Da ließ er sie ziehen.

Die Prinzessin machte sich auf den Weg und wanderte so lange, bis sie endlich vollkommen entkräftet am Fuße eines Berges haltmachte. Sie wusste nicht, wie sie ihren Gatten finden sollte, und wollte sich schon der Verzweiflung hingeben, als ihr die drei Haare einfielen, die er ihr gegeben hatte. Sofort nahm sie eines hervor und verbrannte es. Da plötzlich stand ihr Gatte vor ihr und die beiden sanken sich glücklich in die Arme. Dann sprach ihr Gatte: »Meine liebe Gattin, habe ich dir nicht gesagt, dass du mich verlieren würdest, wenn du mein Geheimnis verrätst? Jetzt bist du auf der Suche nach mir in die Heimat meiner Mutter eingedrungen, denn dieser Berg hier ist unser Haus. Wenn sie dich erblickt, wird sie dich sofort verschlingen!« Die Prinzessin erschrak sehr und weinte darüber, dass sie ihren Gatten nun schon wieder verlieren müsse. Da verwandelte ihr Gatte sie in einen Apfel, den er in den Berg trug und dort auf einen Schrank legte. Als wenig später seine Mutter erschien, rief sie sofort: »Ich rieche Menschenfleisch! Du hast hier Menschenfleisch versteckt! Gib es mir, denn mich verlangt danach!« Ihr Sohn leugnete zwar, aber sie ließ sich nicht beirren. Da sprach der Sohn: »Wenn du schwörst, dass du ihm kein Leid zufügen wirst, so zeige ich dir das Menschenkind.« Sie schwor und der Jüngling verwandelte den Apfel wieder in die Prinzessin. »Dies«, sprach er, »ist meine Gattin, und ich bitte dich, gut zu ihr zu sein.« Da die Dew-Mutter nun einmal geschworen hatte, rührte sie die Prinzessin nicht an, sann aber nach einer List, wie sie ihrer dennoch habhaft werden konnte.

Als einmal der Jüngling nicht zu Hause war, da trug die Mutter ihrer Schwiegertochter auf: »Fege und fege doch nicht!« Die Prinzessin verstand die Aufgabe nicht und wusste nicht, wie sie es anstellen sollte, zu fegen und doch nicht zu fegen. Da fielen ihr wieder die Haare ein und sie verbrannte das zweite. Ihr Gatte erschien sofort, und nachdem sie ihm gesagt hatte, was die Mutter ihr aufgetragen hatte, da sprach er: »Es bedeutet, dass du hier drinnen kehren sollst, in der Vorhalle aber nicht«, und verschwand wieder. Sie aber erledigte nun ihre Aufgabe und wartete auf die Schwiegermutter. Diese kehrte am Abend heim und fragte sie, ob sie getan habe, was sie von ihr verlangt habe. »Ich habe gefegt und habe nicht gefegt«, erwiderte diese. Da wusste die Dew-Mutter, dass ihr Sohn seine Hand mit im Spiel hatte, und ging wütend weg.

Tags darauf gab sie der Prinzessin drei Schalen und trug ihr auf, diese mit ihren eigenen Tränen zu füllen. Die arme Prinzessin mühte sich ab, konnte aber nicht mehr als zwei Tropfen hervorbringen. Da nahm sie nun das dritte Haar und verbrannte es. Als der Jüngling erschien und erfuhr, welche List seine Mutter dieses Mal anwenden wollte, füllte er die Schalen mit

Wasser und gab Salz hinzu. Als die Mutter heimkehrte und die drei Schalen randvoll mit Tränen gefüllt vorfand, schrie und schimpfte sie vor Wut, denn auch dieses Mal hatte ihr Sohn ihr einen Strich durch die Rechnung gemacht. Aber sie nahm sich vor, es ihrem Sohn und seiner Gattin heimzuzahlen.

Am nächsten Morgen verlangte sie von der Prinzessin, sie solle eine Pastete zubereiten, die sie am Abend verspeisen wolle. Die Prinzessin ging im ganzen Haus herum und fand keine einzige Zutat, die sie benötigte. Da wusste sie sich nicht zu helfen, setzte sich in eine Ecke und weinte bitterlich, denn sie hatte auch kein Haar mehr, mit dem sie ihren Gatten herbeirufen konnte. Dieser aber ahnte, dass seine Mutter wieder etwas ausheckte, und kam nach Hause. Und wie er seine Gattin dort weinend vorfand, sprach er: »Jetzt werden wir von hier fliehen, denn meine Mutter wird nicht eher ruhen, bis sie dich gefressen hat!« Damit traten die beiden aus dem Berg hinaus und liefen fort, so schnell sie konnten.

Lassen wir die beiden nun laufen, so weit sie ihre Füße tragen, und sehen, was die Dew-Mutter erwartete. Als diese am Abend heimkehrte und sah, dass die beiden entflohen waren, rief sie sofort ihre Schwester zu sich und verlangte von ihr, sie solle ihren Sohn und dessen Gattin zurückholen. Diese setzte sich in einen Krug, nahm eine Schlange als Peitsche und jagte den beiden nach.

Der Jüngling bemerkte bald, dass seine Tante sie verfolgte. Er versetzte seiner Gattin einen Schlag, verwandelte sie in ein Badehaus, sich selbst in einen Bademeister und setzte sich vor den Eingang. Seine Tante stieg aus ihrem Gefährt und fragte, da sie den Jüngling nicht erkannte, den Bademeister, ob ihm ein Jüngling und seine Gefährtin begegnet seien. Der Bademeister antwortete: »Ich habe soeben das Bad eingeheizt, es ist noch niemand gekommen. Wenn du willst, geh hinein und sieh nach!« Die Dew-Frau sah ein, dass sie die beiden verloren hatte, und kehrte mit leeren Händen zu ihrer Schwester zurück. Diese fragte sie, ob sie unterwegs niemanden gefragt habe, und als die Schwester den Bademeister erwähnte, da schimpfte sie ihre Schwester aus und rief: »Du Närrin, der Bademeister war mein Sohn und das Badehaus meine Schwiegertochter! Du hast die beiden nicht erkannt!« Damit jagte die Dew-Mutter diese Schwester fort und rief ihre zweite Schwester zu sich und schickte sie los, damit sie die beiden zurückholte.

Unser Jüngling aber bemerkte auch bald die andere Tante. Sofort verwandelte er seine Frau in einen Brunnen, sich selbst in einen Bauern und begann, Wasser zu schöpfen. Da trat die Tante an ihn heran und fragte ihn, ob er nicht einen Jüngling und seine Gefährtin gesehen habe. Der Bauer antwortete aber: »Dieser Brunnen hat gutes Wasser, drum schöpfe ich daraus.« Da dachte die Dew-Frau, dass er blöde sei, und weil sie weit und breit keine Spur von ihrem Neffen sah, kehrte auch sie unverrichteter Dinge zu ihrer Schwester zurück. Diese fragte, ob sie denn niemanden nach den beiden gefragt habe. »Das habe ich«, antwortete die Schwester, »aber es war ein Bauer an einem Brunnen, der sich als blöde herausstellte.« – »Und du bist noch viel blöder, denn du hast ja nicht gemerkt, dass der Bauer mein Sohn war und der Brunnen meine Schwiegertochter!« Die Dew-Frau sah endlich ein, dass sie sich selbst um die Sache kümmern musste, setzte sich also in einen Krug, nahm sich eine Schlange als Peitsche und nahm die Verfolgung auf.

Der Jüngling blickte wieder zurück und sah zu seinem Schrecken, dass nun seine Mutter hinter ihnen her war. Da verwandelte er seine Gattin in einen Baum und sich selbst in eine große Schlange, die sich um den Baum wand. Die Mutter aber erkannte im Baum ihre Schwiegertochter und wollte den Baum schon klein hacken, als sie plötzlich sah, dass sie dadurch auch ihren Sohn töten würde, der sich um den Baum geschlungen hatte. Da rief sie ihrem Sohn zu: »Mein Sohn, überlasst mir wenigstens den kleinen Finger der Menschentochter, dann lasse ich euch gehen!« Der Jüngling kannte seine Mutter nur zu gut und wusste, dass sie nicht eher Ruhe geben würde, bis sie nicht vom Fleisch seiner Gattin gefressen hätte. Da redete er seiner Gemahlin zu und erreichte es, dass sie aus freien Stücken ihren Finger hergeben wollte. Sobald sie der Dew-Mutter den Finger zeigten, biss sie ihn ab und verschlang ihn gierig, dann trollte sie sich und wurde nicht mehr gesehen.

Die beiden waren nun erleichtert über ihre Befreiung. Der Jüngling verwandelte sich und seine Gemahlin wieder zurück, und gemeinsam machten sie sich auf den Weg in die Heimat der Prinzessin. Dort erwartete sie der Padischah bereits ungeduldig und ließ aus Freude über ihre Rückkehr ihre Hochzeit noch einmal feiern. Der Jüngling hatte sich von seiner Dew-Mutter losgesagt und lebte fortan in Menschengestalt weiter glücklich mit seiner Gemahlin.

Sie haben das Ziel ihrer Wünsche erreicht, und es möge ihnen ein langes Leben zuteil werden – und uns ein Sack voll Kohle!

Kamertaj, das Mondross

Es war einmal, und doch war es keinmal. Es gab einmal einen Padischah. Der kratzte sich am Kopf und fand eine Laus.

Der Padischah wusste nicht, was das für ein Wesen war, und zeigte es seinem Lala. Auch dieser kannte das Tier nicht. Beide betrachteten es neugierig und fragten sich immerzu, was es wohl sei und wovon es sich wohl ernähre. Der Lala meinte, es könne ein Käfer sein, der sich von Menschenblut ernährt. Der Padischah ließ daraufhin jeden Tag ein Tier schlachten und das Tierchen damit füttern. So lebte die Laus ein angenehmes Leben im Palast und wuchs durch die gute Nahrung auf die Größe einer Katze heran. Da sie aber noch immer nicht wussten, was dies für ein Tier sei, ließ der Padischah die Laus schlachten und ihr Fell ans Palasttor hängen, auf dass jeder es sehen könne. Wer aber errate, von welchem Tier dies das Fell sei, dem würde er seine einzige Tochter zur Frau geben. Schon bald versammelte sich viel Volk vor den Toren des Palastes. Man betrachtete das Fell von allen Seiten, doch niemand war in der Lage, den Namen des Tieres zu nennen.

Es begab sich aber, dass auch ein Dew von dem Fell

hörte. Und da er immer hungrig war und zudem seit drei Tagen nichts gegessen hatte, dachte er sich: »Das trifft sich sehr gut. Ich werde mir das Fell einmal ansehen, und wenn ich das Tier errate, lasse ich mir die Sultanstochter schmecken!« So ging er zum Palast und sah, dass es sich um eine Laus handelte. Dann trat er vor den Padischah, sagte zu ihm: »Das Fell stammt von einer Laus!«, und verlangte nach dessen Tochter. Da bereute es der Padischah sehr, dass er seine Tochter als Belohnung ausgesetzt hatte. Wie sollte er seine einzige Tochter einem Dew zur Frau geben? Er versuchte, sie durch so viele Sklavinnen auszulösen, wie der Dew nur haben wollte. Doch dieser wollte einzig und allein die Sultanstochter und ließ nicht mit sich verhandeln! Zuletzt musste der Padischah nachgeben und seiner Tochter mitteilen, dass sie von nun an die Gemahlin eines Dews sein würde und dass sie noch am selben Tag mit ihrem Gatten ziehen müsse. Da setzte ein lautes Jammern und Klagen ein, und die Prinzessin weinte so bitterlich, dass es der Padischah kaum ertragen konnte. Doch es half alles nichts, sie musste gehen, und so fügte sie sich in ihr Schicksal und machte sich zur Reise bereit. Der Dew indes war vorausgegangen, um auf die Prinzessin zu warten.

Nun hatte der Padischah in seinem Stall ein Pferd, dem man statt des üblichen Futters Rosenwasser, Nüsse und Rosinen gab. Man nannte es Kamertaj, das Mondross. Auf diesem Pferd wollte die Prinzessin zum Dew reiten. Sie ließ es satteln und zäumen und stieg auf. Eine Eskorte begleitete sie bis zum Fuße des Berges, in dem sich der Dew aufhielt. Als die Reiter sahen, dass der Dew auf dem Berg saß, da ließen sie die Prinzessin zurück und ritten heim. Unsere Prinzessin betete in ihrer Not zu Gott, damit er sie erlöse. Plötzlich fing das Mondross zu sprechen an und sagte: »Meine Herrin, fürchte dich nicht! Schließe deine Augen und halte dich an meiner Mähne gut fest!« Und kaum hatte sie ihre Augen geschlossen, erhob sich das Ross mit ihr in die Lüfte, und als sie ihre Augen wieder öffnete, sah sie, dass sie sich inmitten eines Gartens auf einer Insel befand. Um sie herum war nur das weite Meer. Der Dew aber, der auf seinem Berg zurückgeblieben war, rief: »Du entkommst mir nicht!«, und machte sich sogleich auf die Suche.

Lassen wir den Dew suchen und sehen, wie es der Sultanstochter erging. Diese war dankbar für ihre Rettung und blickte sich um. Im Garten, in dem sie sich befand, stand auch ein Palast. Die Prinzessin ging hinein und wollte sich ein wenig ausruhen. Kamertaj, das Mondross, wollte im Garten verweilen. Nun fuhr ein Prinz mit seinem Lala in einem Boot umher. Auf einmal erblickte der Prinz ein goldenes Leuchten, das vom Garten kam, und er rief seinem Lala zu, dass jemand in den Palast gegangen sein müsse. Was der Prinz aber sah, war das Leuchten vom goldenen Fell des Mondrosses. Er wollte sich vergewissern, ruderte ans Ufer, ging in den Garten und fand das Ross vor. »Da muss es auch einen Reiter geben«, dachte er sich und betrat den Palast. Dort erblickte er die Sultanstochter, die sofort ihren Schleier anlegte, doch auch der konnte nicht verbergen, dass sie eine Schönheit war, die ihresgleichen suchte. Da sprach sie der Prinz an und fragte sie, wer sie sei und woher sie komme. Die Prinzessin erzählte ihm, was ihr widerfahren war und wie sie auf diese Insel gekommen war. Darauf erklärte der Prinz, dass sein Vater auch ein Padischah sei, und wenn es ihr Wille sei, so wolle er sie in seinen Palast führen und mit Gottes Erlaubnis zur Gemahlin nehmen. Die Prinzessin willigte ein, und so bestiegen sie gemeinsam mit dem Mondross das Boot und fuhren in die Heimat des Prinzen. Der Vater des Prinzen hörte die Geschichte der Prinzessin und fand, dass er keine bessere Frau für seinen Sohn finden konnte. Er vermählte die beiden miteinander, und sie feierten die Hochzeit vierzig Tage und vierzig Nächte lang. Danach lebten sie in Glück und Zufriedenheit.

Eines Tages aber verwickelte sich der Padischah in einen Krieg mit einem seiner Nachbarreiche, und weil in damaliger Zeit die Herrscher an vorderster Front standen, rüstete sich der alte Padischah zum Kampf. Der Prinz wollte nichts davon wissen und anstelle seines Vaters in den Krieg ziehen. Der Padischah aber ermahnte seinen Sohn und sprach: »Mein Sohn, du bist jung, und deine Gattin ist in anderen Umständen. Du musst hier bei ihr bleiben.« Aber der Prinz war fest entschlossen und blieb hartnäckig. Da gab sein Vater nach und ließ ihn ziehen. In seiner Abwesenheit wurden dem Prinzen Zwillinge geboren, ein Sohn und eine Tochter.

Zu jener Zeit waren Tataren als Briefboten angestellt; sie überbrachten dem Padischah Briefe von seinem Sohn und dem Prinzen Briefe von seinem Vater. In der Zwischenzeit hatte der Dew in Erfahrung gebracht, wohin die Prinzessin geflohen war und was sich nach ihrer Flucht ereignet hatte. Er wusste auch, dass der Prinz im Krieg war und dass seine Gattin Zwillinge geboren hatte. Der Dew ließ sich in der neuen Heimat der Prinzessin nieder und eröffnete dort ein Kaffeehaus. Er passte nun die tatarischen Briefträger ab und lud sie zu einem Kaffee in sein Haus, denn er wusste, dass sie gerade den Brief bei sich hatten, in dem der Padischah dem Prinzen die Geburt seiner Kinder mitteilte. Die Boten getrauten sich nicht, die Einladung des Dews abzulehnen, und setzten sich auf einen Kaffee hin. Der Dew aber hielt sie mit Reden und mit Kaffee so lange bei sich, bis der Abend anbrach. Die Tataren wollten nun mit dem Brief davoneilen, aber der Dew ließ es nicht zu, dass sie zu so später Stunde noch reisten, und so verbrachten sie die Nacht in seinem Haus. Um Mitternacht, während die Boten schliefen, nahm nun der Dew ihren Briefsack hervor, suchte darin herum und fand den Brief des Padischahs. Schnell zerriss er ihn und schrieb stattdessen: »Zwei Hundejungen hat deine Gattin geboren, sollen wir sie töten oder am Leben lassen, bis du zurückkehrst?« Dann steckte er den falschen Brief in den Sack.

In der Frühe standen die Tataren auf, nahmen ihren Sack und eilten damit ins Lager des Prinzen. Sie übergaben ihm den Brief, und als er ihn gelesen hatte, schrieb er folgende Antwort: »Mein Vater! Die beiden Hundejungen meiner Gattin tötet nicht. Zieht sie auf, bis ich heimkehre!«, und übergab sie den Boten. Hiermit kehrten die Tataren zum Padischah zurück. Auf der Rückfahrt lud sie der Dew wieder zu einem Kaffee und behielt sie bis zum nächsten Morgen bei sich. Er öffnete den Brief des Prinzen, zerriss ihn und schrieb stattdessen: »Schah, mein Vater! Ich habe hier eine Gefährtin gefunden, die noch schöner ist als meine Gattin. Daher nimm meine Gattin und jage sie mit ihren Kindern fort, möge sie dorthin zurückkehren, woher sie gekommen ist! Das Mondross aber fessle mit einer tausend Zentner schweren Kette.«

Am nächsten Tag nahmen die beiden Tataren den Brief und übergaben ihn dem Padischah. Als des Prinzen Gattin die Tataren erblickte, eilte sie hocherfreut zum Padischah, damit er ihr den Brief des Gatten zeige. Der Padischah getraute sich nicht, ihr den Brief zu geben, und leugnete, dass die Tataren Briefe gebracht haben. Die Frau sprach: »Ich habe die Briefe aber doch mit meinen eigenen Augen gesehen. Ist dem Prinzen etwa ein Unheil zugestoßen und du verheimlichst es mir?« Da erblickte sie unter dem Knie des Padischahs den Brief, riss ihn an sich und las ihn. Bitterlich weinte die arme Frau, und vergeblich tröstete sie der Padischah und wollte sie zurückhalten; sie aber wollte keinen Augenblick länger im Palast bleiben. Sie nahm ihre beiden Kinder und ging in die weite Welt. Die arme Frau ging mit ihren Kindern Tag um Tag, Woche um Woche. Sie hatte nichts, um ihren Hunger zu stillen, und kein Bett für ihre müden Körper. Ihre Milch versiegte, sie konnte ihre Kinder nicht mehr stillen und wurde vom Wandern so müde, dass sie keinen Schritt mehr tun konnte. »O mein Herr, mein Schöpfer«, flehte die arme Frau, »erbarme dich meiner Kinder, lass sie nicht sterben!« Und wie sie da saß mit ihren Kindern und gedankenverloren mit einem Stück Holz in der Erde stocherte, sprudelte dort plötzlich Wasser hervor, und vom Himmel fiel Mehl herab. Die Frau dankte Gott dafür, dass er ihr Gebet erhört hatte, knetete aus dem Wasser und dem Mehl einen Teig und fütterte ihre Kinder.

Inzwischen hatte der Dew vom neuen Los der Frau und ihrer Kinder erfahren und machte sich nun auf den Weg, um sie zu vernichten. Als er sich dem Ort näherte, an dem sich die Frau mit ihren Kindern befand, erblickte ihn die Prinzessin. In ihrer schrecklichen Angst rief sie: »Eile, mein Kamertaj, denn ich sterbe!« Im fernen Palast hörte das Mondross den Ruf der Frau, es rüttelte einmal an der tausend Zentner schweren Kette, aber es konnte sie nicht zerreißen. Je mehr aber der Dew sich der Frau näherte, desto größer wurde ihre Angst. Sie hielt ihre beiden Kinder im Arm und rief in ihrer Verzweiflung wieder nach dem Ross. Das gefesselte Mondpferd rüttelte noch stärker an der Kette, konnte sie aber immer noch nicht zerreißen. Der Dew war der Prinzessin schon ganz nahe, als sie zum letzten Male so laut rief, wie sie dazu imstande war. Kamertaj nahm nun seine ganze Kraft zusammen, riss die tausend Zentner schwere Kette entzwei und erschien im selben Augenblick bei der Frau. »O Herrin«, sprach es, »fürchte dich nicht; schließe beide Augen und pack meine Mähne fest an!« – und als sie die Augen öffnete, befanden sie sich in einem fernen Land jenseits des Meeres. Der Dew trollte sich abermals hungrig davon.

Das Mondross hatte die Frau in sein eigenes Reich gebracht. Kamertaj fühlte, dass seine Zeit bald zu Ende gehen würde, und sagte der Prinzessin, dass es bald sterben werde. Diese bat das Pferd inständig, sie mit ihren Kindern nicht allein zu lassen: Wer würde sie dann vor dem Dew schützen? »Fürchte dich nicht«, tröstete sie das Ross, »hier wird dir kein Unglück geschehen. Wenn ich gestorben bin, schneide mein Haupt ab und stecke es in die Erde. Meinen Bauch schlitze auf und das eine Ende meiner Gedärme binde an eines meiner Ohren, mit dem anderen Ende aber umkreise diesen Berg und binde es dann an das andere Ohr. Wenn du damit fertig bist, lege dich mit deinen Kindern in meinen Magen.« Hierauf sank das Mondross auf die Erde und starb. Die Prinzessin schnitt ihm also das Haupt ab und grub es in die Erde ein. Dann schlitzte sie ihm den Bauch auf, mit den beiden Enden seiner Gedärme umspannte sie den Berg und legte sich dann mit ihren Kindern in den Magen des Rosses, wo sie nach einer Weile einschlief. Als sie wieder erwachte, sah sie sich in einem so schönen Palast, wie weder ihr Vater noch ihr Gatte einen besaßen. Sie lag in einem schönen Bett, und kaum, dass sie sich erhob, brachten viele Diener Wasser herbei; die einen badeten sie, die anderen trockneten sie ab, andere wieder kleideten sie an. Ihre beiden Kinder lagen in goldenen Wiegen, Ammen stillten sie und sangen sie mit Schlummerliedern in den Schlaf. Und zur Essenszeit brachte man ihnen viele goldene und silberne Schüsseln mit prächtigen Speisen. Sie wollte das Ganze für einen Traum halten, aber Tage vergingen, Wochen vergingen, aus Wochen wurden Monate, aus Monaten wurde ein Jahr und die Prinzessin lebte zufrieden mit ihren Kindern.

Lassen wir sie in ihrem Palast und wenden uns dem Prinzen zu. Dieser hatte indessen den Feldzug beendet, und als er nun eilig heimkehrte, fand er seine Gattin nicht mehr vor. Er fragte seinen Vater, wo seine Gattin und die von ihr geborenen beiden Hundejungen sich befänden. Der Padischah erstaunte über diese sonderbare Rede seines Sohnes. Doch machen wir die Sache kurz: Sie nahmen die Briefe hervor und erkannten, dass dies nicht diejenigen waren, die sie geschrieben hatten. Daraufhin ließen sie die Tataren herbeirufen. Nachdem diese berichtet hatten, dass sie Gäste im Hause des Dew gewesen waren, erkannten der Padischah und sein Sohn, dass der Dew ihnen übel mitgespielt hatte. Der Prinz hatte keine Ruhe mehr, und in Begleitung seines Lala machte er sich auf den Weg, seine Gattin zu suchen.

Sie wanderten und zogen über Berg und Tal; sechs Monate schon waren sie auf der Reise und machten nirgends Rast. Eines Tages gelangten sie an den Fuß eines Berges, von wo aus man einen Palast sehen konnte. Ohne es zu wissen, war der Prinz am Palast des Mondrosses, in dem sich seine Gattin und seine Kinder aufhielten, angekommen. Der Prinz hatte aber keine Kraft mehr zum Weitergehen und sagte zu seinem Lala: »Geh in den Palast dort, verlang ein Stückchen Brot und Wasser, damit wir unseren Weg fortsetzen können.« Der Lala ging also zum Palast, und als er das Tor desselben erreichte, empfingen ihn zwei kleine Kinder und luden ihn in den Palast ein, damit er sich bei ihnen ausruhe. Er trat ein, aber der Fußboden im Innern des Palastes war so schön, dass er sich kaum getraute aufzutreten. Die Kinder zerrten ihn, er solle sich zu ihnen auf das Sofa setzen, und brachten ihm Speisen und Getränke. Der Lala wollte aber nicht zugreifen; er meinte, dass sein Sohn draußen vor dem Palast warte, da er zu müde sei, um weiterzugehen. Bevor er von den Speisen esse, wolle er vorher etwas davon seinem Sohn geben. »O Väterchen Derwisch«, baten die Kinder, »vorher sättige du dich, dann kannst du auch deinem Sohn etwas nach draußen tragen.« Der Lala ließ sich nun nicht länger nötigen, aß und trank, schlürfte den Kaffee, rauchte die Wasserpfeife, und während er sich zur Rückkehr zum Prinzen rüstete, erzählten die Kinder ihrer Mutter von ihrem Gast. Die Frau blickte zum Fenster hinaus und erkannte den Prinzen, ihren Gatten. Sie selbst suchte die Speisen aus, legte sie in goldene Gefäße und schickte sie so durch den Lala zu ihrem Gemahl herab. Der Prinz staunte über die vielen goldenen und silbernen Schüsseln und über die herrlichen Speisen. Er hob den Deckel von den Gefäßen, legte ihn auf die Erde und siehe da: Er rollte von selbst zurück in den Palast. Der Prinz aß die Speise aus der Schüssel und auch diese rollte zurück; wie er der Reihe nach aus den Schüsseln alle Speisen gegessen hatte, rollten sie alle zurück. Dann kam aus dem Palast ein Diener und lud die Reisenden zu einem Kaffee ein.

Indessen nahm die Frau ihre beiden Kinder an die Hand, gab ihnen je ein hölzernes Pferd und schickte sie zum Tor, damit sie die Gäste empfingen. »Wenn der Derwisch mit seinem Sohn kommt«, sprach die Mutter zu ihnen, »führt ihn in dies und dies Gemach.« Die Frau nahm wieder einige Schüsseln mit Speisen hervor und fügte hinzu: »Tragt dies zu den Gästen und nötigt sie zu essen. Wenn sie euch auch von den Speisen anbieten, so sagt ihnen, dass ihr schon satt seid, aber vielleicht sind eure Pferde hungrig, und lehnt dann eure beiden Holzpferde an den Tisch. Sie werden dann sagen: ›Wie kann ein Holzstück denn essen?‹ Ihr antwortet darauf …« und flüsterte den Kindern etwas ins Ohr.

Die beiden Kinder taten, wie ihnen die Mutter befohlen hatte. Sie begrüßten den Derwisch und seinen Sohn, führten die beiden in das von der Mutter bestimmte Gemach und setzten ihnen die Speisen vor. So herrliche Speisen befanden sich in den Schüsseln, dass sie auch zum zweiten Mal zugriffen. »Esst auch ihr!«, sagten sie zu den Kindern. »Wir sind schon satt«, antworteten diese, »aber unsere Pferde sind vielleicht hungrig«, und hiermit lehnten sie ihre beiden Holzpferde an den Tisch. »Aber Kinder«, rief der Prinz, »Holzpferde können doch nicht essen!« – »Das weißt du«, antworteten die beiden Kinder, »dass ein Holzpferd nicht essen kann, das aber weißt du nicht, dass ein menschliches Wesen keine Hundejungen zur Welt bringen kann!«

Da erkannte der Prinz, dass dies seine Kinder waren, und nahm sie voller Freude in die Arme. Und wie seine Gattin eintrat, lief er auf sie zu und bat sie um Vergebung. Dann erzählten sie einander, was sich seit ihrer Trennung zugetragen hatte, und wie viel glücklicher waren sie jetzt, da sie sich wiedergefunden hatten! Der Prinz nahm nun seine Gemahlin und seine Kinder und machte sich auf den Weg in seine Heimat. Nachdem sie ein Stück gegangen waren, blickten sie zurück, um einen letzten Blick auf den Palast zu werfen. Doch zu ihrem großen Erstaunen war weit und breit kein Palast zu sehen! Sie gedachten noch einmal des Mondpferdes und seines Opfers, dann setzten sie ihre Reise fort.

Doch der Dew lauerte auf dem Weg und wollte sie schon angreifen, als der Prinz ihm zuvorkam und das Ungeheuer ein für allemal erledigte. Dann endlich konnten sie sich beruhigt in ihren Palast begeben. Aus Freude über ihre Wiedervereinigung feierten sie erneut vierzig Tage und vierzig Nächte ihre Hochzeit. Bald darauf starb der alte Padischah, und sein Sohn wurde auf den Thron gesetzt. Er regierte sein Reich in Weisheit und Güte und lebte mit seiner Gemahlin in Glückseligkeit.

Drei Äpfel fielen vom Himmel. Der eine gebührt dem Märchenerzähler, der zweite dem Zuhörer, und der dritte – nun, der gehört mir.

Die schöne Sultanstochter und die vierzig Räuber

Es war einmal, und doch war es keinmal. In früher Zeit, als das Sieb im Stroh lag, gab es in Bagdad einen über alle Maßen reichen Padischah. In der Schatzkammer dieses Padischahs gab es so viel Gold, Diamanten, Smaragde und andere Edelsteine, dass es unmöglich war, sie alle zu zählen, der Padischah selbst kannte ihre genaue Anzahl nicht. Der Ruhm dieses legendären Schatzes von Bagdad verbreitete sich über die ganze Welt.

So berühmt war dieser Schatz, dass die gefürchteten vierzig Räuber, die in den gesamten arabischen Ländern geplündert hatten, sich entschieden, diesen Schatz zu rauben. Unter der Führung ihres berühmten Hauptmannes Hırsız Tahir machten sie sich sofort auf den Weg und gelangten nach Bagdad. Ohne Zeit zu verlieren, kundschafteten sie die örtlichen Gegebenheiten aus und fanden einen einfachen Weg, um an den Schatz zu kommen. Nach und nach raubten sie die Schätze aus der Schatzkammer des Padischahs. Eines Tages aber wurden die Taten der vierzig Räuber bemerkt. Daraufhin wurden Hunderte von Soldaten um den Palast herum und in der Schatzkammer postiert.

Aber vergeblich: Die Schatzkammer wurde nach wie vor ausgeraubt. Der Padischah wurde sehr zornig darüber, dass diesen Räubern nicht beizukommen war. In seiner Wut fing er mit jedem Streit an, der ihm begegnete. Er entließ seinen Hauptmann, der mit seinen Soldaten weder den Palast noch die Schatzkammer beschützen konnte, und setzte an dessen Stelle einen neuen ein.

Dieser Padischah hatte auch eine sehr schöne Tochter. Das Mädchen war so überaus schön, dass es auf der Welt niemanden gab, der nicht von seiner Schönheit gehört hätte. Wann immer die Rede von Schönheit war, dann wurde in aller Herren Länder die Tochter des Padischahs von Bagdad als Vorbild genannt. Darüber hinaus besaß diese schöne Prinzessin großen Mut und Tapferkeit. Ihre Hand beherrschte das Schwert besser als so mancher Mann, sie übertraf sogar einige Soldaten ihres Vaters.

Die ständige Plünderung des Schatzes bekümmerte auch sie sehr. Die Sache ging ihr so nahe, dass sie es schließlich nicht mehr ertragen konnte und zu ihrem Vater ging. »Erlaubt mir, mein Vater«, bat sie, »dass ich heute Nacht Eure Schatzkammer bewache.« Den Padischah erfreuten diese Worte seiner Tochter, die keine Furcht kennen wollte, aber er entgegnete: »Wie kann das angehen, mein Kind? Du bist die Hand, die mich führt und mein Auge zur Welt: Du bist meine einzige Tochter. Wie könnte ich meine Zustimmung dazu geben, dass du gegen mordende Räuber kämpfst?« Doch sosehr er sich auch bemühte, er konnte seine Tochter nicht von ihrer Meinung abbringen. Nachdem er ihrem Bitten und Flehen nicht mehr standhalten konnte, gab er ihr seine Erlaubnis. Gleichzeitig aber befahl er, dass sich zahlreiche Soldaten zu ihrem Schutz aufstellen sollten. Sogleich legte die schöne Prinzessin ihre eiserne Rüstung an und setzte ihren Helm auf. Dann nahm sie in die linke Hand ihren Schild, in die rechte ihr Schwert und bezog mit den Soldaten Stellung in der Schatzkammer. Seit vierzig Nächten wurde die Schatzkammer von den vierzig Räubern nun ausgeraubt. Dazu stieg jede Nacht der Reihe nach ein Räuber durch ein kleines Fenster in die Schatzkammer ein und nahm so viele Edelsteine als er nur konnte an sich. Jeder der Räuber streckte die meisten Soldaten, die sich ihm in den Weg stellten, nieder und floh wieder durch das Fenster. Den wenigen übrig gebliebenen Soldaten, die sie dennoch zu fangen suchten, gelang es lediglich, ihnen kleine harmlose Wunden zuzufügen.

Jene Nacht war nun die einundvierzigste Nacht und die Reihe war an Hırsız Tahir, den Hauptmann der vierzig Räuber gekommen. Die schöne Sultanstochter positionierte die Soldaten in jeden Winkel der Schatzkammer, sie selbst stellte sich mit gezogenem Schwert unter das Fenster. Dann, gegen Mitternacht, erklang plötzlich ein Geräusch. Kurz darauf zerbrach die Fensterscheibe und wenig später ragte ein Kopf in die Schatzkammer hinein. Die Prinzessin hob im Nu das Schwert und ließ es mit der größten Kraft, zu der sie fähig war, auf den Kopf niederfahren. Sie hätte dem Schurken den Kopf abgeschlagen, wäre der nicht eine Sekunde schneller gewesen. So tötete sie ihn zwar nicht, fügte ihm aber eine beträchtliche Wunde über der rechten Braue zu. Er sprang aus dem Fenster und verabschiedete sich von der Prinzessin mit den Worten: »Eines Tages wirst du meine Rache zu spüren bekommen, vergiss das nicht, Prinzessin!« Daraufhin verschwand er in der dunklen Nacht. Die Prinzessin aber behielt ihre Stellung in der Schatzkammer bis zum Morgengrauen. Es ließ sich kein Räuber mehr blicken. Als sie schließlich von der Müdigkeit übermannt wurde, brachte man sie auf ihr Zimmer und legte sie zu Bett. Von diesem Tage an wurde der Schatz des Padischahs von Räubern verschont.

Tage kamen und gingen, wurden zu Wochen und Wochen wurden zu Monaten. So verging eine lange Zeit. Eines Tages erschien vor den Toren des Palastes ein prächtig gekleideter Jüngling: Er trug kostbare Gewänder, seinen Kopf schmückte eine weiße Pelzmütze, und seine Waffen waren mit Gold und Silber verziert. Dieser schöne Held sprach zu den Wächtern des Palastes: »Führt mich zu eurem Padischah! Denn ich will ihn um etwas ersuchen.« Die Wächter sahen, dass dieser Jüngling wie ein Prinz gekleidet war, und ließen sofort den Padischah unterrichten. Der Padischah sprach: »Führt ihn zu mir!« Als der Jüngling vor den Padischah trat, bemerkte auch dieser seine edle Erscheinung und sprach zu ihm in freundlichem Ton: »Nimm Platz, mein Sohn. Was für ein Gesuch führt dich zu mir?« Der Jüngling nahm Platz und antwortete: »Mein Vater ist der Padischah von Indien und ich bin gekommen, um mit Eurer Erlaubnis um die Hand Eurer Tochter anzuhalten.« Der Padischah war von diesem großartigen Prinzen beeindruckt und antwortete: »Mein Sohn, keinem Besseren als dir könnte ich meine Tochter geben. Deshalb habe ich keine Einwände. Doch muss ich nach der Meinung meiner Tochter fragen. Denn sie ist mein Ein und Alles, mein einziges Kind auf der Welt. Ich kann nichts in ihrem Namen entscheiden, ohne sie vorher anzuhören.« – »Mein lieber Padischah«, erwiderte der Jüngling, »es geschehe, wie Ihr es wünscht. Die Prinzessin möge selbst entscheiden.« Hierauf brachte man den Jüngling in ein Nebenzimmer, und der Padischah befahl, man möge seine Tochter zu ihm bringen. Nach wenigen Augenblicken erschien die Prinzessin und ihr Vater erklärte ihr, dass der Sohn des Padischahs von Indien um ihre Hand angehalten habe. Doch er wolle ihre Meinung hören, bevor er dem Prinzen zusage. Ihr Vater schlug ihr vor, sie könne sich den Prinzen einmal von einer geheimen Nische aus ansehen. Die Prinzessin war zunächst von den Worten ihres Vaters überrascht, doch dann begab sie sich in die besagte Nische und lüftete vorsichtig den Vorhang: Vor ihr saß der Prinz in seinen kostbaren Gewändern und mit Gold und Silber beschlagenen Waffen. Der Jüngling gefiel ihr, und so sprach sie zu ihrem Vater: »Wenn es Euer Wille ist, mein Vater, so werde ich diesen Jüngling heiraten.« Der Padischah war sehr erfreut über die Worte seiner Tochter, und nachdem sie sich zurückgezogen hatte, ging er hinüber ins Nebenzimmer und teilte dem indischen Prinzen die Entscheidung seiner Tochter mit. Daraufhin wurde die bevorstehende Vermählung des Prinzen mit der Tochter des Padischahs bekannt gegeben. Man begann mit den Festlichkeiten und feierte die Hochzeit mit zahlreichen anderen Padischahs und Prinzen aus den Nachbarreichen. Das Fest dauerte vierzig Tage und vierzig Nächte mit einzigartigen Belustigungen, und am einundvierzigsten Tag wurde die Prinzessin von Bagdad mit dem Prinzen aus Indien vermählt. Von diesem Tage an führten die beiden ein Leben in Glück und Zufriedenheit.

Der Prinz hatte allerdings die eigenartige Gewohnheit, seine weiße Mütze niemals abzulegen. Er trug sie zu jeder Zeit, nur nachts legte er sie ab und setzte sie morgens wieder auf, noch bevor seine Frau aufgewacht war. Dieser Umstand beschäftigte die Prinzessin nach einiger Zeit. Schließlich, als sie ihre Neugier nicht mehr bändigen konnte, fragte sie: »Mein lieber Prinz, aus welchem Grund legt Ihr niemals Eure Mütze ab? Mich wundert dies sehr.« Der Prinz tat so, als hätte er diese Frage nicht gehört, und brachte die Prinzessin auf andere Gedanken, indem er ihr wundersame Geschichten erzählte. Auf diese Weise vergaß die Prinzessin ihre Frage. Es vergingen weitere Tage und Wochen und der Prinz trug noch immer seine Mütze. In diesem Zustand verbrachte er Monat um Monat und Jahr um Jahr. Die beiden bekamen auch zwei schöne Kinder: einen Jungen und ein Mädchen.

Eines Tages saßen der Prinz und die Prinzessin im Palast an einem Fenster, aus dem sie in den Garten schauten, und unterhielten sich. Einmal entfuhr dem Prinzen ein tiefer Seufzer, der der Prinzessin nicht entging. Sofort fragte sie ihren Gemahl, was ihn derart bedrücke, dass er so tief seufze. Der Prinz stöhnte wieder auf und erwiderte: »Meine liebe Prinzessin, wie sollte ich denn nicht seufzen? Du hast hier Vater und Mutter und kannst sie sehen, wann immer es dir beliebt. Ich hingegen bin von den Meinen getrennt und meine Sehnsucht nach ihnen wächst mehr und mehr.« Darauf stieß er erneut einen Seufzer aus. Der Prinzessin gingen die Worte ihres Gatten so sehr zu Herzen, dass sie ihn trösten wollte, und so sprach sie zu ihm: »Mein Prinz, wenn dies dein Kummer ist, so lass ihn uns gleich beseitigen. Wenn es dein Wunsch ist, machen wir uns schon bald auf den Weg in das Reich deines Vaters.« Dem Prinzen gefielen die Worte seiner Gattin sehr, und er konnte ein wenig aufatmen. Noch am selben Tag holten sie die Erlaubnis des Padischahs zu ihrer Reise nach Indien ein und begannen sofort mit den Vorbereitungen. Es wurde für die Prinzessin und ihren Gemahl eine reichlich geschmückte, mit Gold und Silber getriebene und mit perlenbestickten Vorhängen versehene Sänfte angefertigt. Die Soldaten, die sie begleiten sollten, reinigten und polierten ihre Waffen und legten ihre neuen Rüstungen an. Der Prinz gedachte, die Kinder bei seinem Schwiegervater zu lassen, da die Reise doch sehr lange dauern würde. Die Prinzessin stimmte dem zu. Nach wenigen Tagen verabschiedeten sich die beiden von allen ihren Angehörigen und begaben sich in ihre Sänfte. Sie wurden eskortiert von Hunderten von Soldaten in prächtigen Rüstungen und mit glänzenden Waffen.

Über Berg und Tal und Stock und Stein führte ihr Weg Tag um Tag. An einer Quelle machten sie halt, um sich ein wenig auszuruhen. Da sagte der Prinz zu seiner Gattin: »Meine liebe Prinzessin, vor uns liegt noch ein sehr weiter Weg. Ist es denn nötig, dass wir alle Soldaten bis zum Ziel unserer Reise mitführen? Wäre es nicht klüger, dass wir einen Teil zurückschicken?« Die Prinzessin war mit dem Vorschlag ihres Gemahls einverstanden, und so trat die Hälfte der Soldaten den Rückweg an. Sie selbst setzten ihre Reise fort. Und wieder führte ihr Weg über Berge und Täler und über kleine Bäche und große Flüsse. Ihr Quartier hielten sie auf Wiesen und in Wäldern. Nachdem eine Woche vergangen war und sie wieder ein gutes Stück des Weges hinter sich gelassen hatten, sprach der Prinz erneut zu seiner Gattin: »Meine liebe Prinzessin, wir sind nun nicht weit von dem Reich meines Vaters entfernt. Ich habe schon einen Kurier losgeschickt, der meinem Vater die Nachricht über unsere Ankunft überbringt. Seine Soldaten werden uns jeden Augenblick entgegenkommen. Wir haben keine Verwendung mehr für die Soldaten, die uns noch begleiten. Wir sollten sie nicht weiter belasten und auch sie zurückschicken.« Auch dieses Mal war die Prinzessin mit dem Vorschlag ihres Gemahls einverstanden. Die Soldaten wurden zurückgeschickt, und nun reisten sie alleine in der Sänfte weiter.

Wieder ließen sie ein gutes Stück des Weges hinter sich. Endlich machten sie auf einem Berg halt und stiegen aus ihrer Sänfte aus, um ein wenig auszuruhen. Nachdem sie für die Nacht ein Zelt aufgeschlagen hatten, wandte sich der Prinz erneut an seine Frau: »Hier werden wir nun verweilen, meine liebe Prinzessin. Denn wir müssen auf die Soldaten meines Vaters warten. Deshalb können wir jetzt auch die Sänftenträger entlassen, da wir sie nicht mehr brauchen.« Die Prinzessin vermutete nichts Übles hinter den Worten ihres Mannes, dennoch entgegnete sie: »Aber mein lieber Prinz, was sollen wir beide alleine hier auf diesem Berg anstellen? Wie könnten wir uns vor wilden Tieren und Räubern schützen, wenn es Nacht wird?« Daraufhin antwortete der Prinz: »Sei ganz unbesorgt, meine Prinzessin, denn solange ich bei dir bin, droht uns beiden keine Gefahr. Wir werden die Soldaten meines Vaters ohnehin bald sehen.«

Und so gingen auch die Sänftenträger in ihre Heimat zurück. Der Prinz und die Prinzessin blieben nun ganz alleine zurück. Sie schwiegen eine Weile und blickten um sich. Kurz danach stellte sich der Prinz vor seiner Gattin auf und nahm plötzlich seine Mütze vom Kopf.

Zu ihr sagte er: »Nun meine liebe Prinzessin, die Zeit der Abrechnung ist jetzt gekommen! Vor dir steht Hırsız Tahir, der Anführer der vierzig Räuber. Hätte ich damals eine Sekunde gezögert, dann hättest du mir den Kopf abgeschlagen. Zwar bin ich dem Tod durch deine Hand entronnen, aber ich trage diese sichtbare Narbe über meiner Braue. Ich habe meine Zeit abgewartet und nun stehen wir hier, Angesicht zu Angesicht. Jetzt bist du mir ausgeliefert und sosehr du auch um Hilfe schreist, niemand wird dich hören. Such dir einen Tod aus, der dir am besten gefällt.« Die Prinzessin hatte ihre Lage bereits verstanden, als der Räuber seine Mütze abgenommen hatte. Statt sich zu fürchten, nahm die Prinzessin seine Worte mit einem Lächeln auf. Hırsız Tahir näherte sich ihr noch ein Stück und sagte: »Hast du nun verstanden, warum ich die Mütze nie abgenommen habe? Jetzt ist die Zeit gekommen, dir zu beweisen, was für ein raffinierter Mann Hırsız Tahir ist!« Mit diesen Worten nahm er einen Strick hervor, den er in seinem Hemd versteckt hatte, packte die Prinzessin am Arm und zerrte sie mit sich, um sie an einen Baum zu fesseln. Die Prinzessin versuchte, sich mit aller Kraft zu wehren, doch Hırsız Tahir sprach: »Du wehrst dich umsonst, meine liebe Prinzessin, denn du hast kein Schwert. Wie willst du da mit mir kämpfen? Ich werde dich an diesen Baum binden und dich dort verbrennen!« Doch die Prinzessin wehrte sich weiterhin, und so kämpften sie eine Weile miteinander. Doch schließlich ließen ihre Kräfte nach, und sie verstand, dass sie gegen Hırsız Tahir nichts ausrichten konnte. Sie hoffte, das der Mann, der, so schlecht er auch sei, viele Jahre lang ihr Ehemann gewesen war, ihr letztendlich doch nichts antun würde, und ging wankend zum Baum. Doch sie irrte sich: Hırsız Tahir hegte nur Rachegefühle für sie. Er band sie mit dem Strick fest an den Baum und errichtete um sie herum einen Scheiterhaufen aus herumliegenden Zweigen und Ästen. Noch immer dachte die Prinzessin, dass es sich um einen Scherz handeln müsse und er sie doch nicht verbrennen würde. So beobachtete sie ihn stumm, ohne zu weinen. Hırsız Tahir sprach: »Nun, du berühmte Tochter des Padischahs von Bagdad, es verbleibt dir sehr wenig Zeit auf dieser Welt. Hast du noch etwas zu sagen?« Die Prinzessin lächelte und antwortete: »Was sollte ich einem Mann wie dir denn zu sagen haben? Doch nur so viel, dass du dein Vorhaben so schnell wie möglich in die Tat umsetzen mögest, worauf wartest du also?«

Hırsız Tahir verärgerten die stolzen Worte der Prinzessin, die sich nicht vor dem Feuertod fürchtete und sich sogar über ihn lustig zu machen schien. Wütend griff er nach der Zunderbüchse in seiner Tasche, doch er fand sie dort nicht. »Du hast Glück, meine liebe Prinzessin«, sagte er, »ich habe die Zunderbüchse vergessen, aber denke bloß nicht, dass ich dich deswegen verschone. Denn ich werde jetzt Abhilfe schaffen.« Die Prinzessin ließ sich dadurch nicht beeindrucken, sondern beobachtete weiterhin lächelnd sein Verhalten. Der Räuber blickte nach links und nach rechts und entdeckte in der Ferne ein Licht. Da sagte er zur Prinzessin: »Dort drüben sehe ich Licht. Ich werde nun dorthin gehen, um Feuer zu besorgen. Ich bitte aber bereits jetzt um Verzeihung, falls wilde Tiere dich in der Zwischenzeit zerfleischen.« Damit lief er in die Richtung, aus der das Licht kam.

Es wurde Abend, und über die Welt legte sich langsam die Dämmerung. Die am Baum festgebundene Prinzessin fing an, sich zu fürchten. In diesen angstvollen Minuten hörte sie plötzlich in der Ferne das Geräusch von kleinen Glöckchen. Nach und nach hörte sie eins, dann zwei, dann drei, dann vier Glöckchen, die näher und näher kamen. Je näher die Laute kamen, desto mehr freute sie sich, desto mehr fürchtete sie sich aber auch. Denn sie wusste nicht, wodurch diese Geräusche verursacht wurden. Dann waren die Geräusche ganz nah. Und als sie hier und da ein Pferd wiehern, ein Kamel brüllen und einen Menschen husten hörte, da erkannte sie, dass es sich um eine Karawane handeln musste. Kurz danach erreichte die Karawane den Ort, an dem sich die Prinzessin befand. Der Anführer der Karawane bemerkte, dass dort ein Mensch an einen Baum gebunden war, und lief sofort zu ihr. Was er sah, war ein schönes Mädchen mit zerrissenen Kleidern und wirrem Haar. Doch seine Kleider waren aus seidenen Stoffen und der Schmuck, den es am Hals, um die Hand und an den Ohren trug, war mit kostbaren Steinen besetzt. Sogleich rief er seine Helfer, um die Prinzessin zu befreien. Die Prinzessin war glücklich über ihre Rettung und bedankte sich beim Anführer, sobald sie ihre Fesseln losgeworden war. Sie bat um etwas Wasser, und sobald sie ihren Durst gestillt hatte, erzählte sie, wer sie war und wie Hırsız Tahir dieses Unglück über sie gebracht hatte. Die Karawane hatte grüne Oliven geladen. Man versteckte die Prinzessin in einem Sack mit Oliven und achtete darauf, dass sie von allen Seiten gut bedeckt war. Dann lud man den Sack auf den Rücken eines der Lasttiere, und die Karawane zog weiter.

Lassen wir die Karawane ziehen und wenden uns

jetzt Hırsız Tahir zu. Dieser lief und lief auf das Licht zu, konnte es aber nicht erreichen. Nach schier endloser Wanderung gab er schließlich auf und kehrte zurück. Unterwegs sprach er zu sich selbst: »Dann lasse ich sie eben am Baum gebunden, auf dass sie von Raubtieren zerrissen wird.« Endlich erreichte er wieder den Ort, an dem er die Prinzessin zurückgelassen hatte. Und was sah er dort? Die Prinzessin war verschwunden und das Seil, mit dem er sie gefesselt hatte, lag auf der Erde. Es war weit und breit keine Spur von ihr. Der Räuber geriet außer sich vor Zorn. In völliger Verwirrung blickte er nach allen Seiten und hörte in der Ferne das leise Geräusch von kleinen Glöckchen. Er verstand, dass es sich um eine Karawane handelte und dass diese Karawane die Prinzessin befreit haben musste. Er richtete sein Ohr auf das Glockengeräusch und eilte der Karawane nach. Nach kurzer Zeit erreichte er sie und rief zum Anführer: »Halt!« Der Anführer brachte die Karawane zum Stehen und blickte in die Dunkelheit, um zu erfahren, wer da sprach. Als er plötzlich Hırsız Tahir erblickte, begann er vor Angst zu zittern und wusste nicht, was er tun sollte. Hırsız Tahir näherte sich dem Anführer, legte seinen Arm um dessen Schulter und sprach: »Hör mir zu, Anführer! Ich weiß genau, dass ihr das Mädchen vom Baum befreit habt. Du brauchst es nicht zu leugnen, denn ich werde jetzt alle eure Lasten durchsuchen. Wenn ich sie finde, bist du des Todes!« Der Anführer entgegnete: »Aber, mein Herr, wer wird denn hier lügen? Du kannst die Karawane untersuchen, so lange du willst, wir führen keine versteckten Frauen mit uns.« Hırsız Tahir nahm aus seiner Brust einen spitzen Dolch hervor und stach damit auf die Säcke ein in der Hoffnung, dass, wenn sich die Prinzessin in den Säcken versteckt hat, sie laut aufschreien würde, wenn der Dolch sie traf. Den Helfern des Anführers gelang es aber, im Schutze der Dunkelheit das Tier, auf dem sich die Prinzessin befand, unter diejenigen zu mischen, deren Last Hırsız Tahir bereits durchsucht hatte. Dieser war inzwischen beim letzten Sack mit Oliven angekommen und musste nun erkennen, dass seine Suche vergebens war. Müde und enttäuscht wandte er sich an den Karawanenführer und sagte: »Du hast mir die Wahrheit gesagt. Ihr habt sie nicht versteckt. Ich werde sie aber doch finden, wo immer sie sich auch aufhalten mag. Und nun zieht weiter eures Weges.« Damit tauchte Hırsız Tahir in die Dunkelheit ein und wurde nicht mehr gesehen.

Die Karawane zog weiter. Nachdem eine geraume Zeit vergangen war, ließ der Anführer prüfen, ob Hırsız Tahir ihnen nicht doch folgte. Als er sicher sein konnte, dass der Räuber ihnen nicht mehr folgte, ließ er die Prinzessin, die zu ersticken drohte, aus dem Sack befreien. Man gab ihr einen Umhang und setzte sie auf eines der Pferde. Und wie sie in der Stille der Nacht ihrem Weg folgten, sagte der Karawanenführer in Gedanken zu sich: »Dass mir eine so schöne Frau zugefallen ist, ist ein Glücksfall. Ich sollte sie nicht wieder gehen lassen! Ich reise ohnehin nach Ägypten. Dort werde ich sie dem Padischah gegen gutes Geld als Sklavin für seinen Harem anbieten.« Die Karawane zog Tag um Tag weiter. Unsere arme Prinzessin wusste nicht, wohin man sie brachte, und sie wagte es nicht einmal, inmitten dieser grimmigen Männer, die allesamt wie Räuber aussahen, auch nur ein Wort zu sprechen. Ihre ganze Hoffnung ruhte auf dem Karawanenführer, der sie aus den Händen von Hırsız Tahir befreit hatte. Er war bestimmt ein guter Mann und würde sie nach Bagdad bringen und ihrem Vater übergeben. Nach Tagen und Wochen der Reise kamen sie endlich in Ägypten an. Sobald sie erfuhr, wohin man sie gebracht hatte, wurde die Prinzessin sehr traurig. Aber trotzdem verlor sie nicht ihre Hoffnung und heftete sich an die Fersen des Karawanenführers, wohin er auch ging. Die Karawane richtete sich in einem Han ein. Dann wurde die Prinzessin mit einer Frau ins Badehaus geschickt und dort gebadet. Schließlich kaufte der Anführer teure Gewänder und ließ die Prinzessin damit einkleiden. Am Abend nahm er sie und führte sie geradewegs in den Palast des Padischahs. Die Palastwächter waren mit dem Karawanenführer gut bekannt und gewährten ihm sofort Einlass. Sie wurden auch sehr bald zum Padischah geführt. Dem Padischah gefiel die Prinzessin aus Bagdad sehr und so entließ er den Karawanenenführer mit zwanzig Beuteln voll Gold. Daraufhin ließ er sofort seine Wesire kommen, teilte ihnen mit, dass er die Prinzessin von Bagdad zu heiraten gedenke, und trug ihnen auf, sofort mit den Hochzeitsvorbereitungen zu beginnen. Innerhalb einiger weniger Tage waren die Vorbereitungen abgeschlossen. Die Prinzessin wurde mit dem Padischah von Ägypten vermählt, und sie feierten ihre Hochzeit vierzig Tage und vierzig Nächte.

Alle Welt dachte, dass die beiden glücklich miteinander lebten. Denn schließlich war er ein Padischah und sie eine Prinzessin. Und beide herrschten sie über die schönsten Paläste, die weitesten Ländereien und über Schatzkammern voll Gold, Silber und allerlei Edelsteinen. Wer, wenn nicht sie, konnte glücklich sein? Doch der Schein trügte. Die schöne Prinzessin konnte seit ihrer Hochzeitsnacht kein Auge zutun, ganz im Gegenteil verbrachte sie jede Nacht mit Albträumen und schreckte immer wieder auf. Zunächst hielt der Padischah dies für einen vorübergehenden Zustand und schwieg dazu. Doch als er erkannte, dass es kein Ende nehmen wollte, sprach er die Prinzessin eines Morgens darauf an: »Meine liebe Prinzessin, ich sehe, dass Ihr nachts sehr unruhig seid und häufig aus dem Schlaf schreckt. Es muss einen Grund für Eure Ruhelosigkeit geben. Nennt ihn mir doch, vielleicht finden wir doch ein Mittel dagegen.« Die Sultanin nahm einen langen Atemzug und dachte einen Augenblick nach. Daraufhin erzählte sie ihrem Gemahl alles, was ihr widerfahren war. Nachdem sie ihren Bericht beendet hatte, fügte sie hinzu: »Nun, mein Padischah, kennt Ihr den Grund für meine nächtliche Unruhe. In meiner Heimat nennt man mich die furchtlose Prinzessin. Und in der Tat bin ich nicht ohne Weiteres einzuschüchtern. Aber dieser Hırsız Tahir ist ein Mann mit sieben Leben. Und seine Leute sind überall. Wenn es für ihn erforderlich ist, würde er nicht einmal seine engsten Angehörigen verschonen. Und immerhin ist er ein Mann, und ich bin eine Frau. Mir ist, als könne er jeden Augenblick hier auftauchen. Denn vor seiner Hand ist nicht einmal ein Vogel im Flug sicher.« Der Padischah entgegnete: »Seid unbekümmert, meine Prinzessin. Wenn er Hırsız Tahir ist, so bin ich doch immerhin ein Padischah. Und wenn ich es befiehle, so flöge kein Vogel in die Nähe dieses Palastes.« Dann klatschte er in die Hände und sprach zum Lala, der sogleich eintrat: »Lala, veranlasse sofort, dass eine hohe Mauer um den Palast gebaut wird. Jede Tür soll durch Löwen und Tiger bewacht werden. Bewaffnete

Soldaten sollen alle Mauern und Türen des Palastes, den Garten und die Türen der Gemächer bewachen.« Und so geschah es. Innerhalb weniger Tage waren die Befehle des Padischahs ausgeführt. Der Palast wurde mit einer hohen Mauer umgeben, und bis auf die Zähne bewaffnete Soldaten patrouillierten im Garten und im Inneren des Palastes. Vor jeder Tür waren riesengroße Löwen und Tiger angekettet. Es war unmöglich, den Palast ohne Erlaubnis zu betreten. Als die Prinzessin sah, welche Maßnahmen zu ihrem Schutz getroffen wurden, fand sie ein wenig Ruhe. So vergingen einige Tage und die Prinzessin fand des Nachts ihren Schlaf und dachte nicht mehr an den Räuberhauptmann.

Doch ihre Ruhe sollte nicht von Dauer sein. Eines Nachts wurde sie plötzlich aus dem Schlaf gerüttelt und eine Stimme rief: »Steh auf! Steh schnell auf!« Die arme Prinzessin verstand zunächst nicht, was mit ihr geschah. Sie rieb sich den Schlaf aus den Augen und setzte sich in ihrem Bett auf, und was sollten ihre Augen erblicken: Vor ihr stand niemand anderes als Hırsız Tahir! Sie war hilflos und wusste nicht, was sie machen und sagen sollte. Der Räuberhauptmann rief erneut: »Nun steh schon auf, du wirst mir doch nicht entkommen. Beeile dich endlich!« Die Prinzessin schickte sich an, aus dem Bett zu steigen, aber heimlich kniff sie ihren Gemahl, damit er aufwache. Doch der schnarchende Padischah machte keine Anstalten dazu. Als sie einsah, dass sie ihren Gemahl nicht würde wecken können, stand sie auf. Hırsız Tahir sagte: »Los, geh du voran! Versuche nicht erst, um Hilfe zu schreien. Denn hier kann dich niemand hören.« Die Prinzessin voran, Hırsız Tahir hinterdrein, verließen sie das Zimmer, liefen durch zahlreiche Flure und stiegen mehrere Treppen hinab. Während sie gingen, blickte die Prinzessin um sich und war bestürzt über das, was sich ihren Augen bot. Denn überall lagen die Soldaten, Diener und Sklaven des Palastes wie tot auf der Erde. Als sie in den Garten hinaustraten, nahm die Überraschung der Prinzessin noch weiter zu. Denn die Löwen und Tiger, die zu ihrem Schutz aufgestellt worden waren, lagen genauso leblos auf der Erde. Der Räuberhauptmann sah ihre Überraschung und lachte. »Du siehst«, sagte er, »dass keine Mauer, keine Soldaten und auch keine Raubtiere dich vor deinem Tod bewahren können. Ich habe alle mit Zauberpulver bestreut und sie in den Schlaf versetzt. Auch wenn die Welt aus ihren Angeln geriete, nichts und niemand könnte sie aufwecken!« Es war gegen Morgen. Im dämmrigen Licht wirkte der große Garten Furcht einflößend. Hırsız Tahir sagte: »Ich werde dich in den Feuerofen des Gartens werfen. Jetzt wirst du in diesem Garten trockenes Holz sammeln und dein eigenes Todesfeuer legen.«

Was blieb der armen Prinzessin übrig, als seinem Befehl Folge zu leisten? Da der Garten aber gut gepflegt war, fand sie nicht genügend trockenes Gestrüpp. Die Prinzessin ging daher in die äußersten Winkel des Gartens und fand auch dort nur wenige Zweige und etwas trockenes Gras. Sie suchte weiter und weinte dabei bitterlich. Schließlich wurde sie so müde, dass sie sich weinend unter einen Baum setzte. Da ließen sich zwei Tauben auf dem gegenüberliegenden Baum nieder. Während die Prinzessin die Tauben voller Sehnsucht betrachtete, fingen diese plötzlich an zu sprechen und unterhielten sich. Die eine sprach zur anderen: »Meine Taubenschwester, meine Taubenschwester, warum weint die schöne Prinzessin so sehr?« Die andere Taube antwortete: »Wer sollte denn weinen, wenn nicht sie? Sie weint, weil sie nicht weiß, wie sie diesem Hırsız Tahir entkommen soll. Aber sie soll nicht weinen! Vor der Tür zum Palast befindet sich ein Marmorstein. Den soll sie hochheben und dann wird sie darunter eine Flasche finden. Sie soll diese Flasche auf den Stein werfen und sofort in den Palast hineinlaufen.« Daraufhin flogen die beiden Tauben weg. Der Prinzessin wurde es gleich leichter ums Herz. Sie folgte den Worten der Taube und lief zum Marmorstein. Als sie ihn hochhob, fand sie tatsächlich eine Flasche darunter. Sie warf die Flasche auf den Marmorstein und lief sofort in den Palast hinein. Sobald die Flasche auf dem Marmor zerbrach, entstand im Palast ein ungeheures Getöse. Der Padischah, die Palastleute, Diener, Sklaven und die Soldaten erwachten mit einem Mal. Auch die Löwen und die Tiger sprangen auf. Unsere Prinzessin lief in ihr Schlafzimmer zurück und konnte sich gerade noch mit letzter Kraft auf ihr Bett werfen, wo sie endlich in Ohnmacht fiel. Als sie kurz darauf wieder zu sich kam, erzählte sie dem Padischah sofort das Erlebte und wie sie durch das Geheimnis der Tauben gerettet worden war. Sofort erteilte der Padischah den Befehl, den Räuberhauptmann, der noch immer am Ofen wartete, festzunehmen. Kurz darauf wurde dieser vor den Padischah geführt. »Auch der schlaueste Fuchs geht einmal in die Falle«, sagte der Padischah zum Räuberhauptmann, »ich würde dich nur zu gern in den Feuerofen werfen, Hırsız Tahir. Aber das werde ich nicht tun. Ich werde dich auch nicht den Henkern ausliefern. Du wirst so lange in meinem Kerker einsitzen, bis aus dir ein guter und barmherziger Mensch geworden ist. Und nun hinfort mit dir!« Darauf packten die Soldaten den Räuberhauptmann und warfen ihn in den Kerker. Am nächsten Tag ließ der Padischah Vorbereitungen für die Reise nach Bagdad treffen. Und schon nach wenigen Tagen trat der Padischah von Ägypten mit seiner schönen Gattin und einem großen Gefolge die Reise an.

Der Padischah von Bagdad hatte indes seine Tochter überall suchen lassen, da er seit dem Tag ihrer Abreise keine Nachricht mehr von ihr erhalten hatte. Doch alle seine Bemühungen waren vergebens, und schließlich hatte er seine Hoffnung aufgegeben. Wie groß war da seine Freude, als seine Tochter eines Tages mit dem Padischah von Ägypten als ihrem Gemahl in Bagdad eintraf. In Bagdad wurde erneut eine Hochzeit von vierzig Tagen und vierzig Nächten gefeiert.

Sie sind am Ziel ihrer Wünsche angekommen, und so möge es auch euch ergehen!

Teuer wie Salz

Es war einmal, und doch war es keinmal. In alter Zeit, als das Sieb im Stroh lag, da hatte ein Padischah drei Söhne.

Dieser Padischah war von einfachem Gemüt und trieb solche Dinge, die der Würde seines Amtes so gar nicht angemessen waren. Er hatte nur das Jagen und sein eigenes Vergnügen im Kopf und vernachlässigte seine Pflichten als Herrscher. Von seinen Untertanen wurde er deshalb immerzu belächelt.

Eines Tages kam ihm wieder eine sonderbare Idee. Er wollte herausfinden, welcher seiner drei Söhne ihn am meisten liebte. Hierzu ließ er alle seine Söhne zu sich rufen und sprach: »Meine Söhne, ich habe euch rufen lassen, damit ihr mir sagt, wie sehr ihr mich liebt.« Die drei Brüder kannten die Vorliebe ihres Vaters für solche Späße und wunderten sich deshalb nicht über diese eigenartige Frage. Sie wussten aber nur zu gut, dass er sehr wütend werden konnte, wenn sie ihn nicht ernst nahmen. So mussten sie sich eine angemessene Antwort ausdenken. Zuerst trat der älteste Prinz vor und sprach: »Mein lieber Vater, ich liebe Euch so sehr wie Gold, Silber, Diamanten und alle Edelsteine.« Der Padischah war so erfreut über die Antwort seines ältesten Sohnes, dass er in lautes Gelächter ausbrach. Dann richtete er seinen Blick auf seinen zweiten Sohn und fragte: »Und du, wie sehr liebst du mich?« Dieser antwortete: »Mein lieber Vater, ich liebe Euch so sehr wie Honig, Teigpasteten und Süßspeisen.« Auch diese Antwort wurde mit einem lauten Gelächter angenommen. Schließlich war der jüngste Prinz an der Reihe: »Und du, mein jüngster Sohn, wie sehr liebst du mich?« Der jüngste Prinz wusste zunächst keine Antwort. Er überlegte kurz und antwortete verlegen: »Mein Vater, Ihr seid mir so teuer wie Salz!« Nun waren es die beiden älteren Brüder, die in lautes Lachen ausbrachen, so belustigt waren sie über diese unerwartete Antwort. Der Padischah aber war gar nicht erfreut, und seine Miene verfinsterte sich schlagartig. Er zog seine Brauen zusammen und fragte seinen Sohn: »Was sprichst du da? Du liebst mich so sehr wie das Salz? Etwas Wertvolleres hast du dir nicht einfallen lassen können? Dann bist du ein undankbarer Sohn!« Er griff verärgert in ein Perlmuttkästchen an seiner Seite, nahm daraus zwei Goldstücke hervor, verteilte sie an seine beiden älteren Söhne und verwies sie mit einer Handbewegung nach draußen. Die beiden entfernten sich sofort. Der Padischah klatschte in die Hände, worauf ein schwarzer Diener erschien, dem er donnernd zurief: »Ruf mir sofort die Henker!« Der Diener erschrak, doch er holte sogleich zwei andere, große schwarze Diener herein, die Furcht einflößend anzusehen waren. Der Padischah zeigte auf seinen jüngsten Sohn und sagte: »Packt diesen Burschen und schlagt ihm den Kopf ab! Und wehe euch, wenn ihr meinem Befehl nicht folgt! Dann lasse ich euch beide in Stücke reißen!« Die anwesenden Diener waren erschrocken über den Befehl des Padischahs, denn der Prinz war sehr beliebt bei ihnen, doch sie verhielten sich still aus Angst vor seinem Zorn.

Die beiden Henker führten den armen Prinzen ab. Auch sie waren bestürzt über den Auftrag, den der Padischah ihnen erteilt hatte, denn auch sie mochten den Prinzen sehr. Sie sattelten zwei Pferde und ritten mit dem Prinzen in die Berge. Auf einem weit entfernten Berggipfel machten sie halt.

Der Prinz wusste nicht so recht, wie ihm geschah, und seine Angst war ihm nur zu gut anzusehen. Die beiden Henker aber hatten Mitleid mit ihm und wollten ihn verschonen. So sprach einer der beiden zu ihm: »Mein Prinz, wir könnten Euch kein Haar krümmen, doch Ihr habt den Befehl Eures Vaters gehört. Wir müssen ihm einen Beweis liefern, dass wir Euch getötet haben. Deshalb gebt uns Euer Hemd. Wir werden einen Hasen töten und es mit seinem Blut tränken und Eurem Vater übergeben. Ihr aber solltet von hier fliehen und nicht mehr zurückkehren!« Unser Prinz nahm den Vorschlag der beiden Henker dankbar an, gab ihnen sein Hemd und ritt auf einem der Pferde davon.

Er ritt eine lange Zeit, durch ferne Länder und über weite Ebenen. Eines Tages kam er in einem ihm unbekannten Land an und begab sich in eine Stadt. Da er sehr müde war und sich nach einem Dach über dem Kopf sehnte, begab er sich zum ersten Haus, das er erblickte. Eine alte Frau öffnete die Tür und der Prinz bat sie, ihn bei sich aufzunehmen. Er ließ sie aber nicht wissen, wer er war, und gab stattdessen vor, ganz allein auf der Welt und fremd in diesem Land zu sein. Die alte Frau nahm ihn freudig auf, denn auch sie lebte ganz allein. Der Prinz trat ein und aß sich zunächst satt von den Speisen, die ihm die Frau auftrug. Dann begab er sich zum Brunnen und wusch sich gründlich, fütterte sein Pferd und fiel schließlich müde, aber zufrieden in das Schlaflager, das ihm die Frau bereitet hatte.

Als er am nächsten Morgen erwachte, blickte er aus dem Fenster und sah, dass sich eine große Menschenmenge in eine bestimmte Richtung bewegte. »Meine Mutter«, fragte er die alte Frau, »wohin gehen all diese Menschen? Wird heute ein Fest gefeiert?« Die Frau antwortete: »Nein, es ist kein Fest, mein Sohn, sondern etwas viel Wichtigeres findet heute statt. Heute werden sie den Glücksvogel fliegen lassen, der unseren neuen Padischah bestimmt.« Es verhielt sich in diesem Lande nämlich so, dass der Padischah gewählt wurde, indem man einen Vogel fliegen ließ und denjenigen, auf dessen Kopf er sich niederließ, zum Padischah krönte. Als unser Prinz dies erfuhr, wollte er sich dieses Schauspiel nicht entgehen lassen und bat die alte Frau, mit ihm hinzugehen. Die alte Frau konnte ihm den Wunsch nicht abschlagen und so machten sich beide auf den Weg zum Platz.

Als das gesamte Volk auf dem Platz versammelt war, ließen die Oberen der Stadt den besagten Glücksvogel frei, worauf dieser begann, über der versammelten Menge zu kreisen. Aufregung herrschte unter den Menschen, manche fragten sich, ob der Vogel wohl sie aussuchen würde, manch andere stellten sich auf ihre Zehenspitzen, um dem Vogel ein besseres Ziel zu bieten. Doch der Vogel flog über der Menge hin und her. Dann aber, plötzlich, schien er jemanden ausgesucht zu haben und flog hinab und landete – auf dem Kopf unseres Prinzen! Sofort erhob sich ein Durcheinander von Stimmen, die sagten, dies sei ein Fremder, er könne nicht ihr Padischah werden. Es wurde beschlossen, die Wahl am nächsten Tag zu wiederholen.

Tags darauf versammelte sich die Menge erneut auf dem Platz. Unser Prinz aber wollte die Menge nicht noch einmal verärgern und setzte sich deshalb auf dem Friedhof neben einen Grabstein. Der Vogel wurde wieder losgelassen und erhob sich über die Menschen. Gespannt warteten die Menschen und beobachteten den Vogel stumm. Dieser zog noch einige Kreise, flog dann aber in Richtung des Friedhofs und setzte sich wieder auf den Kopf des Prinzen. Aber auch dieses Mal war niemand mit der Wahl des Vogels einverstanden. Und da aller guten Dinge drei sind, verlegte man die Wahl erneut auf den nächsten Tag.

Am Morgen hatten sich die Menschen bereits sehr früh versammelt. Gerade als die alte Frau und der Prinz ihr Haus verließen, schwebte der Glücksvogel bereits in der Luft. Auch dieses Mal flog er ein paarmal über den Menschen hin und her. Doch dann hatte er sein Ziel erblickt und begab sich geradewegs auf den Kopf unseres Prinzen, der noch auf dem Weg zum Platz war. Nun wagte es niemand mehr, die Wahl des Glücksvogels anzufechten. Unser Prinz wurde zum Padischah bestimmt und nahm die Staatsgeschäfte sogleich in die Hand. Und da er sehr klug war, hatte er das Volk schnell für sich eingenommen und regierte sein Reich mit Vernunft und Verstand.

Jahre vergingen, und eines Tages verspürte der junge Padischah Sehnsucht nach seinem Vater und schrieb ihm einen Brief, in dem er ihn in sein Reich einlud. Er schrieb aber nicht, wer er in Wirklichkeit war. Da aber sein Vater Reisen und Vergnügungen sehr liebte, nahm er die Einladung aus seinem Nachbarreich an und machte sich mit einer Schar Soldaten auf den Weg.

Unterdessen hatte unser junger Padischah angeordnet, dass die herrlichsten Speisen zubereitet werden sollten, man sie aber nicht mit Salz würzen solle, kein einziges Korn solle verwendet werden. Als er seinen Vater schließlich empfing, erkannte dieser ihn nicht, da er nun einen Bart trug. Der junge Padischah freute sich darüber, denn nun konnte er seinen Plan ungehindert ausführen.

Am Abend begab man sich zum Essen. Der Gast schätzte alle Speisen zwar sehr, doch er wunderte sich darüber, dass ihnen Salz fehlte. Doch er sagte nichts, um seinen Gastgeber nicht vor den Kopf zu stoßen, und aß still weiter.

Am nächsten Tag suchte der Vater unseres Padischahs seine Soldaten auf und fragte sie nach ihrem Befinden. Diese beschwerten sich ebenfalls darüber, dass den Speisen Salz fehlte. Da nahm sich der alte Padischah vor, beim Mittagessen nach dem Grund dafür zu fragen. Als es so weit war, sprach er zu seinem Gastgeber: »Mein junger Padischah, habt Ihr in Eurem Reich denn kein Salz?« Der junge Padischah lächelte und antwortete: »Wir haben wohl Salz, mein Padischah, wir haben sogar so viel, dass wir es in alle Welt verkaufen.« Der alte Padischah war verblüfft und fragte weiter: »Wenn dem so ist, warum lasst Ihr Eure Speisen ohne Salz zubereiten?« Der junge Padischah sprach: »Ich habe gehört, dass Ihr kein Salz in Euren Speisen mögt, deswegen habe ich angeordnet, es nicht zu verwenden.« Der alte Padischah war noch verblüffter und entgegnete: »Aber nein, mein Padischah, da hat man Euch falsch unterrichtet. Wie könnte man ohne Salz leben? Im Gegenteil, ich liebe Salz sehr!« Daraufhin sprach der junge Padischah: »Aber als Euer jüngster Sohn Euch sagte, Ihr wäret ihm so teuer wie Salz, da habt Ihr ihn doch den Henkern übergeben!« Da verstand der Padischah, was er getan hatte, und als er seinen Gastgeber näher betrachtete, erkannte er in ihm endlich seinen Sohn. Vor Freude weinend fielen sich beide in die Arme, glücklich darüber, wieder vereint zu sein.

Sie aßen, tranken und ließen es sich gut gehen!

Märchen von Menschen aus dem einfachen Volk

Das Ali-Dschengis-Spiel

Es war einmal, und doch war es keinmal. Es hatte einmal in alter Zeit eine Frau einen Sohn, der war außerordentlich schön und besaß darüber hinaus viele Tugenden und Fertigkeiten. Man kannte seinesgleichen nicht auf der ganzen Welt. Die Frau nun nahm diesen Knaben, brachte ihn in den Palast des Padischahs und gab ihn in dessen Dienste.

Eines Tages langweilte sich der Padischah und suchte zu seinem Zeitvertreib etwas Vergnügliches in den Taten und den Erzählungen seiner Untergebenen zu finden, die sich um seinen Thron versammelt hatten. Doch nichts vermochte seine Langeweile zu vertreiben und er wurde immer übellauniger. Kaum einer getraute sich mehr, sich in seiner Gegenwart zu regen. Schließlich aber fasste sich sein Lala ein Herz und schlug dem Padischah vor: »Mein Gebieter! Wenn es Euer Wille ist, so sollen hier allerlei Musiker, Akrobaten, Zauberkünstler und dergleichen auftreten und Euch unterhalten.« Doch sosehr sich der Lala auch mühte, der Padischah sagte nicht ein Wort und wehrte alles mit der Hand ab. Schließlich brachte er kaum merklich hervor: »Ist jemand unter euch, der das Ali-Dschengis-Spiel kennt?« Da niemand diese leisen Worte vernommen hatte, ging der Lala durch die Reihen der Anwesenden und überbrachte jedem Einzelnen die Frage des Padischahs. Nun ging ein Raunen und Flüstern und Murmeln durch den Raum, und da niemand dieses Spiel kannte und alle die Wut des Padischahs fürchteten, blieben sie schließlich stumm und gesenkten Blickes auf ihren Plätzen stehen.

Unser Knabe hingegen kauerte in einer dunklen Ecke hinter einem Vorhang und beobachtete das Geschehen. Von dem Flüstern und Murmeln vernahm er nur die Hälfte, da er aber von großer Klugheit war, verstand er sofort das Anliegen des Padischahs. Er nutzte die Verlegenheit der anderen, trat vor den Padischah und rief: »Mein Padischah, wenn ich Eure Erlaubnis erhalte, so will ich dieses Spiel erlernen und geschwind hierher zurückkehren.« Mit einem Mal kam wieder Leben in die erstarrte Menge, die sich darüber freute, dass jener bartlose Jüngling nun den Zorn des Padischahs auf sich ziehen würde und sie selbst dadurch verschont blieben. Doch zu ihrer Überraschung hellte sich die Miene des Padischahs auf, der von solcher Kühnheit beeindruckt war, und der Junge reiste mit der Erlaubnis des Padischahs ab, auf dass er das Ali-Dschengis-Spiel erlerne.

Der Knabe ging zum Haus seiner Mutter, nahm Abschied von ihr, packte seinen Proviant ein und machte sich auf seinen Weg über Stock und Stein und Berg und Tal. Und wie er eines Tages auf der Suche nach dem Haus des Ali Dschengis umherwanderte, begegnete er einem Derwisch. Dieser fragte ihn: »Mein Sohn, wohin des Weges?« Da antwortete der Knabe:

»Ich gehe, das Ali-Dschengis-Spiel zu erlernen.« Der Derwisch witterte eine Gelegenheit, sich des Jungen zu bemächtigen, fuhr sich mit der Hand über seinen Bart und fragte: »Ja weißt du denn, wo du es erlernen kannst?« Der Junge erwiderte: »Es soll jemanden mit dem Namen Ali Dschengis geben. Ich werde ihn finden und das Spiel bei ihm erlernen.« Da rief der Derwisch: »Der Weg dorthin ist sehr weit und beschwerlich. Komm, mein Sohn, ich will es dich lehren, denn ich kenne dieses Spiel auch.« Er nahm den Knaben und sie machten sich auf in die Berge.

Nachdem sie einige Zeit gewandert waren, kamen sie an einer Höhle an und traten ein. Diese Höhle war die Wohnung des Derwischs. Er hieß den Jungen sich setzen und ging fort. Der Knabe wartete eine Weile, doch dann wurde es ihm langweilig, und er ging aus dem Zimmer hinaus. Er durchwanderte jeden Winkel der Höhle und kam schließlich zu dem Zimmer, das sich neben dem seinen befand. Als er eintrat, sah er dort ein Mädchen so strahlend schön wie der Vollmond, doch mit Augen, aus denen Tränen wie aus einem Brunnen flossen. Es saß auf einem Stuhl und stickte. Der Knabe fragte: »Bist du ein In oder ein Dschinn? Bist du eine Braut oder eine Jungfrau?« Da sagte das Mädchen: »Ich bin weder ein In noch ein Dschinn. Ich bin gleich dir ein Menschenkind und die einzige Tochter meiner armen Mutter.« Der Knabe fragte: »Woher bist du gekommen? Was hat dich hierher verschlagen?« Das Mädchen antwortete: »Das Schicksal hat mich hierhergeführt. Während ich ein Kind war, besuchte ich die Schule. Eines Tages ergriff mich dieser Derwisch und brachte mich hierher. Sosehr er sich auch bemühte, mich lesen zu lehren, so sagte ich doch in keiner Weise nach, was er mir vorsagte. Dann sperrte er mich in dieses Zimmer ein und gab mir diese Stickerei. Seither verbringe ich meine Tage in dieser Höhle. Ich sitze hier auf diesem Stuhl und schlafe dort in jener Ecke.«

Danach brachte das Mädchen den Knaben zu einem verschlossenen Brunnen und öffnete ihn. Er war bis an den Rand voll mit Menschenleichen. Der Knabe verlor die Besinnung und fiel zu Boden. Nach einiger Zeit erwachte er aus der Ohnmacht, und das Mädchen sagte nun zu ihm: »Mein Jüngling, höre mir nun gut zu. Wenn dieser Derwisch dich unterweist, so lies immer das Gegenteil und lies auf keinen Fall richtig. Denn wenn du richtig liest, wirst du auf immer sein Gefangener bleiben!« Es ermahnte ihn tüchtig.

Endlich stand der Knabe auf und kam geradewegs an den Ort, an dem der Derwisch war. Der sagte: »Komm, Knabe, ich will dich unterrichten!«, worauf der Junge sich auf beide Knie setzte und zu lesen begann. Doch als der Derwisch »Elif« sagte, so sagte der Jüngling »Strich«. Als er »Be« sagte, sagte der Knabe »Bottich«. Und so ging es weiter mit jedem Buchstaben: Der Junge sprach irgendwelche Wörter, dichtete gar einen Vers oder eine ganze Strophe, vermied es aber tunlichst, richtig zu lesen. Kurz und gut, da er bis zum Schluss auf diese Weise zu lesen fortfuhr, verdross es den Derwisch so sehr, dass er auf den Knaben losging und ihn nach Kräften schlug. Danach holte er das Ali-Dschengis-Buch hervor und ließ den Jungen daraus lesen. Auch dieses las der Knabe wieder verkehrt, insgeheim aber lernte er es vollständig auswendig. Der Derwisch aber wurde es überdrüssig, ihn zu unterweisen. Er hörte auf, ihn zu schlagen, und führte ihn mit den Worten: »Er wird es nie richtig lesen!«, aus den Bergen hinaus und wieder auf den Weg zurück, den er zuvor eingeschlagen hatte.

Von da kam der Knabe geradewegs in sein Haus und sagte zu seiner Mutter: »Mutter, mir ist vieles widerfahren und ich habe viele Qualen erlitten. Doch habe ich auch das Ali-Dschengis-Buch auswendig gelernt und kenne nun das Spiel. Ich muss sofort damit beginnen. Morgen werde ich mich in ein Pferd verwandeln. Nimm mich dann und verkauf mich für Geld an den Padischah! Aber hüte dich, gib ja nicht meinen Zaum mit weg!« Als es nun Morgen wurde, stand seine Mutter auf und sah, dass ihr Sohn tatsächlich im Stalle zu einem schönen Pferd geworden war. Da fasste sie es am Halfter, brachte es dem Padischah und verkaufte es für einen Beutel voll Gold. Mit dem Zaum in der Hand kehrte sie nach Hause zurück.

Als es Nacht wurde, erschien ihr Sohn wieder in Menschengestalt und sagte zu seiner Mutter: »Mutter, morgen werde ich zu einem Widder werden. Bring mich wieder in den Palast und verkauf mich an den Padischah!« Am folgenden Tage wurde der Knabe ein Widder, und seine Mutter packte ihn. Und während sie ihn geradewegs zum Padischah brachte, kam mit einem Mal der Derwisch des Weges daher. Dieser begriff sofort, was geschehen war, und sagte zu sich: »Wehe, gerissener Junge! Zuletzt hast du mich doch verhöhnt und mir zudem noch meine Kunst gestohlen!«, und geriet in große Wut. Er passte die Frau am Weg ab und hielt sie an. Er sagte: »Mutter, nimm dieses Geld und verkauf mir diesen Widder!«, und reichte ihr einen Beutel mit Geld. Die Frau war verwirrt und wollte ihn dem Derwisch schon übergeben, da wurde der Knabe zu einem Vogel und flog davon. Sofort verwandelte sich der Derwisch in einen Habicht und stürzte ihm nach, um ihn zu fassen. Die arme Frau aber blieb voller Verwunderung allein zurück.

Die beiden verfolgten einander in der Luft und kamen schließlich zum Palast des Padischahs. Der Padischah saß am Erker und blickte hinaus. Da wurde der Vogel zu einem roten Apfel und fiel dem Padischah in den Schoß. Der Habicht indes wurde wieder zum Derwisch und trat zum Padischah. Er sagte: »Mein Padischah, jener Apfel ist mein«, und griff danach. Der Padischah hingegen konnte sich an dem schönen Apfel nicht sattsehen, sagte aber schließlich: »Mein Derwisch, dieser Apfel ist mein, denn niemand darf es wagen, etwas aus dem Schoße des Padischahs zu fordern. Doch will ich ihn dir gewähren, denn ich sehe, dir ist nach ihm. So nimm ihn denn!« Als der Padischah ihm den Apfel geben wollte, da wurde der Apfel in seiner Hand zu Hirse und zerstreute sich auf die Erde. Sofort wurde der Derwisch zu einer Henne und fing an, die Hirsekörner aufzupicken. Im selben Augenblick wurde die Hirse zu einem Marder, der auf die Henne lossprang und sie erwürgte.

Hierauf schüttelte sich der Marder und wurde wieder zum Jüngling. Der Padischah sagte: »Du bist es, mein Sohn! Nun, hast du das Haus des Ali Dschengis gefunden und dich in dem Spiel unterweisen lassen?« Da antwortete dieser: »Jawohl, mein Padischah!«, und berichtete ihm vom Geschehenen und schloss mit den Worten: »Siehe, mein Padischah, dieses Schauspiel nennt man das Ali-Dschengis-Spiel. Jener Derwisch war mein Meister. Er bemühte sich, mich zu verderben, da ich ihm seine Kunst genommen habe. Doch ich wurde Meister über ihn, kam ihm zuvor und vernichtete ihn.« Diese Sache gefiel dem Padischah so sehr, dass er sich die Erlebnisse des Jungen noch einmal von Anfang an berichten ließ. Er gab ihm eine große Menge Geld, machte ihn zu seinem Günstling und ließ für seine Mutter einen mächtigen Konak bauen.

Der Knabe aber erbat sich noch einmal die Erlaubnis des Padischahs und machte sich auf den Weg zur Höhle in den Bergen. Dort fand er das Mädchen, welches ihm durch ihren Rat das Leben gerettet hatte, und überbrachte ihm nun die Nachricht vom Tode des Derwischs. Das Mädchen war nun ebenfalls frei und kehrte mit dem Jungen zurück zum Konak seiner Mutter, wo sie vierzig Tage und vierzig Nächte Hochzeit hielten und fortan in Glückseligkeit miteinander lebten.

Sie haben das Ziel ihrer Wünsche erreicht, und so möge es auch uns ergehen!

Geduldstein und Geduldmesser

Es war einmal, und doch war es keinmal. Gottes Geschöpfe waren viele an der Zahl. Es war einmal ein Ehepaar, das hatte eine Tochter. Da sie arm waren, hatte die Tochter zu Hause am Sticktischchen ihre Beschäftigung.

Eines Tages saß sie beim Fenster und arbeitete, als ein kleiner Vogel auf das Sticktischchen flog und zur Maid sprach: »O Maid, o arme Maid, ein Toter ist dein Kismet!« Hierauf flog er von dannen. Das Mädchen hatte keine Ruhe mehr und abends erzählte es seinem Vater und seiner Mutter, was ihr der Vogel gesagt hatte. »Schließe Tür und Fenster gut zu, wenn du dich zur Arbeit setzt«, sagten ihr die Eltern.

Am nächsten Morgen sperrte das Mädchen Tür und Fenster ab und setzte sich so an die Arbeit. Aber plötzlich erschien der Vogel erneut auf dem Sticktisch und rief: »O Maid, o arme Maid, ein Toter ist dein Kismet!«, worauf er wieder von dannen flog. Nun erschrak die Maid noch mehr und klagte abermals ihr Leid den Eltern. »Morgen«, unterwiesen diese ihre Tochter, »schließe Tür und Fenster, kriech in den Schrank, zünde dir eine Kerze an und arbeite dort drinnen.«

Sobald ihre Eltern sich am nächsten Morgen entfernt hatten, sperrte die Maid alles ab, zündete eine Kerze an und verkroch sich in den Schrank. Aber kaum machte sie einige Stiche, so stand der Vogel vor ihr und sagte erneut: »O Maid, o arme Maid, ein Toter ist dein Kismet!«, und flog flatternd davon. Die Maid wusste nun gar nicht mehr, was sie in ihrer Unruhe anfangen solle. Sie warf die Arbeit beiseite und quälte sich mit dem Gedanken, was diese Worte wohl zu bedeuten hätten. Ebenso ihre Eltern, als sie abends die Sache erfuhren; am nächsten Morgen blieben sie zu Hause, damit auch sie den Vogel sähen. Aber wer da nicht mehr kam, das war ebenjener Vogel. Ihre Ruhe war dahin. Sie rührten sich nicht mehr aus der Stube und warteten fortwährend, ob der Vogel vielleicht doch herbeikäme.

Eines Tages kamen die Nachbarmädchen auf Besuch und baten die armen Leute, sie mögen ihre Tochter mit ihnen lassen. Sie wollten ins Freie gehen, um sich zu unterhalten, damit die Maid ihren Kummer vergesse. Die Eltern trauten sich nicht, ihre Tochter fortzulassen, aber die Mädchen versprachen ihnen, dass sie sie nicht aus den Augen lassen wollten, und schließlich gaben sie ihre Erlaubnis.

Die Mädchen gingen hinaus auf das Feld, tanzten und scherzten, bis die Sonne unterging. Auf dem Rückweg blieben sie bei einer Quelle stehen und tranken Wasser. Die Tochter der armen Leute trat auch zur Quelle, und als sie trank, erhob sich plötzlich eine Mauer zwischen ihr und den Mädchen. Das war aber eine Mauer, wie sie zuvor noch nie ein Auge gesehen hatte. Kein Ton konnte über sie hinüberdringen, so hoch war sie, und kein Mensch konnte auf ihre andere Seite gelangen, so breit war sie. O, wie erschraken darüber die Mädchen! Welch ein Klagen, Weinen, Durcheinanderlaufen, welche Verzweiflung entstand; was würde nun mit der armen Maid geschehen, was mit den armen Eltern! »Habe ich es dir nicht gesagt«, rief die eine, »dass wir sie nicht mit uns nehmen sollen?« – »Was sollen wir jetzt ihrem Vater und ihrer Mutter sagen«, klagte die andere, »wie sollen wir ihnen vor die Augen treten?« – »Diese ist schuld daran; jene ist schuld daran; du hast sie gerufen«, so stritten sie sich und blickten die große Mauer an.

Die Eltern erwarteten indessen ihre Tochter; sie standen am Tor und harrten der Kommenden. Da kamen die Mädchen laut weinend heran und getrauten sich kaum zu sagen, was mit ihrer Tochter geschehen war. Die Eltern liefen sofort zur großen Mauer, und als sie sahen, dass sie nicht zu überwinden war, weinten und klagten sie – sie auf der einen, die Maid auf der anderen Seite.

Vom Weinen erschöpft schlief die Maid ein, und als sie am Morgen erwachte, erblickte sie eine große Tür in der Mauer. Sie öffnete die Tür – und ein so schöner Palast stand jenseits der Tür, wie sie einen solchen nicht einmal im Traume gesehen hatte. Sie trat in die Vorhalle ein und erblickte an der Wand vierzig Schlüssel. Sie nahm dieselben an sich und schloss die Zimmer der Reihe nach auf und sah in dem einen Silber, im anderen Gold, im dritten Diamanten, im vierten Smaragde, kurz – in einem jeden eine andere Art von Edelgestein, so dass ihre Augen vom Glanze beinahe geblendet wurden.

Sie trat nun ins vierzigste Zimmer ein; dort lag ein junger, schöner Bey aufgebahrt, neben ihm ein Fächer. Auf seiner Brust lag ein Papier, auf dem geschrieben stand: »Wer mich vierzig Tage lang fächelt und neben mir betet, der findet sein Kismet!« Als die Maid das Geschriebene gelesen hatte, fiel ihr der kleine Vogel ein und sie fügte sich nun in ihr Schicksal, das in der Tat ein Toter war. Sie wusch sich also zum Gebet und mit dem Fächer in der Hand setzte sie sich neben den Bey. Tag und Nacht fächelte sie ihn und betete, bis der vierzigste Tag anbrach.

Am Morgen des letzten Tages blickte sie ein wenig zum Fenster hinaus und bemerkte ein arabisches Mädchen vor dem Palast. Sie rief es auf einen Augenblick herauf, damit es sie ablöse und neben dem Bey bete, während sie selbst sich waschen und in Ordnung bringen wollte. Die Maid ging hierauf hinab, wusch sich, kleidete sich an, damit sie den erwachenden Bey, den ihr das Schicksal zugeteilt hatte, empfangen könne.

Inzwischen las die Araberin aber das Papier, und während die Maid unten weilte, erwachte der Jüngling. Er blickte um sich, und sobald er die Schwarze bemerkte, so umarmte er sie und nannte sie seine Gattin. Die arme Maid traute kaum ihren Augen, als sie in die Stube trat. Aber als die arabische Magd rief: »Ich, die Sultanstochter, schäme mich nicht, so angekleidet zu gehen und diese Dienstmagd da wagt es, geputzt vor mir zu erscheinen«, verstand sie, was geschehen war. Die Araberin jagte sie aus der Stube hinaus und schickte sie in die Küche, damit sie nach ihrer Arbeit sehe, koche und brate. Dem Bey fiel die Sache auf, aber er konnte nichts sagen; die Araberin war seine Gattin, die andere – die kochte in der Küche.

Das Opferfest nahte, und wie es zu dieser Zeit üblich war, wollte der Bey seine Gattin und seine Bediensteten beschenken. Er ging also zur Araberin und fragte sie, was er ihr zum Fest bringen solle. Die Araberin wünschte sich ein Gewand, das weder mit einer Nadel genäht noch mit einer Schere geschnitten war. Dann ging er in die Küche hinab und fragte die Maid, was sie haben wolle. »Einen Geduldstein, gelb gefärbt, und ein Geduldmesser, braun gestielt, diese beiden bringe mir«, sagte die Maid. »Aber bedenke«, so ermahnte sie ihn, »wenn du dein Versprechen nicht hältst und mir diese Gegenstände nicht bringst, so wird das Schiff, mit dem du reist, untergehen und ihr werdet alle ertrinken!«

Der Bey zog von dannen, kaufte der Araberin das Gewand, aber den Geduldstein und das Geduldmesser konnte er nirgends finden. Da er sich keinen Rat mehr wusste, kehrte er nicht nach Hause zurück, sondern bestieg ein Schiff, welches in eine andere Richtung fuhr. Als das Schiff den halben Weg zurückgelegt hatte, blieb es plötzlich stehen und bewegte sich weder vorwärts noch rückwärts. Der Schiffsführer erschrak und teilte den Reisenden mit, dass sich auf dem Schiffe ein Mensch befinden müsse, der sein Wort nicht halte, deshalb könnten sie nicht weiterfahren. Da trat der Bey hervor und sagte, dass er es sei, der sein Wort nicht gehalten habe. Man setzte den Bey am Ufer wieder aus, damit er vorher sein Versprechen einlöse und dann erst aufs Schiff zurückkehre.

Der Bey lief nun hin und her und ging so lange herum, bis er endlich bei einer großen Quelle stehen blieb. Kaum dass er sich an den Stein derselben anlehnte, so erschien schon ein großlippiger Araber vor ihm und fragte ihn nach seinem Wunsch. »Einen Geduldstein, gelb gefärbt, und ein Geduldmesser, braun gestielt, diese beiden bringe mir«, sagte der Bey dem Araber. Im nächsten Augenblick schon befanden sich der Geduldstein und auch das Geduldmesser in seiner Hand. Er ging zum Schiff zurück, bestieg es und kehrte zum Opferfest heim. Er gab seiner Gattin das Gewand; den Stein und das Messer aber trug er hinab in die Küche.

Der Bey war nun neugierig, was die Maid mit diesen Sachen anfangen werde. Er schlich daher abends in die Küche und harrte der kommenden Dinge. Als der Abend hereinbrach, nahm die Maid das Messer in die Hand, legte den Stein vor sich hin und begann ihre Lebensgeschichte zu erzählen. Sie erzählte, was sie dreimal vom Vogel gehört habe und in welcher großen Angst sie und ihre Eltern gewesen seien. Und wie sie nun auf den Stein blickte, so begann dieser anzuschwellen, seine gelbe Farbe brodelte und fauchte, als ob Leben in ihm wäre. Die Maid erzählte nun weiter, dass sie sich in den Palast des Beys verirrt, vierzig Tage neben ihm gebetet und schließlich das Beten der Araberin überlassen habe, um sich zu waschen und zu reinigen. Der Stein schwoll noch mehr an, brodelte und schäumte, als ob er platzen wollte. Die Maid erzählte nun weiter, dass die Araberin sie betrogen und der Bey die Araberin und nicht sie zur Gattin genommen habe. Als ob der Stein ein Herz gehabt hätte, so brodelte, so schwoll er an, und als die Maid ihre Erzählung beendigt hatte, zerplatzte er.

Die Maid ergriff nun das Messer und rief: »O du gelber Geduldstein, du warst ein Stein und konntest es doch nicht ertragen, was mir widerfahren ist, wie soll ich schwache Maid es dann ertragen?« Sie wollte sich nun das Messer in den Leib stechen, aber der Bey sprang herbei und ergriff ihre Hand. »Du bist mein rechtes Kismet«, sprach der Jüngling und führte sie hinauf zum Platze der Araberin. Er ließ die falsche Gattin töten, die Eltern der Maid herbeiholen und so lebten sie fortan in Glückseligkeit.

Ein Vöglein fliegt bisweilen an das Fenster des Palastes und singt fröhlich: »O Maid, o glückliche Maid, du hast dein Kismet gefunden.«

Das schöne Helwa-Mädchen

Es war einmal, und doch war es keinmal. In alter Zeit, als die Kuppe noch über dem Badehaus stand, die Kamele Herolde waren und die Mäuse Barbiere, da gab es einmal einen armen Kammmacher.

Dieser sagte eines Tages zu seiner Frau: »Liebes Weib, gib mir ein wenig Geld, ich will auf einen Kaffee ins Kaffeehaus gehen. Vielleicht gelingt es mir dort auch, ein paar Kämme zu verkaufen.« Die Frau gab ihm einige Münzen, und der Mann ging ins Kaffeehaus.

Der Kammmacher setzte sich im Kaffeehaus nieder, trank seinen Kaffee, und während er so vor sich hingrübelte, sah er, wie einige Kaufleute ins Kaffeehaus kamen und sich nach einem Kammmacher erkundigten. Da bot er den Kaufleuten seine Kämme an, und sie wurden ihm im Nu abgekauft. Da ihnen die Kämme gefielen, bestellten sie noch tausend Stück bei ihm. Voller Freude begab sich der Mann nach Hause und machte sich gleich an die Arbeit. Nach zwei Monaten hatte er tausend Kämme hergestellt und brachte sie den Kaufleuten. Diese waren so zufrieden mit seiner Arbeit, dass sie ihm noch zusätzliches Trinkgeld gaben.

Der Kammmacher war nun reich und wollte mit

seiner Frau eine Wallfahrt unternehmen. Die Frau willigte ein, wollte aber ihre Tochter nicht mitnehmen. Da beschlossen sie, das Mädchen in die Obhut des Hodschas zu geben, brachten es zu ihm und traten mit ihrem Sohn die Reise an.

Lassen wir diese nun ihre Reise unternehmen und sehen, wie es dem Mädchen beim Hodscha erging. Dieser war von der Schönheit des Mädchens so gefesselt, dass er es für sich haben wollte. Er sann darüber nach, wie er dies bewerkstelligen sollte, und da kam ihm ein Gedanke. Er begab sich in ein Badehaus und redete dort so lange auf die Badefrau ein, bis sie sich dazu bereit erklärte, gegen Bezahlung das Mädchen ins Badehaus, geradewegs in seine Arme, zu locken. Er gab ihr das Geld und stellte noch mehr in Aussicht, wenn ihre Aufgabe erfüllt wäre. Die Badefrau ging nun eines Tages ins Haus des Hodschas und fragte das Mädchen: »Willst du nicht einmal zu mir ins Badehaus kommen?« Das Mädchen antwortete: »Ich habe doch niemanden, der mit mir gehen könnte.« Doch die Badefrau versprach ihm, sie würde ihm schon Gesellschaft leisten und es baden. Da fasste das Mädchen Vertrauen zur Frau und ließ sich von ihr ins Badehaus führen. Dort wurde es entkleidet und ins Dampfbad gesetzt. Dann ließ die hinterhältige Badefrau den Hodscha benachrichtigen, der sich gleich darauf zum Mädchen gesellte.

Als das Mädchen den Hodscha erblickte, erschrak es zuerst und wurde sehr verlegen. Doch dann durchschaute es die Sache, fasste sich und rief dem Hodscha zu: »Komm nur her, dann können wir uns gegenseitig beim Baden helfen!« Der Hodscha konnte sein Glück kaum fassen und setzte sich nieder, um sich von dem

Mädchen baden zu lassen. Das Mädchen aber seifte ihn gehörig ein, bis man vor lauter Schaum den Hodscha nicht mehr sah. Und während dieser sich so darüber freute, dass sein Plan aufzugehen schien, da zog das Mädchen eine ihrer Holzpantinen aus, wickelte sie in ein Handtuch ein und prügelte und drosch damit so auf den Hodscha ein, dass er ganz grün und blau wurde und sich am Ende nicht mehr regen konnte. Unser Mädchen lief daraufhin aus dem Bad und versteckte sich im Haus seines Vaters.

Nachdem der Hodscha wieder zu sich gekommen war, dauerte es noch eine geraume Zeit, bis er sich von den Schlägen des Mädchens erholt hatte. Die Sache machte ihn so wütend, dass er den Eltern des Mädchens einen Brief schrieb, in dem er ihnen mitteilte, dass ihre Tochter sein Haus verlassen habe und sich herumtreibe.

Wie groß waren da erst die Scham und der Zorn der Eltern, als sie den Brief lasen! Sofort schickten sie ihren Sohn nach Hause, damit er die Tochter an einem einsamen Ort töte und ihnen ihr blutiges Hemd bringe. Der Sohn tat, wie ihm die Eltern befohlen hatten, und zerrte seine Schwester auf einen Berg. Doch da erfasste ihn Mitleid für die geliebte Schwester, und er schenkte ihr das Leben und sprach: »Meine Schwester, laufe fort von hier, jetzt bist du dir selbst überlassen!« Dann schnitt er sich ins eigene Bein, tauchte das Hemd seiner Schwester in sein Blut und überbrachte es seinen Eltern. Diese waren nun erleichtert, da ihr Sohn ihre Ehre wiederhergestellt hatte.

Lassen wir die drei ihre Reise fortsetzen und sehen, was mit dem Mädchen geschah. Es schlug nun irgendeine Richtung ein und lief ein halbes Jahr und zehn

Tage und gelangte eines Tages an eine Quelle, die sich an einem Waldrand befand. Dort wollte es sich ausruhen und legte sich nieder. Es begab sich aber, dass an diesem Tag der Padischah jener Gegend mit seinem Lala auf der Jagd war. Als unser Mädchen die beiden Reiter herannahen sah, stieg es schnell auf einen Baum, um nicht von ihnen entdeckt zu werden.

Der Padischah und sein Lala kamen bei der Quelle an und hielten an. Der Padischah wollte an der Quelle die Reinigung vornehmen, um sein Gebet zu verrichten. Nachdem er sich nun gewaschen hatte, hob er sein Haupt, um zu beten, und erblickte plötzlich ein Mädchen im Baum, so strahlend schön wie die Sonne. Doch er ließ sich nichts anmerken und beendete zunächst sein Gebet. Dann wandte er sich an seinen Lala und sagte: »Unsere Jagd ist zu Ende, denn ich habe hier meine Beute gefunden.« Der Lala fand keinen Sinn in den Worten des Padischahs. Doch dieser scherte sich nicht um seinen Lala, sondern rief dem Mädchen zu: »Bist du ein In oder ein Dschinn?« Das Mädchen antwortete: »Weder ein In noch ein Dschinn! Doch ein Menschenkind, wie du es bist!« Darauf der Padischah: »Dann steig vom Baum herunter, und ich will dich in meinen Palast bringen und dich zu meiner Gemahlin machen!« Das Mädchen hatte ebenfalls Gefallen am Padischah gefunden, und so stieg es hinunter und ließ sich von ihm in seinen Palast führen. Dort feierten sie ihre Hochzeit vierzig Tage und vierzig Nächte lang und lebten fortan glücklich und zufrieden miteinander. Und ihr Glück wurde vollkommen, als das Mädchen dem Padischah einen Sohn und eine Tochter gebar.

Eines Tages saßen die beiden zusammen, und da erzählte das Mädchen dem Padischah, woher es stamme, wer seine Eltern waren und was ihm widerfahren war. Es hatte nun Sehnsucht nach seinen Eltern und seinem Bruder, und da der Padischah ihm keinen Wunsch abschlagen konnte, da gestattete er ihm die Reise. Er ließ seinen Lala mit ihr reisen und trug ihm auf, das Leben seiner Gemahlin und der Kinder zu beschützen und sie sicher in die Heimat ihrer Eltern zu bringen. Und wenn die Eltern zusammen mit ihrer Tochter zurückkehren wollten, so sollte er auch sie mitbringen.

So machte sich das Mädchen in Begleitung des Lala auf die Reise. Sie gingen über Berg und Tal, über Stock und Stein, durch Täler und Ebenen. Endlich kamen sie am Fuß eines Berges an und beschlossen, dort ihr Nachtlager aufzuschlagen. Nachdem sie ihren Durst gelöscht und ihren Hunger gestillt hatten, begaben sie sich in ihre Zelte und legten sich schlafen. Um Mitternacht aber drang der Lala in das Zelt der Sultanin ein und sprach: »Du musst auch die Meine werden, denn der Padischah und ich haben dich gemeinsam gefunden!« Die Frau war bestürzt über die Worte des Lala, wies ihn zurecht und wollte ihn fortjagen. Doch dieser ließ sich nicht verjagen, sondern fügte hinzu: »Entweder du gehörst mir, oder ich bringe deine Kinder um!« Doch die Sultanin ging nicht darauf ein. So musste sie zusehen, wie der Lala ihre Kinder grausam tötete. Da ging er auf sie zu und schrie: »Entweder du gehörst mir, oder ich bringe auch dich um!« Die Sultanin sagte darauf: »Dann töte mich! Doch bevor du es tust, gestatte mir noch ein letzte Waschung und ein letztes Gebet.« Der Lala erlaubte es ihr und band ihr einen Strick um den Bauch, damit sie nicht fliehen konnte. So ließ er sie hinaus. Die Sultanin ging aus dem Zelt und band, ohne dass es der Lala merkte, das Seil geschickt um einen

Stein. Dann lief sie, so schnell sie konnte, von diesem Ort weg, um sich vor dem Lala in Sicherheit zu bringen.

Lassen wir die Sultanin fliehen und sehen nun, was der Lala unternahm. Dieser wartete zunächst auf die Sultanin. Und da sie nicht kommen wollte, stand er auf, um nachzusehen, warum es so lange dauerte. Doch was sollte er sehen, als er aus dem Zelt trat! Das Seil war um einen Stein gebunden und von der Sultanin war weit und breit keine Spur! Außer sich vor Zorn, aber auch die Rache des Padischahs fürchtend, weckte er die Soldaten und sagte ihnen, dass die Sultanin ihre Kinder getötet habe und weggelaufen sei. Dann ließ er die Zelte abbrechen und sie machten sich auf den Rückweg.

Die Sultanin ihrerseits wollte in ihre alte Heimat zurückkehren und setzte den zuvor eingeschlagenen Weg fort. Sie begegnete einem Hirten, den sie um eines seiner abgetragenen Kleider bat. Dafür wollte sie ihm ihr eigenes Gewand geben. Der Hirte nahm das Angebot sofort an, und so zog sie als Mann verkleidet weiter. Bald kam sie in ihre Heimatstadt, in der sie sich eine Anstellung als Helwa-Bereiterin suchte. Sie stellte sich dabei so geschickt an und bereitete so köstliche Helwa zu, dass schon bald die ganze Stadt von ihrem Können schwärmte.

Der Vater der Sultanin hatte in der Zwischenzeit ein Kaffeehaus eröffnet. Eines Tages begab er sich in das Geschäft, in dem seine Tochter unerkannt Helwa bereitete, denn er wollte auch einmal von der Helwa dieses Jungen kosten. Sobald er den Laden betrat, erkannte ihn seine Tochter, doch sie verhielt sich still.

Lassen wir die Sultanin nun im Helwa-Laden und wenden uns ihrem Gemahl zu. Dieser hatte vom Lala die Lüge über seine Frau gehört und fand seitdem keine Ruhe. Er dachte Tag und Nacht an seine Gemahlin, trauerte um die toten Kinder und wollte es so gar nicht glauben, dass seine Frau eine so grausame Person sein sollte. Eines Tages hielt er es nicht mehr aus und rief seinen Lala, zu dem er sprach: »Ich werde ausziehen und meine Gemahlin suchen! Sie soll mir Rede und Antwort stehen. Ich werde keine Ruhe finden, bevor ich sie nicht gefunden habe!« Da wollte ihn der Lala nochmals davon überzeugen, dass seine Gemahlin eine untreue Person und weggelaufen sei. Außerdem habe sie seine Kinder getötet, was wolle er also noch von dieser Mörderin! Doch der Padischah schenkte ihm kein Gehör, stattdessen befahl er, die nötigen Reisevorbereitungen zu treffen. Kurz darauf machten sich beide auf den Weg. Sie reisten am Tag, sie reisten in der Nacht und kamen endlich in der Stadt an, in der sich die Sultanin als Helwa-Bereiterin betätigte. Der Padischah schickte den Lala aus, um sich nach einer Herberge zu erkundigen. Als der Lala zurückkam, sagte er: »Mein Padischah, eine Herberge gibt es hier nicht. Doch man hat mir empfohlen, in einen bestimmten Helwa-Laden zu gehen. Dort soll ein Junge die köstlichste Helwa zubereiten. Wenigstens können wir dort unseren Hunger stillen.« So begaben sie sich in besagten Helwa-Laden.

Als die beiden den Laden betraten, erkannte die Sultanin sofort ihren Gemahl und den Lala. Doch sie selbst gab sich nicht zu erkennen. Der Padischah trat zu ihr hin und verlangte Helwa. Die Sultanin erwiderte: »Mein Herr, bleibt heute Nacht hier, denn wir veranstalten einen Helwa-Abend, zu dem noch andere Gäste geladen sind. Ich werde eine besondere Helwa zubereiten und ihr werdet zudem mit Geschichten unterhalten.« Der Padischah nahm die Einladung an und alle begaben sie sich zum Helwa-Fest. Sofort zog sich die Sultanin in die Küche zurück, um die Zutaten für die Helwa zu holen.

Unterdessen fanden sich auch die Gäste ein. Es befanden sich auch der Vater und der Bruder der Sultanin unter ihnen. Auch der Hodscha fehlte nicht. Dann kehrte die Sultanin zur Gesellschaft zurück und fing mit der Zubereitung an. Dabei richtete sie das Wort an ihre Gäste und sprach: »Da ihr nun so zahlreich erschienen seid, so wäre es doch unterhaltsam, wenn jeder eine Geschichte erzählte.« Darauf erzählte jeder reihum eine Geschichte oder eine Begebenheit aus seinem Leben. Dann kam die Reihe an die Sultanin. Sie setzte sich vor die Tür und fing an.

Zuerst berichtete sie von den Geschehnissen im Badehaus und merkte, dass der Hodscha schon ganz unruhig wurde. Er sagte, er wolle ein wenig hinausgehen, ihm sei nicht wohl. Doch die Sultanin wich nicht von der Tür. Sie fuhr fort, indem sie erzählte, wie der Lala sie bedrängt und dann ihre Kinder ermordet hatte. Auch dieser fühlte sich nicht mehr so recht wohl in seiner Haut, traute sich aber ebenfalls nicht, den Raum zu verlassen. Und während die Sultanin all dies erzählte, erkannten der Padischah, der Vater und der Bruder, wer da vor ihnen saß. Die Sultanin fuhr fort und rief: »Meine Zuhörer, dies hier ist besagter Hodscha und dies der Lala! Sie haben mir übel mitgespielt. Und hier sind mein Vater, mein Bruder und mein Gemahl, der Padischah, die von ihnen getäuscht wurden!« Mit diesen Worten lief sie zu ihrem Gemahl, der sie endlich wieder in die Arme schließen konnte.

Am nächsten Tag nahm sich der Padischah den Lala und den Hodscha vor und fragte sie, was ihnen lieber sei: vierzig Pferde oder vierzig Dolche? Diese wünschten die Dolche in die Kehlen ihrer Feinde und verlangten die Pferde. Darauf band man die beiden an vierzig Pferde und ließ die Tiere in alle Richtungen davonlaufen, so dass die beiden Bösewichte in vierzig Stücke gerissen wurden.

Die Sultanin aber begab sich mit ihrem Gemahl wieder auf die Reise in dessen Heimat.

Sie hat das Ziel ihrer Wünsche erreicht, möge euch das Gleiche zuteil werden!

Die Tochter des Basilienkräutlers

Es war einmal, und doch war es keinmal. Es war einmal in alten Zeiten ein Basilienkräutler, der hatte drei Töchter. Diese Töchter gingen jeden Tag in den Garten und begossen die Pflanzen. Sie hatten einen Bey als Nachbarn, der ihnen immer bei ihrer Arbeit zusah.

Eines Tages, als das älteste der Mädchen im Garten war, dachte der Bey bei sich, er könne sich einen Scherz mit ihm erlauben, und rief ihm zu: »Basilienkräutlerin, Basilienkräutlerin! Du gießt jeden Tag deine Kräuter, weißt aber nicht, wie viele Blätter sie haben!« Das Mädchen wurde verlegen und wusste keine passende Antwort. Da lief es verschämt ins Haus. Dann kam das mittlere Mädchen in den Garten und begann dort zu arbeiten. Auch ihm rief der Bey die gleichen Worte zu: »Basilienkräutlerin, Basilienkräutlerin! Du gießt jeden Tag deine Kräuter, weißt aber nicht, wie viele Blätter sie haben!« Die mittlere Schwester hatte auch nicht die richtigen Worte parat und auch sie flüchtete sich ins Haus. Schließlich ging das jüngste Mädchen in den Garten. Der Bey war so belustigt über die Verlegenheit der beiden älteren Schwestern, dass er auch die dritte nicht verschonte: »Basilienkräutlerin, Basilienkräutlerin! Du gießt jeden Tag deine Kräuter, weißt aber nicht, wie viele Blätter sie haben!« Das Mädchen aber war schlagfertiger als ihre Schwestern und um keine Antwort verlegen. Ohne zu zögern versetzte sie dem Bey: »Mein Bey, mein Bey, in deiner Hand hältst du eine Feder, in deinem Gürtel steckt ein Tintenfass, weißt du denn aber, wie viele Sterne am Himmel stehen?« Der Bey hatte nicht mit einer solchen Antwort gerechnet, drum war er nicht imstande, selbst etwas zu entgegnen. Er wurde darauf sehr wütend, weil ihn eine einfache Basilienkräutlerin zum Schweigen gebracht hatte, und er sann auf Rache.

Nachdem ein paar Tage vergangen waren, verkleidete sich der Bey als Fischverkäufer und begab sich auf die Straße, wo er laut rufend seine Fische feilbot. So vergingen zwei Tage. Am dritten Tag aber rief ihn das Mädchen herbei und fragte ihn, was er für die Fische verlange. Der Bey antwortete, dass er sie nicht für Geld verkaufe. Und als das Mädchen wissen wollte, wofür er sie dann verkaufe, antwortete er: »Für einen Kuss gebe ich dir so viel wie für eine Münze.« Das Mädchen war zunächst unschlüssig, ob sie diesem unverschämten Kerl nicht den Rücken zukehren sollte. Doch da es sehr gerne Fisch aß, fand es, dass es ein gutes Geschäft war. Und ohnehin würde es ja niemand sehen. Und so gab das Mädchen ihm, was er wollte, und erhielt dafür ihre Fische. Der Bey ging freudig nach Hause, legte sich wieder seine gewohnten Gewänder an und wartete darauf, dass die Mädchen wieder im Garten erschienen.

Kurze Zeit darauf ging wieder die älteste Schwester in den Garten und begann, die Kräuter zu gießen. Der Bey rief ihr wieder zu: »Basilienkräutlerin, Basilienkräutlerin! Du gießt jeden Tag deine Kräuter, weißt aber nicht, wie viele Blätter sie haben!« Abermals lief das schüchterne Mädchen ins Haus zurück. Auch der mittleren Schwester erging es nicht besser. Als wieder die jüngste in den Garten kam, sprach der Bey erneut: »Basilienkräutlerin, Basilienkräutlerin! Du gießt jeden Tag deine Kräuter, weißt aber nicht, wie viele Blätter sie haben!« Und das Mädchen antwortete wie zuvor: »Mein Bey, mein Bey, in deiner Hand hältst du eine Feder, in deinem Gürtel steckt ein Tintenfass, weißt du denn aber, wie viele Sterne am Himmel stehen?« Da entgegnete der Bey: »Aber du weißt ja wohl, wie viele Fische es für einen Kuss gibt!« Das Mädchen verstand, dass der Bey ihm einen Streich gespielt hatte, und es schwor sich, ihm bei der nächsten Gelegenheit eine Lektion zu erteilen.

Es ließ sich ein Kleid mit tausend Glöckchen und Schellen machen und versteckte es unter seinem Arm. Dann wartete es darauf, bis sich eine Möglichkeit bot, in das Haus des Beys zu kommen, schlüpfte schnell hinein und versteckte sich im Stall, der sich unter dem Schlafzimmer des Beys befand. Unser Mädchen wartete Mitternacht ab, zog dann sein Kleid an und ging in das Zimmer des schlafenden Beys. Dort schüttelte es sich und tanzte drauflos, dass das Kleid laut schellte und klingelte. Es schüttelte und schüttelte sich und fing an, laut zu husten, bis endlich der Bey aufwachte, »Wer ist da?«, rief und sich sogleich unter der Decke versteckte, vor Angst mit den Zähnen klappernd. Das Mädchen schüttelte sich weiter, auf dass die Glöckchen und Schellen hell läuteten, und sagte zum Bey: »Ich bin der Todesengel und komme, um deine Seele zu nehmen. Entweder du gibst mir deine Seele oder ich stecke dir ein Horn in dein Gesäß!« Der Bey wollte seine Seele nicht hergeben und so entschied er sich für das Horn: »Dann nehme ich das Horn!«, antwortete er. Da nahm das Mädchen ein Horn hervor und rammte es ihm hinein.

Am nächsten Morgen stand der Bey mit Schmerzen auf und zog sich unter unsäglichen Qualen das Horn wieder heraus. Es dauerte noch gute zehn Tage, bis er sich wieder setzen konnte und einigermaßen genesen war. Einmal saß er am Fenster und sah, dass die jüngste Tochter des Basilienkräutlers wieder im Garten arbeitete. Da rief er ihr wieder zu: »Basilienkräutlerin, Basilienkräutlerin! Du gießt jeden Tag deine Kräuter, weißt aber nicht, wie viele Blätter sie haben!« – »Mein Bey, mein Bey, in deiner Hand hältst du eine Feder, in deinem Gürtel steckt ein Tintenfass, weißt du denn aber, wie viele Sterne am Himmel stehen?«, war ihre Antwort. Da entgegnete der Bey: »Aber du weißt ja wohl, wie viele Fische es für einen Kuss gibt!« Hierauf das Mädchen: »Und du weißt aber doch, dass in deinem Gesäß ein Horn gesteckt hat?« – »O dieses Schlitzohr!«, sprach der Bey zu sich und ging geradewegs zu seiner Mutter. Von ihr verlangte er, sie möge beim Basilienkräutler um die Hand seiner jüngsten Tochter anhalten. Die Mutter versuchte zwar mit allen Mitteln, ihren Sohn von diesem Gedanken abzubringen. Die Tochter eines einfachen Basilienkräutlers sei keine gute Partie für einen Bey, fand sie. Aber was sie auch immer an Gründen vorbrachte, ihr Sohn rückte nicht davon ab. Da ging die Mutter zum Basilienkräutler und bat ihn um die Hand seiner Tochter für ihren Sohn. Die Eltern des Mädchens waren damit einverstanden, und alsbald begann man mit den Hochzeitsvorbereitungen. Unser Mädchen aber witterte sofort eine weitere List des Beys und bat seinen Vater, er möge eine Puppe aus Wachs anfertigen lassen, die ihr Ebenbild war. Dem Vater mutete dies eigenartig an, doch seine Tochter drängte so sehr darauf, dass er die Puppe endlich in Auftrag gab. Das Mädchen nahm die Puppe und setzte sie in das Brautgemach. Dann nahm es einen langen dünnen Faden und band das eine Ende an den Kopf der Puppe und das andere befestigte es am Schrank. Danach schüttete sie in das Innere der Puppe einen ganzen Topf mit Sirup. Das Mädchen selbst setzte sich in ein anderes Zimmer und empfing dort seine Gäste.

Am Tag der Hochzeit nun, nachdem es sich von seinen Angehörigen verabschiedet hatte, ging das Mädchen in das richtige Brautzimmer, zog der Puppe Brautkleid und Schleier an, setzte sich selbst in den Schrank und schaute durch das Schlüsselloch. Bald darauf trat der Bräutigam ein, zog plötzlich sein Schwert und rief: »Wehe, du falsche Schlange! Du warst es also, die mir das Horn hineingesteckt hat?« Das

Mädchen zog vom Schrank aus vorsichtig am Faden, so dass die Puppe mit dem Kopf nickte. Da wurde der Bey noch wütender und rief: »Da nickst du also auch noch! Wehe, ich habe geschworen, dass ich dein Blut trinken werde!« Damit schwang er sein Schwert und hieb der Wachspuppe den Kopf ab. Da fiel die Puppe um und der Sirup strömte aus ihrem Körper. Der Bey nahm eine Handvoll und trank, im Glauben, es sei ihr Blut. Als er merkte, dass es süß war, klagte er: »Wehe, wenn ihr Blut schon so süß ist, wie süß muss sie dann selbst gewesen sein!« In diesem Augenblick trat das Mädchen aus dem Schrank und sprach: »Nun, mein Bey, eben hast du deinen Schwur gehalten und von meinem Blut getrunken!« Der Bey starrte sie voller Verblüffung an, doch dann fielen sie einander in die Arme und verbrachten ihre Tage weiterhin mit Scherzen und in Glückseligkeit.

Die Tochter des Holzhackers

Es war einmal, und doch war es keinmal. Als Gottes Geschöpfe auf der Erde mehr waren als Sterne am Himmelszelt, da gab es einen armen Holzhacker, der hatte eine Frau und eine Tochter. Er verdiente sich den Lebensunterhalt, indem er im Wald Holz hackte und es verkaufte. So lebten sie mehr schlecht als recht.

Eines Tages hatte der Holzhacker wieder sein Holz gehackt, verschnürt und trug es auf seinem Rücken in die Stadt, um es zu verkaufen. Nach einiger Zeit wurde er müde und wollte sich ein wenig ausruhen. Er legte seine Last an einem großen Steinblock ab und setzte sich auch hin. Da er sehr erschöpft war, lehnte er seinen Rücken an den Stein und machte es sich mit einem »Of« behaglich. Da bebte plötzlich der Stein und zitterte in seinem Innersten. Und im selben Augenblick erschien vor den Augen des alten Mannes ein Araber, dessen Lippen so groß waren, dass die eine in den Himmel reichte und die andere die Erde berührte. Der Araber drehte sich zum Holzhacker und sprach: »Hier bin ich, was ist dein Begehr?« Der arme Holzhacker wusste so gar nicht, wie ihm geschah, und er antwortete zaghaft: »Ich habe dich nicht gerufen, sondern mich nur an diesen Stein gelehnt.« Der arme Mann hatte mit »Of« seiner Erschöpfung Ausdruck verliehen und wusste nicht, dass dies auch der Name des Arabers war und dass jener erschien, sobald jemand seinen Namen rief. Der Araber hingegen war wütend über diese Störung und entgegnete: »So hast du mir also umsonst meine Ruhe geraubt, dafür werde ich dich auffressen!« Er wollte sich schon über den Holzhacker hermachen, als dieser anfing zu flehen und zu betteln: »Lieber Of, bitte friss mich nicht auf, dafür will ich dir alles geben, was du von mir forderst.« Das gefiel dem Araber, der daraufhin sagte: »Na gut, ich werde dich verschonen, aber nur unter der Bedingung, dass du mir das bringst, was dir in deinem Hause als Erstes über den Weg läuft.« Der Alte willigte aus Angst vor dem Araber ein und machte sich auf den Weg nach Hause. Als er an seinem Haus ankam und eintrat, da kam ihm seine Tochter entgegen. Der Holzhacker wurde darauf sehr betrübt und weinte vor Verzweiflung. Als seine Frau und seine Tochter ihn fragten, was denn der Grund sei, sagte er: »Wer soll denn weinen, wenn nicht ich!«, und schilderte ihnen das Geschehene und was er dem Araber hatte versprechen müssen. Da weinten auch die Mutter und die Tochter bittere Tränen, doch es gab keinen Ausweg und so fügte sich das Mädchen in sein Schicksal, um seinen Vater und seine Mutter vor dem Zorn des Arabers zu bewahren. »Seid nicht traurig«, tröstete sie ihre Eltern, »ich werde euch oft besuchen kommen, und wenn der Araber es nicht gestatten sollte, dann lasse ich euch kommen.«

Am nächsten Tag machte der Holzhacker sein Versprechen wahr und begab sich mit seiner Tochter zu dem Steinblock. Der Araber wartete bereits auf das Pfand, das er ihm bringen sollte, und als er ihre Ankunft bemerkte, erzitterte der Stein von neuem. Er erschien auf der Erde, packte das Mädchen am Arm und verschwand sogleich mit ihr unter der Erde. Dort kamen sie an einen höhlenartigen Ort, und nachdem sich die Augen des Mädchens an die Dunkelheit gewöhnt hatten, bemerkte es, dass sie sich auf dem Absatz einer steinernen Treppe befanden. Der Araber hielt sie noch immer am Arm und führte sie die Treppe hinunter. Dann gelangten sie in einen langen Flur, von dem zahlreiche Türen in ebenso viele Zimmer führten. Nun wandte sich der Araber an das Mädchen: »Ich habe dich mit Gottes Willen von deinem Vater als Frau erhalten. Jetzt bist du die Herrin dieses Hauses und hier sind die Schlüssel zu sämtlichen Räumen und zu meinem Garten. Du kannst in ihnen ein und aus gehen, wie es dir beliebt, und im Garten spazieren gehen, wann immer dir danach ist. Doch das Zimmer am Ende dieses Flurs darfst du nicht betreten. Merke dir das gut!« Mit diesen Worten verschwand der Araber und das Mädchen blieb allein. Die Gattin des Arabers betrachtete voller Erstaunen den unterirdischen Palast und ging von Zimmer zu Zimmer. Und so lebte sie in ihrem neuen Haus und vertrieb sich gelegentlich die Zeit im Garten.

Eines Tages kam sie in die Nähe des Zimmers, das sich am Ende des Flurs befand. Sie erinnerte sich an die mahnenden Worte des Arabers und hielt inne. Sie fürchtete sich vor der Strafe des Arabers und so ging sie nicht hinein. Doch sie war zu neugierig zu erfahren, was sich denn in diesem Zimmer befinden könnte, und nachdem sie eine Woche standhaft gewesen war, hielt sie es nicht mehr aus und öffnete die Tür, was auch immer geschehen möge. Doch was sahen ihre Augen, als sie in das Zimmer trat: Es war übersät mit Menschenknochen, Leichen, an denen noch Fleisch hing, und mit Blutflecken auf dem Boden. Das Mädchen erschrak so sehr, dass es aufschrie und wegrannte. Es verging einige Zeit, doch es konnte das schreckliche Bild nicht aus seinem Geist vertreiben. Da sehnte sich das Mädchen nach seiner Mutter, der es sein Herz ausschütten wollte. Als am Abend der Araber nach Hause kam, bat sie ihn: »Ich habe meine Mutter und meinen Vater seit langem nicht gesehen und sehne mich nach ihnen. Bringe sie doch bitte her zu mir.« Der Araber antwortete: »Wie du wünschst, morgen werde ich dir deine Mutter bringen.«

Am nächsten Morgen kam die Mutter des Mädchens. Das Mädchen freute sich über alle Maßen und sie umarmten und herzten sich innigst. Die Mutter wollte wissen, ob es ihrer Tochter denn gut gehe. Diese aber blickte um sich, und als sie sich vergewissert hatte, dass der Araber nicht in der Nähe war, erzählte sie ihrer Mutter von ihrem grausigen Fund. Die Mutter verdrehte bei dieser Geschichte die Augen derart, dass ihre Tochter rief: »Mutter, verdrehe deine Augen nicht so, du siehst aus wie der Araber!« Da schüttelte sich die Mutter und plötzlich stand der Araber vor dem Mädchen. Der hatte sich nämlich in die Mutter seiner Frau verwandelt, um zu erfahren, was die Tochter ihr denn zu sagen hätte. Das Mädchen erschrak sehr und fing zu weinen an. Der Araber aber befahl ihm: »Los, leg deine Kleider ab, denn du hast mir nicht gehorcht und deshalb werde ich dich verschlingen!« Das Mädchen flehte ihn an, er möge es verschonen, doch alles Flehen und Bitten half nichts, der Araber ließ sich nicht erweichen. Als das Mädchen erkannte, dass es nichts ausrichten konnte, sprach es: »So gestatte mir wenigstens, dass ich ins Badehaus gehe und mich dort reinige.« Der Araber wollte es ihm gestatten und antwortete: »So geh denn. Aber verschwende keinen Gedanken daran zu fliehen, denn ich werde dich finden, wo auch immer du dich versteckst.« So geleitete er seine Frau zum Badehaus und wartete draußen vor der Tür.

Sie ging nun hinein, entkleidete sich und setzte sich in eine Ecke. Die Badefrau bemerkte dies und wunderte sich, dass das Mädchen weder badete noch sich mit den anderen Badenden unterhielt, stattdessen aber still vor sich hin weinte. Sie ging zu ihm hin und fragte: »Mein Kind, was betrübt dich so? Warum weinst du?« Das Mädchen wollte zunächst nicht antworten, doch als die Badefrau nicht von ihm ließ, erzählte es ihr, was ihm widerfahren war. Die Badefrau fühlte Mitleid mit dieser jungen Frau und dachte eine Weile nach. Dann hellte sich ihr Gesicht auf und sie sagte : »Weine nicht mehr, ich weiß einen Weg, wie du dich des Arabers entledigen kannst. Ich werde sogleich den Badehelfer losschicken, um zwei, drei Ellen Stoff, etwas Pech und Watte zu besorgen. Damit werden wir dir einen Anzug anfertigen, in dem du wie ein fremdes Geschöpf aussehen wirst. Wenn du damit das Badehaus verlässt, wird dich dein Mann unter keinen Umständen erkennen.« Und so geschah es. Man schnitt den Stoff auf ihren Körper zu, bestrich ihn mit Pech und belegte ihn mit Watte, die am Pech haftete. Dann zog man ihr das Tarngewand an und gab ihr noch einen Stock in die Hand. Die Badefrau sagte: »Nimm diesen Stock und stütze dich mit gebeugtem Rücken auf ihn, wie es die alten Frauen tun. Wie soll dich dein Mann so erkennen? Und nun möge dir Glück beschieden sein!« Mit diesen Worten entließ sie das Mädchen, das das Badehaus verließ, wie ihm aufgetragen worden war. Es ging, über und über in Watte eingehüllt, glücklich am Araber vorbei und zog seines Weges.

Kommen wir nun zum Araber. Als es Abend wurde und seine Frau immer noch nicht herausgekommen war, wurde er zornig und schlug mit seiner Keule gegen die Tür des Badehauses, so dass das gesamte Gebäude erbebte, und ging hinein. Er suchte in allen

Ecken und Winkeln und konnte seine Gattin doch nicht finden. Das machte ihn noch wütender und er sprach: »Eines Tages werde ich dich doch finden, und dann wird es kein Entkommen mehr für dich geben!« Und damit machte er sich davon.

Unser Mädchen hingegen setzte seinen Weg fort und ging weiter und weiter, bis es völlig erschöpft und am Ende seiner Kräfte zu einem Wald gelangte. »Hier will ich mich ein wenig ausruhen«, sagte es, legte sich hin und schlief sofort ein. Doch plötzlich wachte es von einem Lärm auf, und als es um sich blickte, sah es, dass es von zehn, fünfzehn Reitern umringt war. Die Berittenen waren der Padischah des Reiches, in dem es sich befand, und sein Gefolge auf der Jagd. Die Männer betrachteten das weiße Geschöpf, und der Padischah rief: »Was mag das wohl für eine Kreatur sein?« – »Vielleicht ist es ein weißer Affe«, gab man ihm zur Antwort. Dem Padischah gefiel das weiße Wesen aber so sehr, dass er sagte: »Was auch immer es sein mag, ich werde es mit in den Palast nehmen.« Daraufhin nahm man das Mädchen und brachte es in den Palast. Als sie zum Tor des Palastes eingetreten waren, rief der Padischah nach seiner Mutter und sagte: »Mutter, sieh, ich habe dir ein Wölklein mitgebracht, das wird dir Gesellschaft leisten.« Von da an wurde das Mädchen »Wölklein« gerufen. Jedermann hatte es gern, und es konnte sich im Palast frei bewegen.

Eines Tages wollte sich der Padischah wieder auf die Jagd begeben. Seine Mutter machte sich daran, ihm mit ihren eigenen Händen ein paar Brote zuzubereiten. Das Wölklein wollte auch ein paar Stück backen und griff nach dem Mehl. Doch die Mutter des Padischahs wollte dies nicht erlauben und rief: »Nimm sofort deine schmutzigen Hände vom Teig!« In diesem Augenblick kam auch der Padischah und sagte zu seiner Mutter: »Mutter, lass auch das Wölklein eines backen.« So knetete unser Mädchen auch einige Brote. In einem unbeobachteten Augenblick aber nahm es einen Ring von ihrem Finger und legte ihn heimlich in eines der Teigstücke. Als diese nun in den Ofen gegeben werden sollten, versuchte die Mutter des Padischahs, die Stücke vom Wölklein nicht mitzubacken. Doch auch dies ließ der Padischah nicht zu und sagte: »Liebe Mutter, unser Wölklein hat die Brote mit Hingabe zubereitet, wie schade wäre es doch, wenn es umsonst gewesen wäre.« Die Mutter gab nach, und so wurden auch die Teigstücke des Wölkleins im Ofen gebacken.

Der Padischah ging nun auf die Jagd, und nach einer Weile wollte er Rast machen und setzte sich, um etwas zu essen. Er nahm sich eines der Brote und biss hinein. Da merkte er, dass er auf etwas Hartes gebissen hatte, und als er den Gegenstand aus seinem Mund nahm, sah er, dass es ein Ring war, der zudem in einem Brot vom Wölklein steckte. Er ließ die anderen nichts merken, und nachdem alle gegessen hatten, gab er Befehl zum Aufbruch, und sie kehrten in den Palast zurück. Dort angekommen, rief er seine Mutter zu sich und sagte ihr: »Mutter, ich habe mich dazu entschlossen, mit Gottes Willen das Wölklein zu heiraten.« Die Mutter konnte zunächst vor Überraschung kein Wort herausbringen, aber als sie sich wieder gefasst hatte, rief sie: »Bist du denn von Sinnen? Dieses Geschöpf ist noch nicht einmal ein Mensch. Und wir wissen auch nicht, ob es denn ein Tier ist! So etwas kann man doch nicht heiraten!« Darauf zeigte der Padischah ihr den Ring, den er im Brot gefunden hatte, doch auch dann wollte seine Mutter nichts davon wissen. Da blieb dem Padischah nichts anderes übrig, als zu sagen: »Wenn ich das Wölklein nicht heiraten soll, dann werde ich mich umbringen!« Da endlich gab seine Mutter nach und rief: »Dann soll es eben sein. Aber zuerst musst du das Geschöpf heimlich beobachten, um zu erfahren, was es isst, was es trinkt und was es macht, wenn es allein ist.«

Der Padischah wartete einen günstigen Tag ab und beobachtete das Wölklein durch das Schlüsselloch in der Tür zu seinem Gemach. Was er da zu sehen bekam, verschlug ihm schier den Atem: Das Wölklein legte den Tarnanzug ab, um zu Bett zu gehen, und heraus kam ein wunderschönes Mädchen, das dem Mond am Vierzehnten glich. Sogleich holte der Padischah seine Mutter und sie beide gingen in das Zimmer des Mädchens, um den Grund für diese Verkleidung zu erfahren. Da erzählte das Mädchen alles, was sich zugetragen hatte, von dem Zimmer mit den Leichenteilen und ihrer Verkleidung im Badehaus. Als es mit seinem Bericht fertig war, fügte es hinzu: »Dieser Araber wird alles daransetzen, um meine Spur aufzunehmen. Er kann sich in alles und jeden verwandeln, deshalb müsst ihr mir alles zeigen, was von draußen in den Palast gelangt.« Der Padischah versprach es und ließ gleichzeitig seine bevorstehende Vermählung ankündigen und sie feierten vierzig Tage und vierzig Nächte ihre Hochzeit mit Musik, Tanz, allerlei Speisen und in Ausgelassenheit. Nach der Hochzeit lebten der Padischah und seine Gemahlin glücklich im Palast.

Eines Tages blickte der Padischah aus dem Fenster seines Palastes und sah eine Reihe Schafe vorbeiziehen, die zur Schlachtbank geführt wurden. Unter ihnen erblickte der Padischah einen Hammel, der ihm gar sehr gefiel, und er wollte ihn seinem Besitzer abkaufen. Aber zuerst sollte er seiner Gemahlin vorgeführt werden, wie er es ihr versprochen hatte. Diese betrachtete den Hammel ein wenig, und als sie seine Augen sah, schrie sie auf und sagte: »Um Himmels willen, kaufe diesen Hammel nicht! Er hat Augen wie der Araber!« Der Padischah versuchte zwar, sie zu beschwichtigen, indem er ihr erklärte, dass der Araber sich doch nicht in einen Hammel verwandeln könne, doch seine Gemahlin wollte sich nicht beruhigen und so verzichtete er auf ihn. Von diesem Tag an wuchs die Angst der jungen Frau mehr und mehr. Es ging so weit, dass der Padischah schließlich einen Löwen und einen Tiger vor dem gemeinsamen Schlafgemach anbinden ließ, die die Tür bewachen sollten, damit niemand eintreten konnte.

Eines Tages ging der Padischah auf dem Markt umher und sah ein zierliches Mundstück für eine Wasserpfeife. Er zögerte, ob er es kaufen sollte, ohne dass es seine Frau zuvor gesehen hatte, doch dann sagte er sich, dass sich der Araber doch wohl auf keinen Fall in ein Mundstück verwandeln würde, und nahm es mit. Er ging wieder in den Palast und legte das Mundstück auf einen Schrank in seinem Schlafgemach.

Doch in der Nacht, als alle schliefen, schüttelte sich das Mundstück und verwandelte sich in den Araber. Dieser hatte herausgefunden, wo sich seine Gattin aufhielt und sich in das Mundstück verwandelt, in der Hoffnung, so viel Gefallen zu erregen, dass man ihn in den Palast brachte. Nun war er endlich in den Palast eingedrungen und fing den Schlaf aller, die sich im Palast befanden, ein, sperrte ihn in ein Gefäß, das er neben das Kopfende der Gemahlin des Padischahs stellte. Nur ihren Schlaf hatte er nicht in das Gefäß gesteckt, so dass er sie jetzt wecken konnte. Als die junge Frau erwachte und den Araber erblickte, geriet sie in Angst und wollte ihren Gemahl wecken. Der Araber sah dies und sagte ihr: »Vergeblich ist deine Mühe, denn ich habe seinen Schlaf und den aller anderen im Palast eingefangen und nur ich kann sie wieder wecken. Jetzt bist du mir ausgeliefert und nichts und niemand kann dir zu Hilfe eilen. Jetzt werde ich dich fressen!« Er packte das Mädchen am Arm und wollte es mit sich zerren. Doch die junge Frau wehrte sich nach Kräften und schlug mit den Armen um sich und warf das Gefäß, in das der Araber den Schlaf der Palastleute verbannt hatte, um. Sogleich erwachten der Padischah und alle anderen Bewohner des Palastes und konnten das Mädchen aus den Händen des Arabers befreien. Dieser wurde gepackt und dem Löwen und dem Tiger zum Fraß vorgeworfen.

Auf diesen Schreck hin befahl der Padischah, dass erneut die Hochzeit gehalten werden sollte, und so wurde in vierzig Tagen und vierzig Nächten die Befreiung der jungen Frau gefeiert.

Sie aßen und tranken und erreichten das Ziel ihrer Wünsche.

Der Bauer und Sultan Mahmut

Es war einmal, und doch war es keinmal. In alter Zeit, als das Sieb im Stroh lag, gab es einen Padischah namens Sultan Mahmut.

An einem Tag im Sommer ging dieser Sultan auf einer Wiese spazieren und sah dort einen Birnbaum. Er legte sich unter den Baum und aß eine der Birnen, die abgefallen waren. Dann begab er sich zum Bauern, dem der Baum gehörte, und sprach zu ihm: »Ich habe eine deiner Birnen gegessen, und darum stehe ich in deiner Schuld. Wenn ich dir aber eine Gefälligkeit erweisen kann, so komme nach Istanbul und frage nach mir. Ein jeder wird wissen, wo du mich finden kannst.«

Zeit kommt, Zeit vergeht, und eines Tages geriet unser Bauer mit seinem Nachbarn in Streit um ein Stück Land. Da ihm vor Gericht kein Recht gegeben wurde, er aber der Richtigkeit seines Tuns gewiss war, versuchte er dies und das, um doch noch zu seinem Recht zu kommen. Doch alles war vergebens. Da sprach seine Frau, die sich an die Worte von Sultan Mahmut erinnerte: »Ich werde einen Korb mit Birnen füllen; den bringe zu Sultan Mahmut, er wird uns sicher helfen können.« Der Bauer stimmte seiner Frau zu und ging nach Istanbul. Dort erkundigte er sich nach Sultan Mahmut und wurde alsbald zu dessen Palast geführt. Der Padischah empfing ihn und nahm ihn als seinen Gast auf. Nachdem sie gegessen, getrunken und sich unterhalten hatten, gab der Padischah den Befehl, man möge seinem Gast ein Gemach für die Nacht bereiten. Der Bauer wurde in einem der Gemächer für die Gäste des Padischahs untergebracht und legte sich schlafen. Nachts aber hatte der Bauer ein Bedürfnis und stand auf. Er verließ sein Zimmer und öffnete viele Türen, doch er konnte den Weg nach draußen nicht finden. Bald hatte er sich so weit verlaufen, dass er auch nicht mehr in sein Zimmer zurückfand. Da wurde er von der Palastwache angehalten und die Soldaten des Padischahs fragten ihn, wer er sei und wohin er gehe. Der arme Bauer konnte ihnen nicht erklären, was seine Sorge war. Da wurden die Soldaten sehr misstrauisch und hielten ihn für einen Spion, der sich in den Palast eingeschlichen hatte. Sofort ergriffen sie ihn und warfen ihn in den Kerker.

Es vergingen drei Jahre, in denen Sultan Mahmut seinen Gast vergessen hatte. Eines Tages aber erinnerte er sich an den Bauern und erkundigte sich nach dessen Verbleib. Er stellte viele Untersuchungen an, da kaum einer wusste, was mit dem Mann geschehen war. Doch endlich erfuhr der Padischah, dass der Bauer im Kerker saß. Sofort ließ er ihn befreien und sagte zu ihm: »Fordere von mir, was immer du willst. Ich will es dir erfüllen!« Der Bauer antwortete: »Mein Padischah, ich wünsche eine Axt, einen Strick und einen Koran.« Der Padischah war sehr erstaunt über diese Bitte und fragte den Bauern, was er denn mit diesen Gegenständen anstellen wolle. Daraufhin der Bauer: »Mit der Axt will ich diesen unseligen Baum fällen, unter den Ihr Euch gelegt habt; an dem Seil will ich meine Frau aufhängen, die mich zu Euch schickte; und auf den Koran will ich schwören, dass ich nie wieder einem Mann meinen Gruß entbieten werde, der Mahmut heißt.« Dem Padischah gefiel die Antwort des Bauern so sehr, dass er ihm zwei Reisetaschen voll Gold gab und ihn als reichen Mann in seine Heimat zurückschickte.

Das Märchen von der Schlauheit der Frauen

Es war einmal, und doch war es keinmal. Es war einmal in einer Zeit, da sagte ein alter Padischah zu seinem Sohn: »Mein Sohn, ich werde bald sterben. Und dann wirst du über dieses Reich herrschen. Ich habe einen Freund an einem gewissen Ort, und ich wünsche, dass du in allen Dingen seinen Rat befolgst. Dies sei mein Letzter Wille.« Der Padischah starb und sein Sohn kam auf den Thron.

Eines Tages wollte der junge Padischah den Gehorsam seiner Untertanen prüfen und gab den Befehl, dass an einem bestimmten Tag alle Lichter in seinem Reich gelöscht werden sollen. Da er sich dessen vergewissern wollte, dass ein jeder in seinem Reich dem

Befehl Folge leistete, begab er sich mit einigen seiner Wesire auf eine heimliche nächtliche Reise. Sie gingen durch alle Straßen der Stadt, und der Padischah freute sich, dass es weit und breit kein Haus gab, durch dessen Fenster Licht schien. Doch plötzlich entdeckte er ein kleines Haus, in dem entgegen seinem Befehl Licht brannte. Dem Padischah missfiel dies sehr, und so ließ er eine Markierung an diesem Haus anbringen, auf dass es seine Männer am nächsten Morgen erkennen konnten.

Als es Morgen wurde, ließ er sich sofort die Bewohner des Hauses vorführen. Es waren ein Mann und eine Frau. Zuerst wurde die Frau verhört: »Warum habt ihr gestern Nacht das Licht brennen lassen?«, fragte sie der Padischah. Die Frau antwortete: »Mein Padischah, wir waren sieben Jahre lang verlobt. In diesen sieben Jahren hielt sich mein Verlobter in der Fremde auf, um das nötige Geld für unsere Hochzeit zu verdienen. Nach diesen Jahren der Mühsal hatte er das Geld endlich zusammen und kehrte zu mir zurück. Und wir konnten endlich unsere Hochzeit feiern. Dies geschah gerade gestern, an dem Tag, an dem Ihr Euer Verbot verkündet habt. Mein Gemahl aber vertraute auf Eure Gnade und ich wurde die Seine und er der Meine. Und wie es Sitte ist, haben wir das Licht brennen lassen.« Auf die Worte der Frau sprach der Padischah: »Mein Kind, ich werde dich einige Zeit als mein Gast im Palast behalten«, und entließ sie. Darauf rief er den Ehemann zum Verhör und fragte auch diesen: »Warum habt ihr das Licht brennen lassen?« Der Mann antwortete: »Ich erbitte Eure Gnade, denn ich war sieben Jahre lang von meiner Geliebten getrennt und habe das Leid der Fremde ertragen. Nach sieben

Jahren kehrte ich in meine Heimat zurück, um zu heiraten. Und endlich kam der Tag unserer Hochzeit. Und dies geschah gerade am gestrigen Tag Eures Lichtverbotes. Wir waren überzeugt, dass Ihr auf jeden Fall Gnade walten lassen würdet. Und so beschlossen wir, das Licht anzuzünden und die Ehe zu vollziehen. Und nun liegt unser Schicksal in Eurer Hand.« – »Konntest du denn nicht noch einen Tag abwarten?«, fragte der Padischah. »Nein, denn ich sehnte mich sehr nach meiner Frau.« – »Wenn dem so ist«, fuhr der Padischah fort, »dann gebe ich dir meine eigene Tochter zur Frau; du trennst dich von deiner Frau, und ich begnadige dich.« – »Nein«, rief der junge Mann, »ich nehme sie nicht.« Der Padischah drang weiter in ihn: »Du wirst sie nehmen, wenn du sie erst einmal gesehen hast.« Mit diesen Worten ließ er nach seiner Tochter rufen. Das Mädchen legte seine schönsten Kleider an und erschien vor seinem Vater. Dieser wandte sich an den Mann und sagte: »Schau, wie schön sie ist. Deine Frau kann ihr nicht das Wasser reichen. Wer meine Tochter nicht zur Frau nehmen will, der ist ein Dummkopf!« Doch der Mann blieb fest entschlossen und rief: »Und wenn sie noch zehnmal schöner wäre, wollte ich sie nicht heiraten.« Der Padischah versuchte, ihm zu drohen, indem er ihm sagte: »Dann lasse ich dich einsperren.« Doch der Mann ließ sich nicht einschüchtern und lehnte nach wie vor die Hand der Prinzessin ab. Dem Padischah imponierte die Haltung des Mannes, doch er ließ es sich nicht anmerken und tat so, als sei er wütend auf ihn. Endlich ließ er ihn unter zornigen Beschimpfungen abführen. Er gab seinen Bediensteten jedoch ein Zeichen, dass sie ihn gut behandeln sollten.

Darauf ließ er die Frau erneut vorführen, um sie ebenfalls einer Prüfung zu unterziehen, und schlug ihr vor: »Du solltest nicht mit einem Bauern verheiratet sein, sondern mit meinem Sohn. Ich mache dich zu meiner Schwiegertochter. Was sagst du dazu?« – »Nein«, antwortete sie, »das geht nicht.« Der Padischah befahl daraufhin, dass man seinen Sohn rufen solle. Auch dieser legte seine schönsten Kleider an und erschien. Nun konnte die Frau ihn sehen. Als der Padischah seine Frage wiederholte, lächelte sie und gab ihm zu verstehen, dass sie einverstanden war. Da ermahnte sie der Padischah: »Dazu müsste ich deinen jetzigen Mann töten lassen, was sagst du dazu?« Die Frau antwortete: »Töte ihn, mir ist es gleich. Denn ich werde jetzt den schönsten Prinzen heiraten und die glücklichste Frau der Welt werden.« Der Padischah war über die Antwort der Frau, die ihren Mann ohne zu zögern für einen anderen opfern würde, so erbost, dass er befahl, alle Frauen in seinem Reich umzubringen. Denn er war überzeugt, dass alle Frauen ihre Männer auf diese Art und Weise hintergehen würden.

Auf seinen Befehl hin begann man nun, in allen Städten die Köpfe der Frauen abzuschlagen. Die Menschen klagten sehr und flehten den Padischah an, das Töten möge aufhören. Doch er ließ sich nicht erweichen. Darauf wandte sich das gesamte Volk an jenen Freund des alten Padischahs und ersuchte ihn um Hilfe. Dieser stattete dem Padischah einen Besuch ab. Aber sobald jener ihn erblickte, rief er ihm entgegen: »Wenn du Gnade für die Frauen erbitten willst, tue es nicht, denn ich lehne es ab!« Der alte Mann antwortete: »Nein, mein Sohn, deswegen bin ich nicht zu dir gekommen. Doch ich möchte wissen, was der Grund für deinen Zorn ist.« Der Padischah antwortete: »Frauen sind allesamt treulose Wesen. Einen Mann konnte ich nicht hinters Licht führen, doch die Frau hat bei der kleinsten Versuchung nachgegeben. Darüber bin ich erzürnt.« Seines Vaters Freund belehrte ihn: »Aber vielleicht hat dir die Frau einen Streich gespielt.« Doch der Padischah wollte es nicht glauben und meinte, dass keine Frau die Schlauheit dazu besitze. »Und doch ist es möglich«, erwiderte der alte Mann, »denn ich habe viel gesehen und werde dir eine Geschichte erzählen, in der eine Frau sehr viel Schlauheit an den Tag legt. Eines Tages saß ich hier mit deinem seligen Vater, als eine Frau und ein Mann eintraten. Der Mann klagte seine Frau eines Vergehens gegen ihn an. Folgendes hatte sich zugetragen:

Eines Tages kam der Mann nach Hause und die Frau berichtete ihm, der Hodscha habe gesagt, Allah möge die Menschen vor der Schlauheit der Frauen bewahren. Der Mann wollte es nicht glauben und meinte, dass die Frauen doch keine Schlauheit besäßen. Die Frau ermahnte ihn: ›Sei vorsichtig mit deinen Worten, denn Frauen sind schlauer, als du denkst.‹ Doch der Mann war nicht zu überzeugen und behauptete, dass er auf keine List einer Frau hereinfallen würde. ›Dann warte es nur einmal ab‹, entgegnete die Frau. Und dabei blieb es zunächst. Eines Tages nun ging der Mann zum Pflügen auf sein Feld und die Frau sollte ihm am Mittag seine Mahlzeit bringen. Zuvor ging sie zur Mühle, um Wasser zu schöpfen. Dort sah sie, dass einige Kinder Fische fingen, und da fiel ihr ein Streich ein, den sie ihrem Mann spielen konnte. Sie bat die Kinder, ihr die Fische, die sie gefangen hatten, zu verkaufen. Die Kinder erfüllten ihre Bitte, und sie versteckte die Fische unter ihrem Rock, nahm das Essen und ging zu ihrem Mann. Dieser war ja mit Pflügen beschäftigt und ging auf dem Feld auf und ab. Die Frau stellte die Speisen ab und ging so hinter ihrem Mann her, dass er es nicht bemerkte. Während sie hinter ihrem Mann herging, ließ sie einen nach dem anderen die Fische aus ihrem Rock fallen. Als der Mann auf der anderen Seite des Feldes den Pflug umdrehte, bemerkte er die Fische zu seinen Füßen. Er trug seiner Frau auf, die sich ein wenig abseits gestellt hatte, sie solle die Fische aufsammeln und für das Abendessen zubereiten. Die Frau packte die Fische ein, ging nach Hause, aber sie bereitete damit kein Essen zu, sondern stellte das Gefäß, in das sie die Fische legte, zu den fertigen Speisen.

Am Abend kehrte der Mann heim und erkundigte sich nach den Fischen. Die Frau tat erstaunt und fragte: ›Woher hätte ich denn Fische nehmen sollen?‹ – ›Ja, aber weißt du nicht mehr, dass wir die Fische heute auf unserem Feld geerntet haben?‹ Daraufhin schlug die Frau die Hände über ihrem Kopf zusammen, eilte zu den Nachbarn und rief: ›Mein Mann hat den Verstand verloren! Er behauptet, wir hätten auf unserem Feld Fische geerntet!‹ Die Nachbarn versammelten sich im Haus der Frau und fragten, was denn geschehen sei. Der Mann wiederholte seine vorherige Rede. Da erkannten die Nachbarn, dass der Mann tatsächlich verrückt geworden war, fesselten ihn und banden ihn an einen Pfahl. Da rief der arme Mann, der in Wirklichkeit ja gar nicht verrückt war: ›Frau, du hattest recht, auf dem Feld wachsen keine Fische. Ich war verrückt geworden, doch jetzt habe ich meinen Verstand wiedererlangt. Binde mich nun los!‹ Die Frau befreite ihn von seinen Fesseln, und sie setzten sich zum Essen nieder.

Nachdem sie einige Schüsseln geleert hatten, öffnete der Mann das Gefäß, in dem sich die Fische befanden. Sogleich rief er: ›Frau! Ich bin wieder verrückt geworden! Binde meine Hände zusammen, denn ich sehe den Kopf eines Fisches.‹ Hierauf brach die Frau in Gelächter aus, und als ihr Mann sie verständnislos ansah, klärte sie ihn auf: ›Du bist nicht verrückt geworden, aber ich habe dir einen Streich gespielt. Denn du hattest die Schlauheit der Frauen unterschätzt.‹

Aus diesem Grunde klagte jener Mann seine Frau an. Wir aber hörten beide Parteien und versöhnten sie wieder miteinander. Denkst du denn, dass dies keine Schlauheit ist?«, fragte er den Padischah. »Unmöglich«, rief der Padischah, »so etwas passiert nicht. Ich nehme meine Worte nicht zurück.« – »Warte«, fuhr der alte Mann fort, »denn ich habe noch viel mehr gesehen. So weiß ich von einer Jungfrau, die zwanzig Jahre lang auf ihren Bräutigam gewartet hatte, der im Gefängnis war.« – »Das mag sein«, versetzte der Padischah, »aber es gibt auch solche, die sich sofort von ihrem Bräutigam abwenden würden.« Der Padischah überlegte eine Weile und fuhr schließlich fort: »Aber auch ich habe eine Geschichte zu erzählen:

Einmal saß ich in einer gewissen Stadt vor einem Kaffeehaus. Plötzlich kam ein Reiter, dessen Gesicht verhüllt war. In der Hand hatte er einen stählernen Speer, den er in einen großen Steinblock rammte. Dann saß er von seinem Ross ab, band die Zügel an diesen Speer und betrat mit noch immer verhülltem Gesicht das Kaffeehaus. Dort trank er einen Kaffee und ritt wieder davon. Da ich auch ein Reiter war und meinen Speer bei mir trug, tat ich es meinem Vorgänger gleich und versuchte, den Speer ebenfalls in den Stein zu hauen. Doch es wollte mir nicht gelingen. Ich wollte wissen, wer dieser geheimnisvolle Held mit dieser überaus großen Kraft war. So schwang ich mich auf mein Pferd und ritt ihm nach.

Ich holte ihn ein und bot ihm meine Freundschaft an. Er nahm sie an und wir ritten weiter unseres Weges, bis wir eine Ebene erreichten. Dort war ein großes Haus inmitten eines Gartens errichtet. Wir betraten den Garten und banden unsere Pferde an. Mein Freund entnahm seiner Satteltasche einige Nägel und band sich sein Schwert um. Dann schlug er die Nägel mit seinen bloßen Fäusten in die Außenwand des Hauses und begann, auf ihnen wie auf einer Leiter nach oben zu klettern. An mich richtete er folgende Worte: ›Ich werde jetzt in dieses Haus gehen. Wenn ich nach meinem ersten Schrei meinen Feind getötet habe, werde ich ein zweites Mal schreien. Aber wenn du meinen zweiten Schrei nicht vernimmst, dann fliehe von hier. Denn mein Feind wird mich dann getötet haben und er wird auch dich angreifen.‹ Mit diesen Worten stieg er durch ein Fenster in das Haus und ich blieb allein im Garten und in großer Angst zurück. Es dauerte nicht lange, und ich hörte den ersten Schrei. Doch der zweite ließ einige Sekunden auf sich warten, die mir wie eine Ewigkeit vorkamen. Glücklicherweise folgte er aber bald. Kurz darauf sprang mein Freund blutüberströmt aus dem Fenster. Wir stiegen auf unsere Pferde und ritten zurück. Wir kamen zu einer Moschee. Dort zeigte mein Freund mir ein frisches Grab. ›Dies‹, so sprach er, ›ist das Grab meines Verlobten. Und dort in jenem Haus hab ich seinen Mörder getötet. Er war ein Dew und wollte mich meinem Mann entreißen. Deshalb hat er ihn umgebracht. Und heute habe ich ihn gerächt. Ich bitte dich jetzt, mich neben meinem Mann zu begraben, denn jetzt ist auch die Stunde meines Todes gekommen.‹ Kaum hatte er dies gesagt, stach er sich mit einem Messer in die Brust und starb. Als ich mich zu ihm beugte und sein Gesicht enthüllte, da sah ich zu meiner großen Verwunderung ein überaus schönes Mädchen. So finden sich unter dem Frauengeschlecht auch solche, die ihren Männern treu ergeben sind und sich für sie opfern.« – »Und aus diesem Grund«, so richtete sich der alte Mann wieder an den Padischah, »bitte ich dich, die Frauen zu begnadigen, damit die Guten nicht für die Taten der Schlechten bestraft werden. Und ich erinnere dich an das Wort, das du deinem Vater gegeben hast, nämlich dass du in allen Dingen meinen Rat befolgen wirst.« Der Padischah gab es zu und hob sein Urteil auf.

Das Märchen vom Köse

Es war einmal, und doch war es keinmal. Es war einmal ein Mann, den nannte man wegen seines dünnen Bärtchens Köse. Dieser Köse war sehr arm und nannte nur einen Esel sein Eigen. Eines Tages sagte er zu seinem Sohn: »Mein Sohn, ich bringe diesen Esel auf den Markt und verkaufe ihn.« Der Sohn wollte nicht, dass sein Vater sich die Mühe mache, und rief: »Vater, lass mich ihn hinbringen!« Der Vater willigte ein und schickte seinen Sohn zum Markt.

Der Junge trieb den Esel vor sich her und kam schließlich auf dem Markt an. Da näherten sich ihm drei Hodschas. »Mein Junge«, fragten sie, »ist dieser Esel zu verkaufen?« – »Ja«, antwortete er. Daraufhin rief der erste Hodscha: »Wenn er eines seiner Ohren nicht hätte, dann würde ich ihn kaufen.« Der zweite sagte: »Wenn er keinen Schwanz hätte, dann würde ich ihn kaufen.« Und der dritte schließlich rief: »Wenn er das andere Ohr nicht hätte, dann würde ich ihn kaufen.« Alsbald packte der Junge den Esel und schnitt ihm den Schwanz und beide Ohren ab. Die Marktbesucher, die dies sahen, lachten den Jungen aus. Der arme Junge erkannte nun den Scherz und schämte sich so sehr seiner Tat, dass er den Esel kurzerhand tötete und nach Hause zurückkehrte.

Der Vater fragte ihn: »Mein Sohn, was hast du mit dem Esel gemacht?« Und der Junge berichtete, was ihm widerfahren war: »Mein Vater, es kamen drei Hodschas, die sagten, dass, wenn der Esel keine Ohren und keinen Schwanz hätte, sie ihn kaufen würden. So habe ich ihm Ohren und Schwanz abgeschnitten. Da haben mich alle Leute auf dem Markt ausgelacht und ich habe mich so sehr geschämt, dass ich den Esel geschlachtet habe.« Daraufhin verkaufte der Vater seinen Acker und seine Gerätschaften und kaufte mit dem Erlös einen anderen Esel. Dann kehrte er zu seinem Sohn zurück und fragte ihn: »Mein Sohn, würdest du diese Hodschas wiedererkennen? Dann lass uns auf den Markt gehen!« Und so machten sie sich auf den Weg. Sie nahmen auch den Esel mit.

Die drei Hodschas erschienen am gleichen Ort wie zuvor, und der Junge sagte seinem Vater: »Vater, da kommen die drei Hodschas.« Der Köse hatte zuvor drei Goldmünzen unter dem Schwanz des Tieres versteckt. Er bemerkte sofort die neugierigen Blicke der Hodschas und rief: »Was schaut ihr so? Ist das hier nicht ein Prachtesel?« Damit versetzte er dem Tier einen Schlag, worauf die Goldmünzen aus seinem Hinterteil fielen. Der schlaue Köse sammelte die Münzen sofort ein und versteckte sie in seinem Bund. Darauf fragten sofort die neugierigen Hodschas: »Köse, was hast du in deinem Bund versteckt?« – »Der Esel hat sein goldenes Geschäft verrichtet, und ich habe die Münzen eingesammelt«, war die Antwort, die Köse ihnen gab. Die Gier der Hodschas war geweckt, und sie fragten Köse, ob er seinen Esel verkaufen wolle. Der Köse willigte ein. Als die Hodschas sich nach dem Preis erkundigten, sagte Köse: »Wer von euch 500 Lira bezahlt, dem gehört der Esel.« Die Hodschas zählten das Geld zusammen und reichten es dem Köse. Dieser gab den Hodschas Folgendes mit auf den Weg: »Jetzt müsst ihr diesem Esel einen Stall bauen und ihm einen Trog Gerste und einen Trog Wasser hinstellen. Sieben Tage lang dürft ihr nicht zu ihm gehen. Am siebten Tag wird der Stall bis unter das Dach mit Gold angefüllt sein.«

Die Hodschas folgten den Anweisungen des Köse ganz genau und gingen schließlich am siebten Tag zum Stall. Die Tür ließ sich nicht öffnen und da freuten sich die Hodschas und dachten, der Esel habe ganze Arbeit geleistet und den Stall mit Gold gefüllt. Da öffneten sie die Tür mit Gewalt und sahen, dass der Esel sich dagegengestemmt hatte, und von Gold gab es keine Spur! »Wehe, du betrügerischer Köse! Dir werden wir den Garaus machen!«, riefen sie voller Zorn und machten sich auf den Weg in das Dorf des Köse.

An seinem Haus angekommen, fragten sie seine Frau, wo denn der Köse sich aufhalte. Sie antwortete: »Er ist dort drüben, hinter dem Hügel, und pflügt das Feld.« Die Hodschas erreichten bald den besagten Hügel. An diesem Tag hatte Köse einen Hasen gefangen und ihn in den Sack mit Saatgut gesteckt. Als sich die Hodschas ihm näherten, ging Köse zum Sack, holte den Hasen daraus hervor und flüsterte ihm etwas ins Ohr. Dann ließ er ihn frei. Wieder war die Neugierde der Hodschas geweckt, und sie fragten ihn, warum er denn den Hasen freigelassen habe. Der Köse antwortete, dass er den Hasen nach Hause geschickt habe, um seiner Frau aufzutragen, sie möge für die Gäste etwas zu essen vorbereiten. Die Hodschas fragten: »Warum läuft denn der Hase über Felder und Wiesen?« – »Er fürchtet sich vor den Hunden der Schäfer und meidet deshalb die Wege.« Die Männer machten sich nun gemeinsam auf den Weg zum Haus des Köse, wo sie erwarteten, ein Essen vorzufinden. Dort angekommen, band der Köse heimlich einen Beutel mit Blut um den Hals seiner Frau. Laut und für die Hodschas deutlich hörbar rief er: »Ich habe dir doch eine Botschaft mit dem Hasen geschickt und dir mitteilen lassen, du mögest die Speisen für unsere Gäste zubereiten. Hast du es gemacht?« Die Frau erwiderte: »Hier ist kein Hase aufgetaucht.« Daraufhin schnappte sich der Köse ein Messer, stürzte sich auf seine Frau und stach ihr das Messer in den Hals. Dann nahm er eine Pfeife hervor, pfiff dreimal und siehe da: Die Frau war wieder am

Leben! Die Hodschas glaubten sofort, dass die Pfeife Zauberkräfte besitzen müsse. Sie wollten sie haben und baten den Köse, ihnen die Pfeife zu verkaufen. Dieser war einverstanden und forderte 300 Lira. Die Hodschas bezahlten das Geld, nahmen die Pfeife und gingen in ihr Dorf zurück.

Unterwegs unterhielten sie sich darüber, wie sie ihre widerspenstigen Frauen abstechen würden, um ihnen eine Lektion zu erteilen, und sie dann mittels der Pfeife wieder zum Leben erwecken würden. Der älteste von ihnen nahm die Pfeife und ging zu seinem Haus. Vor der Haustür rief er laut nach seiner Frau, sie solle herauskommen. Als die Frau die Tür öffnete, schrie er sie an: »Du schamlose Frau, warum bist du nicht früher herausgekommen?« Damit packte er sie und schnitt ihr den Hals durch. Daraufhin nahm er die Pfeife, pfiff dreimal auf ihr, auf dass die Frau aufstehen möge. Aber sie blieb liegen und wurde nicht wieder lebendig. Der mittlere Hodscha rief: »Gott möge dich strafen, du Elender! Du kannst ja nicht richtig pfeifen! Lasst uns in mein Haus gehen, dann zeige ich euch, wie ich meine Frau zum Leben erwecke.« Also gingen sie zum Haus des zweiten Hodschas. Dieser rief seine Frau und verlangte von ihr, sie solle ihm Wasser bringen, denn er sei am Verdursten. Sie brachte ihm das Wasser und er packte sie und schnitt ihr den Hals durch. Daraufhin nahm er die Pfeife, pfiff dreimal auf ihr, aber die Frau kehrte nicht ins Leben zurück. Der dritte Hodscha machte sich über die anderen beiden lustig und rief: »Ihr könnt beide nicht auf der Pfeife pfeifen, lasst uns doch zu mir gehen, dann zeige ich euch, wie man pfeift!« Sie kamen zum Haus des jüngsten Hodschas, welcher seine Frau nach draußen rief.

Auch sie wurde erstochen, sobald sie aus der Tür trat. Der Hodscha nahm nun die Pfeife, pfiff dreimal, aber auch seine Frau wurde nicht lebendig. Dieses Mal kannte der Zorn der Hodschas keine Grenzen. »Dieser Teufelskerl! Erst hat er uns unser Geld weggenommen und nun haben wir seinetwegen unsere Frauen getötet. Jetzt packen wir ihn und bringen ihn um!«

Sie gingen in sein Dorf und fragten seine Frau, wo er denn sei. Sie antwortete, dass er hinter dem Hügel das Feld pflüge. Die drei Hodschas gingen gemeinsam zum Hügel, packten den Köse, steckten ihn in einen Sack und banden ihn fest zu. Sie packten den Sack auf ihre Schultern und gingen zum Fluss, um den Köse zu ertränken.

Unterwegs sahen sie aber einen Brautzug und ließen den Sack am Flussufer liegen, um dem Zug zuzuschauen. Der Köse in seinem Sack rief aber: »Ich will sie nicht, ich will sie nicht!« Ein Schäfer, der dies hörte, lief herbei und fragte: »Was willst du denn nicht?« Köse antwortete: »Dort bringen sie mir eine Braut, aber ich will sie nicht.« Dann entgegnete der Schäfer: »Du Unwürdiger! Steig aus dem Sack heraus! Dann setze ich mich hinein und nehme die Braut.« Mit diesen Worten öffnete er den Sack, ließ den Köse frei und schlüpfte selbst hinein. Köse hingegen nahm den Umhang des Schäfers und trieb dessen Herde vor sich her. Nachdem der Brautzug vorbeigezogen war, kehrten die Hodschas zum Fluss zurück und hörten, wie die Stimme aus dem Sack rief: »Ich nehme sie, ich nehme sie.« Sie dachten, der Köse wolle sie wieder übers Ohr hauen, und warfen den Sack in den Fluss. In dem Glauben, dass sie den Köse nun endlich los waren, wollten sie etwas essen. Als sie sich an einem Abhang niederließen und ihr Brot aßen, sahen sie plötzlich, wie der Köse seine Herde zum Flussufer trieb und auf sie zukam. »Guten Tag, meine Herren Hodschas«, sagte er. In ihrer Verwirrung erwiderten sie den Gruß und fragten sich: »Wir haben ihn doch in den Fluss geworfen! Wie kann es sein, dass er jetzt vor uns steht?« Der Köse sagte, dass es im Fluss sehr viele Schafe gebe und dass er leider nur so viele hatte zusammentreiben können. Daraufhin baten die Hodschas: »Wirf uns auch hinein, damit wir auch ein paar Stück Vieh holen!« Da warf der Köse einen der Hodschas in den Fluss, und als dieser nach Luft schnappte, rief der Köse: »Du brauchst keine Angst zu haben, nimm auch die anderen mit!« Und mit diesen Worten warf er auch die anderen zwei Hodschas in den Fluss. Dann aß und trank der Köse nach Herzenslust.

Er hat das Ziel seiner Wünsche erreicht, und wir lassen es uns auch wohlergehen!

Keloğlan und die Tochter des Ağa

Es war einmal, und doch war es keinmal. In einer Zeit hatte ein Mann zwei Söhne. Als dieser Mann starb, hinterließ er seinen Söhnen als Erbe eine Mütze, einen Gehstock, einen Tarnumhang, der seinen Träger unsichtbar machte, und einen fliegenden Teppich. Als sie sich das Erbe teilen sollten, konnten sich die Brüder nicht einigen und verfielen in Streit miteinander. Da kam Keloğlan des Weges und fragte sie, was denn der Grund für ihren Streit sei. Die Burschen erklärten ihm, worum es sich handelte. Keloğlan sagte darauf: »Wenn ihr euch nicht einigen könnt, so werfe ich einen Stein und wer von euch beiden den Stein zurückbringt, dem sollen der Teppich und der Umhang gehören.« Die Brüder nahmen den Vorschlag an, Keloğlan warf den Stein weit fort, und die beiden Jungen liefen los. Sofort schnappte sich Keloğlan den Tarnumhang, setzte sich auf den Teppich und flog davon. Die Mütze und den Stock ließ er für die Brüder zurück.

Keloğlan flog und flog und kam in einem Dorf an. Dieses Dorf gehörte einem Ağa. Dieser Ağa ließ verkünden: »Meine Tochter hat an einer bestimmten Stelle ihres Körpers ein Mal. Wer diese Stelle errät, dem gebe ich sie zur Frau.« Nachdem Keloğlan dies vernommen hatte, legte er sich den Tarnumhang um und begab sich in den Garten des Ağa. Da kam die Tochter des Ağa und pflückte sich einen Apfel. Während sie den Apfel aß, schlich Keloğlan zu ihr hin und schnitt ein Stück von ihrem Kleid ab. Sobald das Mädchen merkte, dass ein Stück von seinem Kleid abgerissen war, eilte es ins Haus, um sich umzukleiden. Keloğlan, der immer noch unsichtbar war, lief ihr hinterher und sah, dass sich das bewusste Mal oberhalb ihrer Brust befand. Daraufhin ließ er dem Ağa mitteilen, dass er wisse, wo das Mal sich befinde, und er die Tochter nun heiraten wolle. Der Ağa und seine Tochter wollten ihm nicht glauben. Doch Keloğlan berichtete ihnen, was sich im Garten abgespielt hatte, und zeigte ihnen das Stück Stoff. Da mussten sie ihm wohl oder übel glauben.

Es begab sich aber, dass der Sohn eines anderen Ağa ebenfalls um die Hand dieses Mädchens anhielt. Der Vater des Mädchens wollte seine Tochter auf keinen Fall mit diesem Keloğlan verheiraten und griff deshalb zu einer List. Er erklärte: »In der Nacht werden für die Werber zwei Betten aufgeschlagen. Und in wessen Bett meine Tochter sich legt, dessen Frau wird sie.« Keloğlan nahm die Bedingung an. Er besorgte sich Süßigkeiten, geröstete Kichererbsen und Rosenöl und ging damit zum Haus des Ağa. Die Mutter des anderen Jungen ermahnte ihren Sohn: »Sei vorsichtig! Dieser Keloğlan ist sehr schlau. Was auch immer er tut, tue es ihm gleich, dann wirst du das Mädchen bekommen.« Als es nun endlich Nacht wurde, legten sich die beiden Jünglinge in ihre Betten. Da fragte der andere Junge den Keloğlan: »Was treibst du denn da?« Keloğlan antwortete: »Ich verrichte mein Geschäft.« Und als der andere fragte, warum er dies im Bett tue, da sagte Keloğlan: »Damit das Mädchen zu mir kommt.« Der andere Junge folgte den Worten seiner Mutter und glaubte Keloğlan sofort, und so verrichtete er auch sein Geschäft, in der Überzeugung, dies würde das Mädchen zu ihm locken. Kurz darauf verteilte Keloğlan das Rosenöl auf seinem Bett. Wieder fragte ihn der andere Junge, was er da mache, und Keloğlan antwortete: »Ich habe mein Geschäft verrichtet und nun verteile ich es im Bett. Das führt das Mädchen zu mir.« Der andere glaubte Keloğlan noch immer und folgte seinem Beispiel. Um Mitternacht betrat das Mädchen das Zimmer und ging wahllos auf eines der Betten zu. Es war das Bett des anderen Jünglings, aber da es entsetzlich stank, dachte das Mädchen bei sich, dies müsse das Bett des Keloğlan sein und legte sich in das andere. Ihr Vater hatte ihr zuvor aufgetragen, bis zum Morgen in dem Bett zu bleiben, damit er kommen und es mit eigenen Augen sehen könne. Am Morgen schließlich kam er in das Zimmer, und was sollte er da sehen: Der andere Junge lag da in seinem Schmutz und seine Tochter in den Armen des Keloğlan! Da ergriffen sie den anderen Jungen und warfen ihn mitsamt seines Bettes aus dem Fenster. Das Mädchen wurde aber mit Keloğlan vermählt und sie feierten vierzig Tage und vierzig Nächte ihre Hochzeit.

Sie haben das Ziel ihrer Wünsche erreicht und wir ruhen uns nun aus.

Vom Himmel fielen drei Äpfel: einer für den Erzähler, einer für den Zuhörer und einer für alle Menschen mit einem guten Herz.

Keloğlan fährt nach Jemen

Es war einmal, und doch war es keinmal. Es gab einmal in alter Zeit eine arme Frau, die einen Sohn hatte. Der wurde wegen seines kahlen Kopfes Keloğlan genannt.

Keloğlan ging eines Tages in den Bergen jagen und

erlegte eine Gazelle. Er packte die Gazelle auf seine Schulter und machte sich auf den Heimweg. Da traf er den Wesir des Reiches. Dieser fragte ihn, ob er die Gazelle verkaufen wolle, doch Keloğlan antwortete: »Nein, sie ist nicht zu verkaufen. Ich werde sie dem Padischah zum Geschenk machen.« Nachdem der Wesir sich entfernt hatte, ging Keloğlan geradewegs zum Padischah und überreichte ihm die Gazelle. Der Padischah freute sich sehr über die Gazelle und schenkte Keloğlan dafür mehrere Beutel voll Gold. So wurde Keloğlan reich. Er ließ von dem Geld Häuser erbauen und kaufte sich Pferde, Wagen und Sklavinnen.

Dem Wesir missfiel es aber, dass dieser Emporkömmling die Gunst des Padischahs genießen sollte, und er dachte darüber nach, wie er diesen Burschen loswerden könnte. Er trat vor den Padischah und sprach: »Mein Padischah, lasst uns diesen Keloğlan herbeirufen und ihm eine Aufgabe stellen. Er soll einen Palast aus Elfenbein errichten. Und wenn er dazu nicht imstande ist, so soll er dem Henker ausgeliefert werden.« Und so geschah es. Keloğlan wurde vor den Padischah befohlen und man erklärte ihm seine Aufgabe. Keloğlan dachte nach und erbat sich eine Frist von vierzig Tagen. Dann ging er zu seiner Mutter und erzählte ihr, in welch unglücklicher Lage er sich befand. »Wie soll es mir nur gelingen?«, fragte er und fing an zu weinen. Da tröstete ihn seine Mutter und sagte: »Sei nicht traurig, mein Sohn. Verlange vom Padischah eine Schar Soldaten und vierzig Schläuche Wein. Den Wein lade auf vierzig Kamele und fahre sie zu dem und dem Ort, an dem sich der Berg der Elefanten befindet. Schütte den Wein in den Bergsee, aus dem die Elefanten trinken, und warte ab. Wenn die Elefanten zum See kommen, um ihren Durst zu stillen, werden sie den Wein trinken und allesamt betrunken werden. Dann fallen ihnen sämtliche Zähne aus. Wenn dies geschehen ist, sammle die Zähne sofort ein und kehre zurück.« Keloğlan freute sich sehr über die Worte seiner Mutter. Sogleich ging er zum Padischah und verlangte von ihm eine Schar Soldaten und vierzig Schläuche Wein, der auf vierzig Kamele geladen werden sollte. Der Padischah gewährte ihm alles. Keloğlan nahm alles mit und machte sich auf den Weg zum Berg der Elefanten.

Nach einer langen Wanderung kam er zum Berg und sah die Elefanten. Er schüttete den gesamten Wein in den See, und sofort kamen die Elefanten herbei und tranken davon. Schon bald waren sie betrunken, und so verloren sie ihre Zähne. Keloğlan sammelte die Zähne sofort ein, lud sie auf die Kamele und kehrte zum Padischah zurück. Er sagte: »Hier, mein Padischah, ich habe das Elfenbein herbeigeschafft, jetzt werde ich den Palast erbauen.« Der Padischah war von der Leistung des Keloğlan sehr beeindruckt. Doch der Wesir war voller Neid und sprach erneut zum Padischah: »Mein Padischah, lasst uns eine weitere Aufgabe stellen. Er soll die Tochter des Königs von Jemen hierherbringen. Wir wollen sehen, ob ihm auch dies gelingt.«

Der Padischah ließ sich wieder von den Worten des Wesirs verleiten und ließ Keloğlan ein weiteres Mal zu sich rufen, um ihm seine zweite Aufgabe zu erklären. Keloğlan erbat sich wieder eine Frist von vierzig Tagen und ging sogleich zu seiner Mutter. Als diese erfuhr, worin die zweite Aufgabe bestand, sagte sie: »Mein Sohn, geh zum Padischah und verlange von ihm ein Schiff, welches auf jeder Seite mit solchen Edelsteinen besetzt ist, wie sie bisher noch nie gesehen wurden.

Und verlange auch, dass man die Matrosen aus den Reihen der schönsten Mädchen des Landes auswählt.« Keloğlan ging erneut zum Padischah, ließ sich ein Schiff ausrüsten, wie es ihm seine Mutter geraten hatte, und stach in See.

Als sie sich der Küste Jemens näherten, sah Keloğlan, dass ein großer Fisch dabei war, einen kleineren zu verschlingen. Sofort rettete Keloğlan den kleinen Fisch. Der kleine Fisch zog zwei Haare, die er zwischen seinen Schuppen verstaut hatte, hervor und sprach zu Keloğlan: »Nimm diese beiden Haare! Wann immer du in Not bist, reibe sie aneinander, und ich werde dir zu Hilfe eilen.« Mit diesen Worten sprang der Fisch ins Wasser und verschwand.

Das Schiff segelte weiter und kam endlich in Jemen an. Sie legten Anker vor dem Königspalast. Der König wanderte vor seinem Palast umher, als er plötzlich das schöne Schiff entdeckte. Er war sehr erstaunt darüber und ließ Keloğlan zu sich rufen. »Woher kommst du, und was ist das für ein schönes Schiff?«, fragte der König. Keloğlan hatte sich eine List ausgedacht und antwortete darum: »Ich bin ein Kaufmann und komme aus Istanbul.« Der König lud diesen unbekannten Kaufmann zu sich in den Palast ein und bereitete ihm ein rauschendes Fest. Nach dem Essen reichte er ihm Edelsteine und Perlen in goldenen Gefäßen.

Am nächsten Tag lud Keloğlan den König auf das Schiff ein und führte ihn überall herum. Er ließ allerlei Vergnügungen für ihn veranstalten. Als der König das Schiff verließ, sprach er zu Keloğlan: »Ich habe eine Tochter, die das Schiff sehr gerne besichtigen möchte. Wenn du es erlaubst, kommt sie morgen her.« Keloğlan antwortete: »Sehr wohl, mein König. Selbstverständlich darf Eure Tochter das Schiff besichtigen. Sie soll morgen kommen.«

Am folgenden Tag kam das Mädchen auf das Schiff und begann, sich alles anzusehen. Keloğlan nutzte die Gelegenheit und befahl, die Fahrt wieder aufzunehmen, als die Prinzessin sich gerade im unteren Teil des Schiffes aufhielt. Nach einiger Zeit bemerkte das arme Mädchen, dass es Abend geworden war, und begab sich wieder nach oben. Da erst sah es, dass sie auf offener See waren und rief: »O weh, sie haben mich entführt!« Daraufhin fing es bitterlich zu weinen an. Sein Vater aber hatte bereits von seiner Entführung erfahren und sofort Schiffe hinterhergeschickt. Als diese Schiffe sich demjenigen des Keloğlan näherten, nahm das Mädchen einen Ring von seinem Finger und warf ihn ins Meer. Da blieb das Schiff sofort stehen und bewegte sich nicht mehr von der Stelle. Als Keloğlan bemerkte, dass die Schiffe des Königs sich näherten, nahm er sofort die beiden Haare aus seiner Tasche, die ihm der Fisch gegeben hatte, und rieb sie aneinander. Da sprang der Fisch aus dem Wasser und brachte Keloğlan den Ring des Mädchens zurück. Und in diesem Augenblick war der Zauber wieder gelöst, und das Schiff raste davon und ließ die anderen hinter sich.

Nach einigen Tagen erreichten sie Istanbul. Man benachrichtigte den Padischah von ihrer Ankunft, und es wurden Kanonen zur Begrüßung abgefeuert. Die Männer des Padischahs nahmen das Mädchen in Empfang und brachten es geradewegs in den Palast. Sobald der Padischah diese schöne Tochter des Königs von Jemen erblickte, verlor er sein Herz an sie. Mit einer Hochzeit von vierzig Tagen und vierzig Nächten nahm er sie zur Frau. Seinen Wesir warf er aus dem

Amt und setzte an seiner Stelle Keloğlan ein, den er zudem mit einer großen Menge Geld entschädigte.

So sind sie an das Ziel ihrer Wünsche gelangt, und wir wollen es uns auch wohlergehen lassen!

Das Märchen von Mehmed dem Kahlen

Es war einmal, und doch war es keinmal. Es waren einmal zwei Brüder, die lebten mit ihrer alten Mutter. Außer ihrer Mutter und der Armut hatten sie als Erbe von ihrem Vater ein paar Stück Vieh.

Eines Tages fassten sie den Beschluss, das Erbe unter sich aufzuteilen. Der jüngere der beiden, der kahlköpfig war, trat vor seinen Bruder und sagte: »Bruder, siehst du diese beiden Ställe hier? Der eine ist neu, der andere verfallen. Lassen wir unsere Rinder frei: Diejenigen, die in den neuen Stall gehen, mögen mir, die anderen dir gehören.« – »Nicht so, Mehmed«, entgegnete sein Bruder, »diejenigen sollen dir gehören, welche in den alten Stall hineingehen.« Mehmed der Kahle gab sich auch damit zufrieden. Sie ließen noch am selben Tag ihre Rinder los und alle liefen in den neuen Stall, nur ein schäbiges altes Rind, das zudem blind war, ging in den alten Stall. Mehmed sagte kein Wort und trieb das blinde Vieh tagtäglich auf die Weide; in der Frühe ging er weg, abends kehrte er heim.

Eines Tages saß Mehmed am Wegrand, als der Wind durch das Laub eines großen Baumes fuhr und die Äste laut knarren ließ. »He, du knarrendes Väterchen«, fragte der Kahle den Baum, »hast du meinen Bruder gesehen?« Der Baum knarrte weiter, ohne dem Jungen zu antworten. Auch als er ein zweites Mal fragte, sagte der Baum nichts und knarrte nur weiter. Der Kahle wurde wütend und schlug mit seinem Beil auf den Baum ein, und da, plötzlich! – fielen aus dem Stamm lauter Goldstücke heraus! Unser kahler Junge nahm nun seinen wenigen Verstand in die Hand, ging nach Hause und verlangte von seinem Bruder noch einen Ochsen, damit er diesen zusammen mit seinem eigenen ins Joch einspannen könne. Er nahm auch einen Wagen und Säcke, die er mit Erde füllte, und fuhr zum Baum. Dort leerte er die Säcke aus und füllte das Gold hinein. Dann fuhr er wieder nach Hause und zeigte seinem Bruder das Gold.

Der Bruder erschrak beim Anblick des Goldes und befürchtete schon, dass sein Bruder es gestohlen hatte. Doch Mehmed konnte ihn beruhigen und wollte das Gold nun aufteilen. Er lief zu einem Nachbarn, um sich ein Maß auszuleihen. Den Nachbarn wunderte es sehr, dass die beiden Brüder was zu messen hatten, und wollte unbedingt erfahren, was es war. Deshalb brachte er auf dem Boden des Maßes etwas Wachs an und gab es dem Kahlen. Mehmed und sein Bruder maßen nun das Gold. Am Wachs auf dem Boden blieb dabei eine Goldmünze haften. Als der Kahle das Maß wieder zurückgab, sah der Nachbar nun, was dort im Haus dieser armen Leute gemessen wurde. Sofort erzählte er es seinem Nachbarn zur anderen Seite, und binnen kurzer Zeit wusste das ganze Dorf vom Goldschatz der Brüder. Bald merkten die beiden Brüder, dass das ganze Dorf über ihr Gold redete, und sie erschraken sehr, denn sie dachten, dass man sie vielleicht überfallen und ihr Gold rauben würde, ja, dass man sie gar töten würde. Da hielten sie es für das Beste, das Gold zu vergraben und aus dem Dorf zu fliehen. Gesagt, getan! Nachdem sie das Gold vergraben hatten, zogen sie aus und liefen in den Wald hinein.

Und wie sie da so gingen, fiel dem älteren Bruder ein, dass der Kahle womöglich die Tür nicht abgesperrt hatte. Und dies traf auch tatsächlich zu. Da lief der Kahle zurück, um die Tür abzuschließen. Als er aber zu Hause ankam, wollte er auch gleich nach seiner Mutter sehen und sie baden, die war nämlich alt und gebrechlich. Er setzte das Badewasser auf, und als es endlich kochte, goss er den ganzen Kessel über seiner Mutter aus, so dass sie ganz verbrüht war. Dann lehnte er sie an die Wand und stützte sie mit einem Besen. Schließlich hob er die Tür aus den Angeln und lud sie sich auf die Schulter. Dann machte er sich wieder auf den Weg zu seinem Bruder, der im Wald wartete.

Als der Bruder die Tür erblickte, ahnte er bereits, dass sein Bruder wieder eine Dummheit begangen hatte. Der Kahle erzählte ihm, er habe die Tür mitgebracht, damit niemand sie öffnen könne, und nachdem er berichtet hatte, was er mit der Mutter angestellt hatte, da geriet der Bruder vollends in Zorn. Er wollte den Kahlen gerade zurechtweisen, als sie plötzlich drei Reiter des Weges kommen sahen. Beide dachten sie, dass es Nachbarn aus dem Dorf seien, die sie suchten, um aus ihnen das Versteck des Goldes herauszupressen, und kletterten schnell auf einen Baum. Die Reiter bemerkten sie nicht, da es Abend war. Sie wären auf dem Baum sicher gewesen, wenn der eine nicht ein solcher Narr gewesen wäre. Zuerst ließ er vom Baum seinen Segen herabfallen, der die Köpfe der Reiter traf. Diese hielten es für Regen. Dann schmerzte ihm der Arm, auf dem er die Tür hatte, und er ließ sie hinunterfallen. Da schrien die Männer: »Die Welt geht unter!«, und rannten davon. Der ältere hatte endlich genug von den Taten seines Bruders, und er beschloss, sich von ihm zu trennen, und sagte: »Nun zieh alleine weiter, denn sonst bringst du noch mehr Unglück über mich!« Damit verließ er seinen Bruder.

Da zog Mehmed der Kahle allein in die Welt. Er wanderte so lange herum, bis er eines Tages endlich ein Dorf erreichte. Dort begab er sich zur Moschee und stellte sich vor das Tor. Von den Leuten, die aus der Moschee herauskamen, erhielt er ein paar Münzen und etwas zu essen. Da kam ein dünnbärtiges Männchen auf den kahlköpfigen Jungen zu und fragte, ob er nicht sein Diener werden wolle. »Das will ich gerne«, antwortete Mehmed, »wenn du mir versprichst, dass wir einander niemals zürnen dürfen. Wenn du mir zürnst, so töte ich dich, wenn ich dir zürne, so erlaube ich dir, dass du mich tötest.« Dem Dünnbart kamen die Worte des Kahlen sonderbar vor, doch da man in jenem Dorfe nur schwer einen Diener fand, willigte er ein und führte ihn zu sich nach Hause. Zuerst sollte unser kahlköpfiger Junge die Hühner des Mannes auf die Wiese bringen und sie füttern. Der Kahle erfüllte seine Aufgabe, indem er einige Hühner tötete, einige andere verkaufte und die verbliebenen seinem Herrn zurückbrachte. Als dieser ihn fragte, was denn mit seinen Hühnern geschehen sei, antwortete er: »Herr, als ich die Hühner hinaustrieb, sind sie in alle Richtungen davongelaufen. Ich bin ihnen zuerst hierhin und dann dorthin gefolgt und habe diese hier fangen können. Zürnst du mir, Meister?« Der Mann dachte an ihre Abmachung und rief: »Nein, warum sollte ich dir denn zürnen!« Nachdem einige Tage vergangen waren, erteilte der Dünnbart seinem Diener erneut einen Auftrag und schickte ihn mit all seinen Schafen auf die Weide, damit sie von dem saftigen Gras fressen konnten. Der Kahle aber verfuhr mit den Schafen wie zuvor mit den Hühnern und kehrte mit einigen wenigen Schafen zurück. Seinem Meister erklärte er, Wölfe hätten einen Teil der Schafe gerissen und einige seien davongerannt. Wie zuvor fragte Mehmed seinen Herrn: »Zürnst du mir, Meister?«, und wieder rief sein Herr: »Nein, warum sollte ich denn zürnen?« Doch insgeheim nahm er sich vor, seinem Diener von nun an nichts mehr anzuvertrauen und sich vor ihm in acht zu nehmen.

Der Dünnbart hatte auch Kinder, um die sich der Kahle kümmern sollte. Doch es dauerte nicht lange, da kamen auch die Kinder zu Tode. Die Frau befürchtete nun, dass mit der Zeit auch sie an die Reihe kommen würde; sie vertraute sich ihrem Gatten an, und heimlich beschlossen sie, in der Nacht zu fliehen und sich vor diesem Narren zu retten. Aber Mehmed hatte von der Sache Wind bekommen, kroch in eine Truhe, und als sein Herr nun dieselbe in seinem neuen Haus in einem anderen Dorf öffnete, kroch der Narr hervor. Abermals besprach sich der Herr mit seiner Frau, dass sie nachts am Ufer eines Sees schlafen sollten. Den Kahlen wollten sie mitnehmen, sein Lager nahe am

Uferrand aufschlagen, und ihn in den See werfen, sobald er eingeschlafen war. Doch sie hatten die Rechnung ohne den Kahlen gemacht, der die Pläne seiner Herrschaften durchschaut hatte. Als es nun Nacht wurde und man sich zu Bett begeben hatte, warteten der Mann und seine Frau eine Weile, bis der Kahle eingeschlafen war, und machten sich daran, ihn in den See zu werfen. Der jedoch hatte so viel Verstand, dass er der Frau einen Tritt versetzte, woraufhin diese in den See stürzte. Auch dieses Mal fragte er seinen Herrn: »Zürnst du mir, Meister?« Dieser rief wutentbrannt: »Wie sollte ich dir nicht zürnen, du Elender! Mein Vieh hast du zugrunde gerichtet, hast meine Frau und meine Kinder getötet und mich zum Bettler gemacht!« Daraufhin ergriff ihn der Kahle, erinnerte ihn an ihren Vertrag und warf ihn dann in den See hinein, wo der unglückliche Mensch ertrank.

Mehmed war nun wieder allein und setzte seine Wanderschaft fort. Auf dem Wege fand er einmal eine Münze, kaufte sich dafür geröstete Kichererbsen, setzte sich an einen Brunnen und nahm seine Erbsen. Als er sie zu kauen begann, ließ er eine halbe Erbse in den Brunnen fallen. Nun fing der Kahle an zu schreien: »Ich will meine halbe Erbse haben, ich will meine halbe Erbse haben!« Auf dieses furchtbare Gebrüll entstieg dem Brunnen ein Araber, der so große Lippen hatte, dass er mit der einen die Erde, mit der andern den Himmel kehrte. »Was willst du?«, fragte er unseren Mehmed. »Ich will meine halbe Erbse haben, ich will meine halbe Kichererbse haben!«, schrie der Kahle. Der Araber stieg wieder in den Brunnen hinunter, und als er wieder erschien, hielt er in der Hand ein Tischlein. Er gab es dem Kahlen und sprach: »Sooft du hungrig bist, sprich: ›Tischlein deck dich!‹; wenn du dann satt bist, sprich: ›Tischlein schließ dich!‹«

Mehmed nahm also das Tischlein, ging damit ins nahe gelegene Dorf und ließ sich in einem Haus nieder. Als er hungrig wurde, sprach er: »Deck dich, mein Tischlein!«, und da hatte er so viele teure Speisen vor sich, dass er nicht recht wusste, mit welcher er beginnen sollte. »Na«, dachte sich der Bursche, »das ist was für die Dorfleute, sie sollen sich das Tischlein ansehen und von den Speisen essen.« Er lief von Haus zu Haus und lud alle Dorfbewohner zu sich nach Hause ein. Alle kamen sie herbei, blickten nach rechts und blickten nach links, aber nirgends sahen sie Feuer, Töpfe oder gar Speisen. »Der will sich einen Spaß mit uns erlauben«, dachten alle. Aber der kahlköpfige Junge holte sein Tischlein herbei und sprach: »Tischlein deck dich!« Sogleich waren so viele Speisen da, wie sie keiner der Anwesenden je gesehen oder gekostet hatte. Alle Gäste wurden übersatt, selbst die Dienerschaft hatte genug zu essen. Die Dorfleute berieten unter sich, auf welche Weise sie jeden Tag so speisen könnten. »Nun«, meinte einer, »wir schleichen uns in sein Haus und stehlen das Tischlein.« Es wurde einer unter ihnen auserwählt, der es entwenden sollte, und tags darauf stand Mehmed ohne sein Tischlein da.

Was sollte er nun mit seinem hungrigen Magen beginnen? Er eilte wieder zum Brunnen und begann zu schreien: »Ich will meine halbe Erbse haben, ich will meine halbe Erbse haben!« – »Wo ist denn das Tischlein?« – »Man hat es mir gestohlen!« Der Araber stieg wieder hinab, und als er aus dem Brunnen zurückkehrte, hatte er eine kleine Mühle in der Hand. Er gab sie dem Kahlen und sprach: »Drehst du sie nach rechts, so mahlt sie Gold; linksherum mahlt sie Silber.« Der Kahle trug nun seine Mühle nach Hause, drehte sie nach rechts, drehte sie nach links, und große Schätze entströmten der Mühle. Er wurde nun ein so reicher Mann, dass es weder im Dorf noch in der Stadt einen reicheren gab als ihn.

Die Dorfleute erhielten auch von dieser Mühle Kenntnis, und sie berieten sich erneut so lange, bis eines Tages auch die Mühle verschwunden war. Abermals ging Mehmed zum Brunnen und schrie: »Ich will meine halbe Erbse haben, ich will meine halbe Erbse haben!« – »Wo ist die Mühle?«, fragte der Geist. »Auch sie hat man mir gestohlen!«, jammerte kläglich der Kahle. Der Araber stieg wieder hinab und brachte aus dem Brunnen zwei Stöcke herauf. Er gab sie dem Kahlen und trug ihm streng auf, die Worte: »Schlagt zu, meine Knüppel!«, nur ja nicht auszusprechen.

Mehmed nahm also die Stöcke in die Hand, drehte sie nach rechts, drehte sie nach links, wusste aber nichts mit ihnen anzufangen. Da kamen ihm die Worte des Arabers in den Sinn, und er wurde so neugierig, dass er die Worte sprach: »Schlagt zu, meine Knüppel!« Sofort stürzten beide Stöcke auf ihn los und prügelten ihn tüchtig durch. »Haltet ein, Knüppel!«, rief er endlich, und siehe da: die Stöcke hielten mit dem Prügeln ein. Selbst in seinem großen Schmerz freute sich Mehmed sehr, dass er eine gute Verwendung für seine Stöcke gefunden hatte und seinen Nachbarn endlich eine Lektion erteilen konnte.

Er eilte schleunigst nach Hause und rief alle Dorfbewohner zu sich, erwähnte aber mit keiner Silbe den Grund, warum er sie eingeladen hatte. Nach einigen Stunden waren alle versammelt und harrten voller

Neugier der kommenden Dinge. Mehmed trat nun mit seinen beiden Stöcken herbei und rief: »Schlagt zu, meine Knüppel!« Nun fielen furchtbare Hiebe, so dass die Leute kaum mehr imstande waren zu jammern. »So lange gibt's kein Ende«, ermahnte sie Mehmed, »bis ihr mir nicht mein Tischlein und meine Mühle zurückgebt!« Alles versprachen die gequälten Dorfleute, holten das Tischlein und die Mühle herbei und dann erst hieß es: »Haltet ein, meine Knüppel!«

Mehmed nahm nun alle drei Zaubergeschenke an sich und zog heim in sein Dorf. Und weil er nun Geld hatte, so war er auch klug und fand bald seinen Bruder. Die beiden suchten sich zwei Jungfrauen aus, heirateten sie und lebten ein gutes Leben. Von nun an gab es keinen klügeren Menschen im Dorfe als Mehmed.

Die Leber

Es war einmal, und doch war es keinmal. Es waren einmal eine alte Frau und ihre Tochter. Die Frau verspürte eines Tages ein Verlangen nach Leber. Sie gab also ihrer Tochter einige Geldmünzen, damit sie dafür eine Leber kaufe, sie im Teich wasche und dann nach Hause bringe. Das Mädchen ging auf den Markt, kaufte die Leber und trug sie zum Teich, um sie zu waschen.

Während es die Leber reinigte, flog plötzlich ein Storch herbei, schnappte die Leber aus seiner Hand und flog damit weg. Die Maid bat ihn: »Gib mir die Leber zurück, o Storch, damit ich sie meiner Mutter bringe, sonst schlägt sie mich.« – »Wenn du mir Gerste dafür gibst, so gebe ich dir die Leber zurück«, versetzte der Storch. Die Maid ging zum Acker hin und sprach: »Acker, gib mir Gerste, die Gerste gebe ich dem Storch, der Storch gibt mir die Leber zurück, die trage ich zu meinem Mütterchen.« Da sprach der Acker: »Wenn du zu Gott um Regen betest, so gebe ich dir Gerste.« Als sie nun betete: »Gib Regen, o du gütiger Gott, den Regen gebe ich dem Acker, der Acker gibt mir Gerste, die Gerste gebe ich dem Storch, der Storch gibt mir die Leber zurück, die Leber gebe ich meinem Mütterchen«, da kam ein Mensch und sagte ihr, dass ohne Weihrauch ihr Gebet nichts wert sei, sie solle sich vom Kaufmann Weihrauch holen. Sie ging also zum Kaufmann und sprach: »Kaufmann, gib mir Weihrauch, damit ich ihn vor Gott anzünde, Gott gibt dann Regen, Regen gebe ich dem Acker, der Acker gibt mir Gerste, die Gerste gebe ich dem Storch, der Storch gibt mir die Leber zurück, die Leber gebe ich meiner Mutter.« – »Ich gebe ihn dir«, sprach der Kaufmann, »wenn du mir Stiefel vom Schuster bringst.« Die Maid ging zum Schuster und sprach zu ihm: »Schuster, gib mir Stiefel, Stiefel gebe ich dem Kaufmann, der Kaufmann gibt mir Weihrauch, Weihrauch spende ich Gott, Gott gibt mir Regen, Regen gebe ich dem Acker, der Acker gibt mir Gerste, Gerste gebe ich dem Storch, der Storch gibt mir die Leber zurück, die Leber gebe ich meiner Mutter!« Da sprach der Schuster: »Bring mir Ochsenleder, dann gebe ich dir Stiefel.« Die Maid ging zum Gerber und sagte ihm: »Gerber, gib mir Leder, das Leder gebe ich dem Schuster, der Schuster gibt mir Stiefel, Stiefel gebe ich dem Kaufmann, der Kaufmann gibt mir Weihrauch, Weihrauch spende ich Gott, Gott gibt mir Regen, Regen gebe ich dem Acker, der Acker gibt mir Gerste, Gerste gebe ich dem Storch, der Storch gibt mir die Leber zurück, die Leber bringe ich meinem Mütterchen!« – »Bringst du mir ein Fell vom Ochsen, so gebe ich dir Leder«, versetzte der Gerber. Die Maid ging zum Ochsen und sprach: »Ochse, gib mir Fell, Fell gebe ich dem Gerber, der Gerber gibt mir Leder, Leder gebe ich dem Schuster, der Schuster gibt mir Stiefel, Stiefel gebe ich dem Kaufmann, der Kaufmann gibt mir Weihrauch, Weihrauch spende ich Gott, Gott gibt mir Regen, Regen gebe ich dem Acker, der Acker gibt mir Gerste, Gerste gebe ich dem Storch, der Storch gibt mir die Leber zurück, die Leber bringe ich meinem Mütterchen!« Sprach der Ochse: »Wenn du mir Stroh bringst, so gebe ich dir dafür Fell.« Die Maid ging also zu einem Bauern und sagte ihm: »Bauer, gib mir Stroh, Stroh gebe ich dem Ochsen, der Ochse gibt mir Fell, Fell gebe ich dem Gerber, der Gerber gibt mir Leder, Leder gebe ich dem Schuster, der Schuster gibt mir Stiefel, Stiefel gebe ich dem Kaufmann, der Kaufmann gibt mir Weihrauch, Weihrauch spende ich Gott, Gott gibt mir Regen, Regen gebe ich dem Acker, der Acker gibt mir Gerste, Gerste gebe ich dem Storch, der Storch gibt mir die Leber zurück, die Leber bringe ich meinem Mütterchen!« Sprach der Bauer zur Maid: »Ich gebe dir Stroh, wenn du mich küsst!« Die Maid dachte bei sich, dass sie ihn doch küssen müsse, sonst würde sie ja ihr Ziel nicht erreichen. Sie trat daher an den Bauern heran, küsste ihn und bekam von ihm für den Kuss Stroh. Das Stroh trug sie nun zum Ochsen, der Ochse gab ihr dafür ein Fell. Das Fell trug sie zum Gerber, der ihr dafür Leder gab. Das Leder gab sie für Stiefel dem Schuster. Die Stiefel trug sie zum Kaufmann, der ihr dafür Weihrauch gab. Den Weihrauch spendete sie Gott und betete: »Gib Regen, o du gütiger Gott; den Regen gebe ich dem Acker, damit er mir Gerste gebe. Die Gerste gebe ich dem Storch, damit er mir die Leber zurückgebe, die ich meiner Mutter nach Hause bringen will!« Gott gab ihr Regen. Den Regen gab sie dem Acker, der Acker gab ihr Gerste. Die Gerste gab sie dem Storch, der ihr nun die Leber zurückgab, die Leber brachte sie ihrer Mutter. Sie kochten sie und aßen sie gemeinsam auf.

Sie haben das Ziel ihrer Wünsche erreicht, und wir lassen es uns auch schmecken!

Tiermärchen

Der Hase

Es war einmal, und doch war es keinmal. Es gab einmal einen Hasen.

Eines Tages drang ein Dorn in die Pfote des Hasen, und sie blutete. Der Hase blickte nach links und blickte nach rechts und entdeckte in der Nähe ein Blatt. Er sagte zum Blatt: »He du, Blatt, komm her und wisch das Blut von meiner Pfote ab.« Das Blatt antwortete: »Ich liege hier so schön sauber, warum soll ich mich mit deinem Blut beschmutzen?« Der Hase: »Wenn du das Blut von meiner Pfote nicht abwischen willst, dann verrate ich dich an den Esel, und er kommt und frisst dich.« Als das Blatt sich immer noch weigerte, das Blut abzuwischen, ging der Hase zum Esel und sagte: »O Esel, geh doch und friss jenes Blatt auf!« Der Esel erwiderte: »Ich habe hier frisches grünes Gras, warum soll ich jenes vertrocknete Blatt fressen?« Der Hase sagte: »Wenn du das Blatt nicht fressen willst, dann gehe ich zum Wolf und berichte ihm, damit er kommt und dich frisst.« Der Hase ging darauf zum Wolf und bat ihn: »O Wolf, geh doch und friss diesen Esel.« Der Wolf hierauf: »Was?! Soll ich etwa mein schönes zartes Fleisch hier lassen und den zähen Esel fressen?« Der Hase wiederum: »Wenn du nicht auf mich hörst und den Esel nicht fressen willst, gehe ich zum Hund, und der kommt und frisst dich.« Der Hase ging zum Hund und sagte ihm: »Du Hund, geh doch und friss diesen Wolf dort!« Der Hund erwiderte: »Mein köstliches Ayran soll ich gegen den Wolf eintauschen?« Und der Hase antwortete: »Wenn du den Wolf nicht fressen willst, dann gehe ich zu deiner Herrin, und sie kommt und erteilt dir eine Tracht Prügel.«

Der Hase machte seine Drohung wahr und forderte die Herrin auf, den Hund zu verprügeln. Diese ging hin und erteilte dem Hund die Prügel. Der Hund wurde wütend und griff darauf den Wolf an. Der Wolf wiederum rächte sich am Esel, welcher daraufhin begann, das Blatt aufzufressen. Das arme Blatt riss sich los und das, was von ihm noch übrig war, wischte dem Hasen das Blut von der Pfote ab. Der Hase war nun endlich zufrieden, und wir sind es auch, und damit ist unsere Geschichte zu Ende.

Der schwanzlose Fuchs und der Bär

Es war einmal, und doch war es keinmal. Es war einmal ein Fuchs, der hatte keinen Schwanz und lief hungrig durch die Felder und um die Dörfer. Doch sosehr er auch suchte, er fand nichts zu fressen. Er hatte schon die Hoffnung aufgegeben und sich darauf eingestellt, mit leerem Magen schlafen zu gehen, als seine Nase in der Nähe eines Hauses den Geruch von Leber vernahm. Sofort sprang er über den Zaun in den Garten und sah dort die Leber. Doch man hatte sie in eine Falle gelegt, deshalb war der Fuchs schlau genug, nicht sofort über sie herzufallen, so verlockend sie auch sein mochte. Er konnte sich aber auch nicht von ihr abwenden und verbrachte die Stunden bis zum Morgen in dem Garten.

Auf einmal kam ein Bär des Weges, und der Fuchs rief ihn sogleich herbei und sagte: »Sieh mal, mein Freund, hier ist Leber.« Da fragte der Bär: »Warum isst du sie denn nicht?« Der Fuchs antwortete: »Man sagte mir, es sei Fastenzeit, deshalb faste ich und esse auch diese Leber nicht.« Der Bär glaubte dem Fuchs und griff nach der Leber. Da schnappte die Falle zu und der Bär war gefangen! Der Fuchs aber ließ sich die Leber schmecken. Der Bär fragte den Fuchs verblüfft: »Hattest du nicht gesagt, dass du fastest?« Der Fuchs sagte:

»Das habe ich auch, aber gerade haben die Kanonen das Ende der Fastenzeit angekündigt. Jetzt kann ich wieder essen.« Da wurde der Bär sehr wütend und rief: »Du bist doch der schwanzlose Fuchs! Na warte, dich werde ich schon finden, wo auch immer du dich versteckst!«

Dem Fuchs wurde nun bange zumute, und er dachte darüber nach, wie er der Rache des Bären entgehen könnte. Er musste einen Weg finden und es so einrichten, dass er nicht von anderen Füchsen unterschieden werden konnte. Da fiel ihm eine List ein, wie er die anderen Füchse dazu bringen könnte, ihre Schwänze abzureißen. Er begab sich in die Berge und versammelte alle Füchse so um sich, dass sie seine Hinterseite nicht sehen konnten. Dann sagte er zu ihnen: »An diesem und diesem Ort gibt es einen Birnbaum mit herrlichen Früchten. Lasst uns dorthin gehen und die Birnen stehlen!« Die Füchse waren einverstanden und schlossen sich dem Schwanzlosen an. Der ließ die anderen aber vorangehen, damit sie nicht sahen, dass er keinen Schwanz hatte. Als sie am besagten Baum ankamen, kletterte unser Fuchs geschwind hinauf und warf eine nach der anderen die Birnen auf die Erde. Die anderen Füchse fraßen die Birnen aber sofort auf. Da rief der Fuchs von oben: »So geht es aber nicht, ihr fresst ja alle auf! Ich werde euch jetzt an euren Schwänzen an den Baum binden, und wenn alle Birnen aufgesammelt sind, binde ich euch los und wir fressen sie alle zusammen!« Da ließen sich die Füchse an ihren Schwänzen aufhängen. Unser Fuchs stieg wieder hinauf und pflückte weiter die Birnen. Dann aber tat er so, als näherte sich der Besitzer des Baums. »Der Bauer kommt! Der Bauer kommt«, rief er und lief davon. Die anderen Füchse bekamen es mit der Angst zu tun und wanden und drehten sich so lange, bis sich ihre Schwänze von ihnen lösten und sie auf die Erde fielen und ebenfalls wegrennen konnten. Kurz darauf trafen sie sich wieder und sprachen davon, was ihnen zugestoßen war. Da sagte unser Fuchs: »Und nach mir erkundigt ihr euch gar nicht! Als ich vom Baum hinunterspringen wollte, blieb mein Schwanz in einer Astgabel hängen und ich landete ohne Schwanz auf der Erde!«

Auf diese Weise hatte sich der Fuchs unkenntlich gemacht und konnte vom Bären nicht mehr erkannt werden!

Fuchs, Krebs und Schildkröte

Es war einmal, und doch war es keinmal. Eines Tages kamen ein Fuchs, ein Krebs und eine Schildkröte darin überein, dass sie gemeinschaftlich ein Stück Land bestellen wollten. Das Land befand sich am Fuß eines Berges, und als sich die drei Freunde an die Arbeit machen wollten, rief der Fuchs auf einmal: »Wartet! Einer von uns sollte diesen Berg hier stützen, damit er nicht zusammenbricht und unsere Arbeit vernichtet. Da ich der Größte und Kräftigste von uns dreien bin, sollte ich diese Aufgabe übernehmen.« Seine beiden Freunde fanden auch, dies sei eine gute Idee. So lag der Fuchs von morgens bis abends faul im Schatten des Berges und überließ die mühselige Arbeit in der gleißenden Sonne dem Krebs und der Schildkröte.

Nachdem ein halbes Jahr vergangen war, konnte endlich die Ernte eingebracht werden und Krebs und Schildkröte luden den Fuchs zum Teilen ein. Abermals ergriff der Fuchs das Wort und sagte: »Lasst es uns anders machen. Wir veranstalten einen Wettlauf um die Ernte. Wer von uns der Schnellste ist, der nimmt den Weizen, der Zweite das Stroh, der Dritte aber, der geht leer aus.« Erneut fügten sich der Krebs und die Schildkröte dem Willen des Fuchses, und alle stellten sie sich nebeneinander auf.

Die Schildkröte aber hatte eine weitere List des Fuchses gewittert und zuvor ihrem Gatten Folgendes aufgetragen: »Gehe du auf das Feld und lege dich mitten in den Weizen hinein. Und wenn einer von den beiden dort ankommt, tust du so, als würdest du schon den Weizen wiegen. Sie werden denken, dass ich vor ihnen dort angekommen sei, und dann wird die ganze Ernte uns gehören.«

Kurzum, sie waren bereit, der Fuchs gab das Startzeichen und lief los. Doch auch der Krebs wollte sichergehen, dass er nicht leer ausging, und war ganz geschwind auf den Schwanz des Fuchses gesprungen. Der Fuchs kam keuchend, aber, wie er es für sich geplant hatte, als Erster am Ziel an. Doch was sollte er da sehen! Die Schildkröte war schon dabei, das Getreide zu wiegen. Da dachte sich der Fuchs: »Wenn ich schon das Getreide nicht bekomme, so will ich wenigstens das Stroh mitnehmen.« Und drehte sich zum Stroh um. Doch was erwartete ihn dort? Aber als er sich auf das Stroh legen wollte, da hörte er die Stimme des Krebses: »He du, willst du mich etwa zerquetschen?«

Da sah der Fuchs, dass alle List umsonst gewesen war, und er mit leeren Händen dastand.

Die Krähe und der Holzsplitter

Es war einmal, und doch war es keinmal. Zu einer Zeit gab es einmal eine Krähe, die flog in eine Tischlerei. Dort fand sie einen schönen Gegenstand und wollte gerade nach ihm greifen und mit ihm wegfliegen, als ihr auf einmal ein Holzsplitter in den Fuß fuhr. Sie schrie vor Schmerz auf und flog geradewegs zum Padischah des Reiches, auf dass dieser ihr helfe. Der Padischah aber fragte zunächst, wer denn da an seine Tür klopfe. Die Krähe antwortete: »Ich bin es, die Krähe.« – »Was willst du?«, erwiderte darauf der Padischah. »Nehmt diesen Splitter aus meinem Fuß und bewahrt ihn auf. Ich komme morgen und nehme ihn wieder mit, denn er gehört jetzt mir.« Der Padischah ließ den Splitter aus dem Fuß der Krähe ziehen, trug seinen Dienern aber auf, ihn im Ofen zu verfeuern.

Am nächsten Tag erschien die Krähe wieder und bat um Einlass. »Wer bist du?«, fragte der Padischah. »Ich bin es, die Krähe«, war die Antwort. »Was willst du?«, entgegnete der Padischah erneut. »Meinen Splitter erbitte ich zurück.« – »Ach, den haben wir doch in den Ofen geworfen!« Darauf rief die Krähe: »Dann gebt mir den Ofen für meinen Splitter, den Ofen für meinen Splitter!« Und als sie nicht aufhören wollte, nach dem Ofen zu verlangen, da gab man ihn ihr schließlich. Die Krähe nahm den Ofen und flog mit ihm davon. Kurze Zeit darauf kam sie wieder zurück und ließ den Ofen mit folgenden Worten im Palast zurück: »Behaltet ihn heute Nacht hier, morgen komme ich und nehme ihn wieder mit!« Die Diener aber trugen den Ofen in den Viehstall, wo er von den Ochsen zertreten wurde.

Tags darauf kehrte die Krähe zum Palast zurück. »Wer bist du?«, hieß es erneut. »Ich bin es, die Krähe.« – »Was willst du?« – »Meinen Splitter, meinen Ofen.« – »Den Ofen haben wir in den Stall gestellt. Dort haben ihn die Ochsen zertrampelt.« Darauf die Krähe: »Dann will ich einen Ochsen für meinen Ofen, einen Ochsen für meinen Ofen!« Immerzu forderte sie einen Ersatz für den Ofen, bis ihr endlich, um sie zum Schweigen zu bringen, ein Ochse gewährt wurde. Mit diesem flog sie davon und kam erst am Abend zurück. Sie brachte den Ochsen zurück und bat darum, ihn bis zum nächsten Tag im Palast zu behalten und ihn ihr dann wieder auszuhändigen. Da zu jener Zeit aber die Hochzeit des Sohnes des Padischahs gefeiert wurde, schlachtete man den Ochsen und bereitete aus seinem Fleisch eine Mahlzeit für die Hochzeitsmusikanten zu.

Am Morgen danach kam die Krähe wieder an die Tür des Palastes und verlangte, eingelassen zu werden.

»Wer bist du?«, hieß es wie an den Tagen zuvor. »Ich bin es, die Krähe.« – »Was willst du?« – »Meinen Ochsen.« – »Den haben wir geschlachtet und den Hochzeitsmusikanten vorgesetzt.« Die Krähe aber wollte auch dieses Mal einen Ersatz und rief: »Den Ofen, den Ochsen oder die Braut! Den Ofen, den Ochsen oder die Braut!« Und sie rief so lange, bis der Padischah rief: »So gebt ihr die Braut. Wir wollen einmal sehen, was sie denn mit ihr anzustellen vermag.« Da packte die Krähe die Braut, setzte sie sich auf den Rücken und flog mit ihr so schnell davon, dass der Padischah und seine Diener ganz verdutzt dastanden. Die Krähe aber brachte die Braut auf einen hohen, einsamen Berg. Dort gab es nichts und niemanden außer einem Hirten, der auf seiner Flöte spielte. Da bot die Krähe dem Hirten die Braut zum Tausch gegen seine Flöte an. Dieser nahm das Angebot freudig an und überließ der Krähe seine Flöte.

Diese nahm die Flöte und kehrte mit ihr zum Palast des Padischahs zurück. Dort fing sie an zu spielen und wollte gar nicht mehr damit aufhören. Der Padischah rief seinen Diener und sagte: »Ich kann dieses Flötenspiel nicht mehr ertragen! Nimm diese Krähe und wirf sie ins Wasserbecken, auf dass sie dort ertrinke!« Der Diener packte die Krähe und tat, wie ihm geheißen. Die Krähe aber trank das gesamte Wasser des Beckens aus, stieg heraus und spielte weiter auf der Flöte. Der Padischah, der nun sehr wütend wurde, befahl seinem Diener, die Krähe ins Feuer zu werfen, damit sie verbrenne. Doch kaum loderten die Flammen auf, da spie die Krähe das Wasser aus, das sie zuvor getrunken hatte, und löschte damit das Feuer. Wieder ging sie zum Palast und spielte auf der Flöte.

Diesmal ließ der Padischah sie in den Bienenstock einsperren, damit sie dort von den Bienen zu Tode gestochen wurde. Doch die Krähe verschlang alle Bienen und konnte sich auch aus dem Bienenstock befreien. Als der Padischah ihr Flötenspiel schon wieder vernahm, da rief er seinen Diener erneut zu sich und sprach: »Sperrt sie in den Pferdestall, damit die Pferde sie zu Tode trampeln!« Der Diener folgte seinem Befehl und sperrte die Krähe in den Pferdestall ein. Dort aber spuckte die Krähe die Bienen, die sie verschlungen hatte, wieder aus und ließ sie auf die Pferde los, so dass diese von den Bienen zerstochen wurden. Die Krähe aber stellte sich wieder vor den Padischah und spielte fröhlich auf ihrer Flöte.

Der Padischah war nun verzweifelt und wusste sich keinen weiteren Ausweg mehr, als den Vogel schlachten zu lassen. Als der Diener ihren Hals durchtrennte und das Blut floss, da rief die Krähe vor Freude: »O, was für ein schönes, rotes Halsband, was für ein schönes, rotes Halsband!« Daraufhin rupfte der Diener ihre Federn und steckte sie in einen Topf. Während sie kochte, sang sie: »Ah, was für ein schönes, warmes Bad! Was für ein schönes, warmes Bad!« Als sie gar war, wurde sie auf Tellern dem Padischah aufgetragen. Während dieser sie verspeiste, rief sie: »O, was für ein langer, schmaler Weg, was für ein langer, schmaler Weg!« Und als er sie hinuntergeschluckt hatte, rief sie endlich: »O, was für eine Qual, was für eine Qual!« Da war es auch dem Padischah wohl, und unsere Geschichte ist damit zu Ende.

Die alte Frau und die Maus

Es war einmal, und doch war es keinmal. In einer Zeit gab es einmal eine alte Frau, die lebte allein in einer Höhle, die sie nie fegte.

Eines Tages aber wollte die Frau nun doch ihre Höhle fegen und hatte gerade den Besen zur Hand genommen, als sie auf dem Boden eine Münze entdeckte. Sie nahm das Geld, ging in den Helwa-Laden, kaufte sich dort ein wenig Helwa und aß die Hälfte. Die übrige Hälfte legte sie auf einen Schrank. Nach einer Weile bemerkte sie aber, dass eine Maus die verbliebene Helwa gefressen hatte. Die Frau nahm einen Stein, warf ihn nach der Maus und traf sie am Kopf. Die Maus aber versetzte der Frau einen solchen Schlag auf ein Auge, dass sie fortan auf diesem blind war.

Da wandten sich beide an den Kadi. Die Frau rief: »Ehrenwerter Kadi, ich habe eine Höhle, in der ich nie fegte.« Darauf der Kadi: »Dann bist du ja ein Schmutzfink, Mütterchen!« – »Heute aber habe ich gefegt und fand eine Münze.« – »Dann bist du ja ein Glückspilz, Mütterchen!« – »Mit dem Geld habe ich Helwa gekauft.« – »Dann bist du ein Schleckermaul, Mütterchen!« – »Ich aß sie zur Hälfte und legte den Rest auf den Schrank.« – »Da bist du ja auch klug, Mütterchen!« – »Die Maus fraß aber die andere Hälfte!« – »Dann bist du ein Pechvogel, Mütterchen!« – »Ich warf einen Stein nach ihr und spaltete ihren Schädel!« – »Dann bist du ja blutrünstig, Mütterchen!« – »Die Maus schlug mir aber ein Auge aus!« – »Dann seid ihr ja quitt, Mütterchen!«, rief der Kadi, und damit ist unser Märchen zu Ende!

Katz und Maus

Es war einmal, und doch war es keinmal. In sehr alter Zeit, da gab es einmal eine schlaue Katze.

Eines Tages dachte sich diese Katze eine List aus, um wieder ein paar Mäuse zu fangen. Sie ließ allen Mäusen in ihrer Umgebung Folgendes mitteilen: »Kommt alle zu mir, denn ich habe euch etwas zu sagen.« Als nun einige Mäuse versammelt waren, sprach die Katze zu ihnen: »Ich will mich auf eine Wallfahrt begeben und möchte mich deshalb, wie es das Gebot ist, vorher mit euch aussöhnen. Sagt dies auch euren Brüdern, die heute nicht erschienen sind, damit ich mich auch von ihnen angemessen verabschieden kann.« Die Neuigkeit über die Wallfahrt verbreitete sich in Windeseile, und sie kam auch einer blinden Maus zu Ohren. Diese aber erkannte die wahre Absicht der Katze und warnte ihre Freunde: »Meine Freunde, jene Katze ist eine Lügnerin. Glaubt ihr kein Wort, denn sie ist sehr listig und will euch nur in eine Falle locken. Auch ich bin auf ihre List reingefallen und habe dadurch mein Augenlicht verloren.« Doch niemand beachtete die blinde Maus und ihre mahnenden Worte. Stattdessen taten sich alle Mäuse zusammen und begaben sich an den verabredeten Ort. Als unsere Katze auch eingetroffen war und sich vergewissert hatte, dass auch alle Mäuse anwesend waren, da sprach sie: »Ich habe meine Meinung geändert und werde doch nicht auf Wallfahrt gehen. Ich bleibe hier und fresse euch alle auf!« Und mit diesen Worten machte sie sich über die armen Mäuse her, die gar nicht mehr fliehen konnten, so schnell stürzte sich die Katze auf sie!

Die Katze hat das Ziel ihrer Wünsche erreicht, und wir können uns jetzt gemütlich zurücklehnen.

Anhang

Nachwort

Es war einmal, und doch war es keinmal. In alter Zeit, als die Kuppe noch über dem Badehaus stand, die Kamele Herolde waren und die Mäuse Barbiere, da gab es …

So oder ähnlich beginnen türkische Volksmärchen, wie sie in Anatolien und darüber hinaus erzählt werden.

Das seit Tausenden von Jahren besiedelte Anatolien wurde erst im elften Jahrhundert von den Türken erobert. Sie kamen in mehreren Migrationswellen aus ihren angestammten Siedlungsgebieten im Altai-Gebirge und am Baikalsee. Zuvor machten sie Station in der historischen Region Transoxanien, zwischen den Zwillingsflüssen Syr-Darja und Amu-Darja, die in den Aralsee münden. Hier, in den Ländern unter der Herrschaft arabischer Kalifen, begegneten sie auch dem Islam.

Im äußersten Westen Anatoliens formierten die Osmanen im frühen 14. Jahrhundert das Osmanische Reich, eine Weltmacht, die im Laufe ihrer Expansion eine Vielzahl von unterschiedlichen Völkerschaften mit ihren Sprachen, Religionen und Traditionen aufnahm und innerhalb ihrer Staatsgrenzen beherbergte.

Seit ihrem Aufbruch aus Zentralasien befanden sich die Türken in ständigem, wechselseitigem kulturellen Austausch mit ihren jeweiligen Nachbarvölkern. In Anatolien angekommen, wurde dieses bunte Mosaik um die hier seit jeher tradierten Elemente bereichert. Die so entstandene kulturelle Vielfalt spiegelt sich insbesondere in der reichen mündlichen Tradition der Türken – und damit auch im Märchen. Mühelos werden eigene Stoffe und Motive mit solchen arabischen, persischen, durchaus auch indischen Ursprungs kombiniert. Hinzu kommen Inhalte, wie sie uns aus der klassischen Antike bekannt sind. Mit der Ausdehnung des Herrschaftsgebiets der Osmanen und der damit zusammenhängenden Besiedlung neuer Gebiete sind auch kulturelle Elemente mitgewandert. Es ist daher nicht verwunderlich, dass in einigen Nachbarstaaten der heutigen Türkei, die einst zum ehemaligen Osmanischen Reich gehörten, ähnliche Märchenmotive und -stoffe zu finden sind wie in Anatolien.

Der vorliegende Band stellt eine repräsentative Auswahl aus dem reichen Schatz türkischer Volksmärchen dar, wie sie auch heute noch in Anatolien erzählt werden. Kunstmärchen, die schriftlichen Sammlungen entstammen, wie z. B. *Kırk Vezir* (›Die vierzig Wesire‹), *Tūtīnāme* (›Das Papagaienbuch‹) und *Humayūnnāme* (›Das Buch der Kaiser‹), sind nicht enthalten. Sie stellen Übersetzungen von persischen Vorlagen dar und unterliegen bestimmten Normen der klassischen osmanischen Literatur. Es tauchen aber Motive aus diesen und anderen orientalischen Sammlungen in den Volksmärchen auf. Dies ist, vorsichtig ausgedrückt, das Ergebnis eines Prozesses, in dem Inhalte schriftlicher Traditionen sich zu selbstständigen Volksmärchen entwickeln können. Ein Beispiel hierfür ist unser Märchen ›Die schöne Sultanstochter und die vierzig Räuber‹, in dem der Leser verschiedene Motive aus ›Ali Baba und die vierzig Räuber‹ aus den ›Märchen aus Tausendundeiner Nacht‹ erkennen kann. Darüber hinaus sei bemerkt, dass der Stoff dieses Märchens bereits im 14. Jahrhundert n. Chr. in schriftlicher Form (*Destan-ı Ahmet Haramî* ›Die Legende von Ahmet dem Räuber‹) belegt ist. Das Aufeinandertreffen von schriftlicher und mündlicher Tradition lässt sich anhand dieses Märchens gut beobachten, auch wenn in diesem Fall keine eindeutige Richtung der Beeinflussung nachgewiesen werden kann. Vielmehr muss von einem gegenseitigen Austausch ausgegangen werden.

Eine andere Art der Verarbeitung von Motiven besteht darin, Elemente aus unterschiedlichen Märchen zusammenzuführen und je nach den Erfordernissen des Milieus Motivreihen und damit sogar ganz neue Märchen zu bilden. Beispiele hierfür sind ›Die drei Orangen-Peris‹ und ›Teuer wie Salz‹. In beiden Märchen werden dem Leser bereits bekannte Motive (AaTh 408, Drei Orangen, Zitronen etc., und 923, Liebe [zum Vater] so groß wie zu Salz) mit solchen aus dem orientalischen Raum kombiniert. Durch die Möglichkeit, die vielfältig vorhandenen Motive und Stoffe immer wieder neu zu vermischen und gegeneinander auszutauschen, besitzt die türkische Märchentradition eine Besonderheit, die das Entstehen von zahlreichen neuen Märchentypen sowie die Einbettung mehrerer Motive in Motivreihen begünstigt.

Die Welt des türkischen Märchens ist bunt und zeigt eine Vielfalt von Figuren, die sowohl der irdischen Welt angehören als auch der der Zauberwesen.

Der irdische Bereich besteht aus den gängigen Figuren wie dem Padischah mit seinen Söhnen und Töchtern – unter denen die jeweils dritten oder jüngsten die Hauptrolle spielen – und mit seinen Wesiren und Lalas. Im Palast lebende Diener wie Köche und Gärtner sowie Sklavinnen und Sklaven können auch maßgeblich an der Märchenhandlung beteiligt sein. Aus dem einfachen Volk treffen wir den Holzfäller, den Kammmacher, den Bauern und andere arme, alte Menschen. Die Figuren sind gut oder böse und können einseitig überspitzt dargestellt sein. In der Regel genügen wenige Charaktereigenschaften und körperliche Merkmale, um einen Menschen zu kennzeichnen. Um ein Beispiel zu nennen: Die Schönheit eines Mädchens wird häufig mit der Metapher »wie der Mond am Vierzehnten« beschrieben. Damit ist der Vollmond nach dem islamischen Kalender gemeint, der immer in der Mitte des Monats erscheint.

Herausragende Figuren sind in diesem Zusammenhang zum einen der *Keloğlan*, wörtl. »kahlköpfiger Junge«, der im Gegensatz zum Prinzen nicht über die Eigenschaften eines Helden verfügt, schon gar nicht über Schönheit, sondern auf eigene Schlauheit und List zurückgreifen muss, womit er die Sympathie des Publikums – und nicht zuletzt einer Prinzessin – gewinnt. Zum anderen ist da der *Köse*, ein Dünnbart, der zwar eine gewisse Gemeinheit besitzt, aber nie als wirklich böse charakterisiert wird. Märchen mit diesen beiden Figuren haben oft einen satirischen Inhalt, der als Kritik an politischen, sozialen oder wirtschaftlichen Ungerechtigkeiten betrachtet werden kann. Es finden sich auch Parodien auf andere bekannte Zaubermärchen, in denen der *Keloğlan* die führende Rolle übernimmt; das Märchen ›Keloğlan fährt nach Jemen‹ stellt eine parodierte Version der ›Geschichte vom Kristallpalast und dem Diamantschiff‹ dar. Es kommt auch vor, dass Helden anderer Märchen Züge eines *Keloğlan* annehmen. In der ›Geschichte vom Smaragdphönix‹

verkleidet sich ein Prinz, indem er eine Haut kauft und sie sich über den Kopf zieht. Damit wird er als *Keloğlan* wahrgenommen, trägt aber dessen spezifischen Namen nicht. In ›Das Märchen von Mehmed dem Kahlen‹ begegnet uns ebenfalls ein Held, der nur einige Wesensmerkmale eines *Keloğlan* aufweist, nicht aber die Figur selbst darstellt.

Besonders hervorzuheben ist auch die Figur der Frau aus einfachen Verhältnissen, die sich durch Verstand, Ausdauer und Durchsetzungsvermögen auszeichnet. Sie nimmt die Zügel in die Hand, um ihr eigenes Geschick zu leiten, und gewinnt das Herz eines Padischahs oder eines Prinzen. Oft übertrifft sie mit ihren Fähigkeiten die Männer. Die herausragende Selbstständigkeit der Frauen kann auch als ein Relikt aus der nomadischen Lebensweise der Türken angesehen werden. In diesem Zusammenhang sei auch bemerkt, dass im Osmanischen Reich Klassenunterschiede durch eigene Initiative einfacher zu überwinden waren als beispielsweise in europäischen Staatssystemen mit starren Standesregelungen. Das Märchen ›Die Tochter des Basilienkräutlers‹ sei hier als Beispiel genannt.

Figuren aus der Welt der Zauberwesen sind in erster Linie die *Peris* und die *Dews*. Diese beiden übernatürlichen Gestalten stammen aus der iranischen literarischen Tradition und haben heute ihren festen Platz im türkischen Märchen. *Peris* sind vergleichbar mit Feen, wobei diese auch männlich sein können. Sie können den Menschen wohl- oder übelgesinnt sein. Oft nehmen sie die Gestalt von Tieren, z. B. Tauben, an, die sie aber ablegen, sobald die Geliebte – wie in ›Die Geschichte von den weinenden Granatäpfeln und den lachenden Quitten‹ – ein Bad in einem goldenen Becken bereitet hat. Oder sie können als Orangen in einem Brunnen warten, bis ein Prinz kommt, sie von ihrem Dasein als *Peri* befreit und sie zur Frau nimmt (›Die drei Orangen-Peris‹).

Der *Dew* ist eine Mischung aus einem Riesen und einem Ungeheuer. Er ist meist böse und verlangt Menschenfleisch als Nahrung. Wird ihm dies nicht gewährt, ist er imstande, Brunnen und Quellen für immer versiegen zu lassen. Er kann sich aber auch kurzzeitig dem Menschen anschließen, um ihn jedoch bald darauf wieder zu verraten. Doch nicht jede Allianz zwischen einem *Dew* und einem menschlichen Protagonisten ist zum Scheitern verurteilt. Im Märchen ›Die drei Orangen-Peris‹ kann sich der junge Held der Unterstützung von insgesamt einhundertundachtzig *Dews* erfreuen. Der *Dew in Rossgestalt* entpuppt sich sogar als liebevoller Ehemann. Eine *Dew-Mutter* ist ebenfalls von riesenhafter Statur und böse, kann aber besänftigt werden, indem man sie umarmt und sie »Mütterchen« nennt. Dann nimmt sie auch einen Menschen wie eines ihrer eigenen Kinder auf.

Drachen haben häufig sieben Köpfe, aus denen sie Feuer und Rauch speien. Sie sind immer böse und brauchen ebenfalls Menschenfleisch als Nahrung. Auch sie verfluchen Wasserquellen, und der Fluch wird nur dann aufgehoben, wenn sie mit nur einem einzigen Schwerthieb getötet werden, ein weiterer Schlag würde sie wiederbeleben.

Sowohl *Dews* als auch *Drachen* können einen sogenannten *Talisman* haben, der ihre Lebenskraft in sich birgt und an einem vermeintlich sicheren Ort aufbewahrt wird. Durch die Zerstörung des *Talismans* siegt der Held über das Zauberwesen.

Die *Hexe* führt gegen Bezahlung jeden noch so niederen Auftrag aus. Sie kann sich als alte hilflose Frau ausgeben, um Jungfrauen in eine Falle zu locken oder männliche Gegner irrezuführen.

Of ist der Name einer Gestalt, die fast ausschließlich als *arap* »Araber« beschrieben wird und deren Oberlippe zum Himmel, die Unterlippe bis zur Erde reicht. Sie erscheint immer dann, wenn jemand »Of« sagt, was etwa dem deutschen Laut »Uff« entspricht, den man nach Erledigung einer schweren Arbeit ausstößt. *Of* ist im Grunde eine neutrale Gestalt, die jeden Wunsch im Handumdrehen erfüllen kann. Voraussetzung ist aber, dass dieser Wunsch schnell ausgesprochen wird. Andernfalls verlangt *Of* eine Entschädigung für die Ruhestörung.

Aus der Zauberwelt sind außerdem magische Pferde zu nennen, die ihre Reiter mit dem Ausspruch »Schließe die Augen, öffne die Augen« große Entfernungen zurücklegen lassen. Sie werden mit Nüssen und Rosenwasser gefüttert und erscheinen, wenn ihre Besitzer mit Zauberkräften versehene Haare aneinanderreiben oder das Pferd einfach rufen. Sie können aber auch verwandelte *Dew-Söhne* sein. Im anatolischen Märchen spielt das Pferd nicht die Rolle des treuen Gefährten für den Helden, wie es bei anderen Turkvölkern, z. B. in Südsibirien oder bei den Kasachen und den Kirgisen, der Fall ist.

Auch magische Vögel sind vertreten: Der *Smaragdphönix* hat eine solche Flügelspannweite, dass er damit die Sonne verdunkeln kann, um dem schlafenden Helden, der zuvor seine Jungen gerettet hat, Schatten zu spenden.

Eine rätselhafte Figur, die zwischen Zauber- und

irdischer Welt steht, ist der *Derwisch*. Er kann als weiser Ratgeber auftreten und dem Padischah zum ersehnten Thronfolger verhelfen (›Die drei Orangen-Peris‹), er kann aber auch in die Rolle eines düsteren, strengen Zauberlehrers schlüpfen, der sich mit seinem Lehrling ein unerbittliches Duell liefert, wie in unserem Märchen ›Das Ali-Dschengis-Spiel‹.

Neben menschlichen Wesen und Zaubergestalten dürfen Zauberinstrumente nicht fehlen. Ein türkisches »Tischlein deck dich«, eine Mühle, die Gold und Silber mahlt sowie verzauberte Knüppel, mit denen unliebsame Genossen verprügelt werden können, gehören ebenso dazu wie der fliegende Teppich und der Tarnumhang. Auch ein »Geduldstein« und ein »Geduldmesser« sind vertreten.

Magische Zahlen werden aufgrund ihrer hohen Symbolkraft ebenfalls häufig verwendet. So treten Prinzessinnen und Prinzen zu dritt auf, Drachen haben sieben Köpfe und die vierzig Prinzen sind auf der Suche nach, selbstverständlich, vierzig Prinzessinnen und ihre Hochzeit dauert vierzig Tage und vierzig Nächte.

Tiere treten nicht nur als verwandelte Zauberwesen, sondern auch als Hauptfiguren in sogenannten Tiermärchen auf.

In unsere Auswahl haben wir auch zwei Kettenmärchen aufgenommen, je eines mit einem Menschen (›Die Leber‹) und einem Tier als Hauptcharakter (›Der Hase‹). Diese spezielle Gattung zeichnet sich dadurch aus, dass ein Motiv in abgewandelter Form in mehreren Episoden wiederholt wird.

Der Handlungsrahmen der Märchen ist im Wesentlichen auf die sesshaft gewordene türkische Gesellschaft beschränkt. Schauplätze sind neben Palästen, Städten und Dörfern auch Marktplätze und Gärten. Quellen und Brunnen sind Orte, an denen die Handlung einen Wendepunkt erfährt. Die Märchen östlicher, vor allem sibirischer Turkvölker spielen sich im Gegensatz zum anatolischen Märchen in Steppen und in Jurten ab.

Die Struktur des türkischen Märchens lässt sich grob in drei Teile gliedern: Es besteht in der Regel aus einer Eingangsformel, der eigentlichen Erzählung und einer Schlussformel. Im Hauptteil kommen darüber hinaus oft Überleitungsformeln und Wendungen zum Spannungsaufbau vor.

Die Eingangsformel kann sehr kurz und einfach sein, z. B. *Bir varmış, bir yokmuş* »Es war einmal, und doch war es keinmal«. Sie kann aber auch beliebig – und nach Talent des Erzählers – erweitert werden durch Zusätze wie zum Beispiel in unserem Märchen ›Die drei Orangen-Peris‹: »Es war einmal, und doch war es keinmal. In uralter Zeit, da lag das Sieb im Stroh, da war alles Lüge, was wahr war, und wahr, was Lüge war. Wir lebten im Überfluss, aßen und tranken den ganzen Tag und schliefen dennoch hungrig ein.« Diese Formeln, türkisch *tekerleme,* in etwa zu übersetzen mit »Wortspiel, Zungenbrecher«, sind aneinandergereihte, inhaltlich sinnlose Sätze, die mit dem eigentlichen Märchen nichts zu tun haben und lediglich dazu dienen, die Aufmerksamkeit der Leser bzw. Zuhörer zu gewinnen, sie aus der realen Welt zu entfernen und auf die Märchenwelt einzustimmen.

Thematische Übergänge werden oft gekennzeichnet, indem der Erzähler sein Publikum persönlich dazu auffordert, das bisher Erzählte auf sich beruhen zu lassen und sich nun einem anderen Handlungsstrang zuzuwenden. Am häufigsten geschieht dies durch eine Wendung wie etwa in ›Bruder und Schwester‹: »Lassen wir die Sultanin im Bauch des Fisches und sehen, was die schwarze Sklavin trieb.« Bisweilen kann der Erzähler kurz innehalten, um die Spannung zu erhöhen. In diesen Pausen werden oft rhetorische Fragen des Typs »Und was sollte er/sie da sehen?« gestellt.

Schlussformeln können, wie die Eingangsformeln, recht einfach gehalten sein. Manchmal genügt es, den guten Ausgang eines Märchens mit der Ausrichtung einer Hochzeit von »vierzig Tagen und vierzig Nächten« zu besiegeln. Der Erzähler kann sich aber auch am Schluss des Märchens noch einmal an sein Publikum wenden, nämlich mit Wünschen wie »Sie haben das Ziel ihrer Wünsche erreicht, möge euch/uns dasselbe beschert sein« oder »Sie haben das Ziel ihrer Wünsche erreicht, und wir ruhen uns jetzt aus!«. Es können auch Formeln erscheinen, die, ähnlich den *tekerleme*, in keinem Zusammenhang zum Inhalt des Märchens stehen, z. B. in ›Kamertaj, das Mondross‹: »Drei Äpfel fielen vom Himmel. Der eine gebührt dem Märchenerzähler, der zweite dem Zuhörer und der dritte – nun der gehört mir.«

Die Erforschung des türkischen Märchens hat relativ spät eingesetzt. In der Tat bestand in gelehrten Kreisen der osmanischen Gesellschaft so gut wie kein Interesse an der eigenen Volksliteratur. Erste Untersuchungen wurden von Ausländern durchgeführt. Besonders zu erwähnen ist die reichhaltige Sammlung des ungarischen Folkloristen Ignácz Kúnos, die Ende des 19. und

Anfang des 20. Jahrhunderts erschienen ist (Budapest 1887, Leiden 1905). In Deutschland haben sich Georg Jacob und Theodor Menzel der türkischen Märchen angenommen und eine zweibändige Sammlung herausgegeben (Hannover 1923, 1924). Erst nach der Auflösung des Osmanischen Reiches und mit der Gründung der Türkischen Republik entstand ein Bewusstsein für das eigene Volksgut. Ab den 1930er Jahren entstanden in der Türkei zahlreiche Werke unterschiedlicher Art, in denen u. a. auch Märchen abgedruckt wurden. Pertev Naili Boratav hat maßgeblichen Anteil an der Etablierung der türkischen Volksliteratur als Gegenstand der Wissenschaft. Unter seinen Beiträgen zur türkischen Märchenforschung sind u. a. die Sammlungen *Zaman zaman içinde* (Istanbul 1958) und ›Türkische Volksmärchen‹ (Berlin 1967) zu nennen. In Zusammenarbeit mit Wolfram Eberhard ist 1954 das Verzeichnis ›Typen türkischer Volksmärchen‹ (TTV), ein Referenzwerk für die Einteilung türkischer Märchentypen, erschienen.

Vom Himmel fielen drei Äpfel, der eine für den Leser, der andere für den Erzähler und der dritte – der ist für uns …

Glossar

Kurze Erläuterungen zur Aussprache türkischer Laute:

c	wie deutsch *dsch*	*ı*	wie *e* in »klauen«
ç	wie deutsch *tsch*	*ş*	wie deutsch *sch*
ğ	wird kaum ausgesprochen; meist Längung des vorangehenden Vokals, wie *h* in »fuhren«	*v*	wie deutsch *w*
		z	wie *s* in »Sand«

Ağa	Herr; begüterter Landbesitzer; tü. *ağa*
Ayran	Erfrischungsgetränk aus verdünntem Joghurt; tü. *ayran*
Bey	Herr, Stammesoberhaupt; dt. auch »Beg, Bey, Bei«; tü. *bey*
Derwisch	Angehöriger eines islamischen mystischen Ordens; Asket; kann im Märchen auch dunkle Züge haben; tü. *derviş*
Dew	Mischung aus Riese und Ungeheuer; ist nicht ausschließlich böse, sondern kann sich im Märchen auch gütig zeigen; besitzt die Fähigkeit, unterschiedliche Gestalten anzunehmen; tü. *dev*
Dschinn	Geist der Zauberwelt; tü. *cin*
Dschirit-Spiel	traditionelles türkisches Kampfspiel zu Pferde, bei dem Wurfspeere zum Einsatz kommen; tü. *cirit oyunu* aus *cirit* »Speer« und *oyun* »Spiel«
Elif, Be	Namen der ersten beiden Buchstaben des arabischen Alphabets, das in der Türkei 1928 vom lateinischen abgelöst wurde.

	Die Bezeichnungen »Strich« und »Bottich« beziehen sich auf die Form der beiden Schriftzeichen ا (Elif) und ب (Be).
gak, guk	lautmalerische Worte für Stimmen von großen Vögeln
Han	Herberge; tü. *han*
Harem	abgeschlossener, für Fremde unzugänglicher Trakt eines Hauses, in dem sich Ehefrauen und Dienerinnen des Hausherrn aufhalten; tü. *harem*
Helwa	süße Paste, aus den Grundzutaten Mehl und Zucker; weitere Zutaten wie Nüsse sind möglich; tü. *helva*
Helwa-Abend	gesellige Abendgesellschaften (meist im Winter), bei denen Helwa gereicht und reihum Geschichten erzählt wurden; tü. *helva sohbeti* aus *helva* »Helwa« und *sohbet* »Unterhaltung«
Hırsız Tahir	Eigenname einer Märchenfigur; bedeutet wörtlich »Tahir, der Dieb«
Hodscha	Geistlicher; Vorbeter in der Moschee; auch: Lehrer; tü. *hoca*
In	nicht zu übersetzen; kommt als Echowort fast ausschließlich zusammen mit *cin* »Dschinn« in festen Wendungen vor, z. B. *İn misin, cin misin?* »Bist du ein In oder ein Dschinn?«; tü. *in*
Kadi	Richter; früher: nach islamischem Gesetz Recht sprechender Gelehrter, das Amt existiert in der modernen Türkei nicht mehr; tü. *kadı*
Kamertaj	Name eines Zauberpferdes; in manchen Märchen auch »Mondpferd«; tü. *Kamertay* aus *kamer* »Mond« (heute *ay*) und *tay* »junges Pferd, Fohlen«
Keloğlan	wörtlich »kahlköpfiger Junge«; aus *kel* »kahl, Kahlkopf« und *oğlan* »Junge«

Kismet	Geschick, Schicksal, Vorausbestimmung; auch: Heiratspartie; tü. *kısmet*
Konak	(herrschaftliches) Haus, Unterkunft; tü. *konak*
Köse	Bartloser, Dünnbärtiger; tü. *köse*
Lala	(Prinzen-)Erzieher; auch: väterlicher Ratgeber; tü. *lâlâ*
Mond am Vierzehnten	Vollmond nach dem islamischen Kalender; Metapher zur Beschreibung der Schönheit eines Mädchens (oder Jünglings)
Of	Lautmalerischer Ausruf zum Ausdruck von Erleichterung (nach getaner Arbeit, bei Ermüdung etc.), gleichzeitig Name eines Geistes im Märchen
Opferfest	muslimisches Fest in Anlehnung an die Geschichte Abrahams und Isaaks
Padischah	Herrscher, König; tü. *padişah*
Peri	weibliches oder männliches Zauberwesen; Fee; tü. *peri*
Schah	Herrscher, König (vornehmlich in Persien, Afghanistan); tü. *şah*
Selâmın aleyküm	aus dem Arabischen übernommene gängige türkische Grußformel mit der Bedeutung »Friede sei mit euch!«
Smaragdphönix	Übergroße Vogelgestalt in Legenden und Märchen; tü. u. a. *zümrüdüanka*
Sultan	Herrscher (vornehmlich im Osmanischen Reich); tü. *sultan*
Talisman	Tier oder Gegenstand, der die Lebenskraft eines Drachen oder eines Dew in sich birgt; tü. *tılsım*
Tschampalak	Eigenname eines Drachen
Tschinimatschin	Name eines Landes im Märchen
Ve aleyküm selâm	Anwort auf *Selâmın aleyküm*: »Und Friede sei auch mit euch!«
Wesir	Minister (im Osmanischen Reich): tü. *vezir*

Quellennachweis

Im Folgenden sind die Quellen, aus denen wir die Märchen ausgewählt haben, angegeben. Bei der Überarbeitung sämtlicher Märchen aus Kúnos (1905) wurde das türkische Original Kúnos (1887) hinzugezogen. Die Literaturangaben sowie weiterführende Literaturhinweise befinden sich im Anschluss an den Quellennachweis.

Die Typisierung der Märchen folgt dem türkischen Verzeichnis von Boratav & Eberhard (1953), abgekürzt TTV, und dem internationalen System von Aarne & Thompson (1961), abgekürzt AaTh. Im Fall von Märchen, die nicht eindeutig anhand von TTV und AaTh zu klassifizieren waren, haben wir uns auf nahestehende Varianten beschränkt. Arabische Ziffern geben die jeweiligen Märchentypen an, römische deren Varianten. Zugunsten einer besseren Differenzierung sind zusätzlich die Motive des jeweiligen Märchenkerns nach dem Motivindex von Thompson (1955–1958) aufgeführt; diese Motivangaben bestehen aus einer Kombination von Großbuchstaben und Zahlen.

1. *Die drei Orangen-Peris*
   überarbeitet nach Kúnos (1905: 17–28)
   TTV 89; AaTh 408
2. *Die vierzig Prinzen und der siebenköpfige Drache*
   überarbeitet nach Kúnos (1905: 164–171)
   Nähe zu TTV 213 und 215; AaTh 303 A, AaTh 300; T69.1
3. *Die Geschichte von den weinenden Granatäpfeln und den lachenden Quitten*
   überarbeitet nach Menzel (1923: 47–70); dort »Die Geschichte von dem weinenden Granat-Apfel und der lachenden Quitte«
   TTV 97; AaTh 514; B401, H301, H310

4. *Die Geschichte vom Kristallpalast und dem Diamantschiff*
überarbeitet nach Menzel (1923: 1–17); dort »Die Geschichte vom Kristall-Kiosk und dem diamantenen Schiff«
TTV 187; AaTh 891 A
5. *Der Pferdeprinz*
überarbeitet nach Kúnos (1905: 114–124); dort »Der Pferdesohn«
TTV 215 III, IV; AaTh 300, 301 und 301 A; T512.2, mit einigen Motiven aus TTV 72
6. *Bruder und Schwester*
überarbeitet nach Kúnos (1905: 3–10); dort »Brüderchen und Schwesterchen«
TTV 168; AaTh 450
7. *Die Geschichte vom Smaragdphönix*
überarbeitet nach Menzel (1923: 115–142); dort »Die Geschichte vom Smaragd-Phönix«
TTV 72; AaTh 301 A, AaTh 314 V, VI
8. *Der Dew in Rossgestalt*
überarbeitet nach Kúnos (1905: 88–94); dort »Der Ross-Dew und die Hexe«
TTV 98; AaTh 425 A und B
9. *Kamertaj, das Mondross*
überarbeitet nach Kúnos (1905: 172–180)
Einige Motive aus TTV 81, 98 V, 152 III, 153 III, 156; B41.2, H522.1.1; vgl. Aarne (1930)
10. *Die schöne Sultanstochter und die vierzig Räuber*
übersetzt aus Tezel (1990: 106–126)
TTV 153; AaTh 956 B
11. *Teuer wie Salz*
übersetzt aus Tezel (1990: 98–105)
Kombination von TTV 136 und TTV 256 III; AaTh 923
12. *Das Ali-Dschengis-Spiel*
überarbeitet nach Menzel (1923: 172–175); dort »Die Geschichte von Ali-Dschengiz«
TTV 169; AaTh 325

13. *Geduldstein und Geduldmesser*
überarbeitet nach Kúnos (1905: 215–220); dort »Geduldstein, Geduldmesser«
TTV 185; AaTh 894
14. *Das schöne Helwa-Mädchen*
überarbeitet nach Kúnos (1905: 383–390)
TTV 245; AaTh 883 A
15. *Die Tochter des Basilienkräutlers*
überarbeitet nach Kúnos (1905: 159–163); dort »Das Pfingstrosen-Mädchen«
TTV 192; AaTh 879
16. *Die Tochter des Holzhackers*
übersetzt aus Boratav (1958: 157–161). © Korkut Boratav
Nähe zu TTV 152, 157; AaTh 363
17. *Der Bauer und Sultan Mahmut*
übersetzt aus Boratav (1958: 205). © Korkut Boratav
TTV 310 III.3; fehlt in AaTh
18. *Das Märchen von der Schlauheit der Frauen*
übersetzt aus Caferoğlu (1994: 242–246). © Türk Dil Kurumu
Nähe zu TTV 279; fehlt in AaTh; P210, T210, T211.2, T 80
19. *Das Märchen vom Köse*
übersetzt aus Caferoğlu (1943: 83–85). © Türk Dil Kurumu
TTV 351; AaTh 1539
20. *Keloğlan und die Tochter des Ağa*
übersetzt aus Yardımcı (1996: 247–248). © Mehmet Yardımcı
fehlt in TTV und AaTh; Verknüpfung von einzelnen Motiven und Motivreihen: D1053, D1155, H50, H525, T121
21. *Keloğlan fährt nach Jemen*
übersetzt aus Tezel (1971: 261–264)
in den Hauptzügen Nähe zu TTV 207 III; bei diesem Märchen handelt es sich um eine Parodie auf Nr. 4, *Die Geschichte vom Kristallpalast und dem Diamantschiff* (TTV 187)
22. *Das Märchen von Mehmed dem Kahlen*

überarbeitet nach Kúnos (1905: 38–44); dort »Mehmed, der Kahlköpfige«
Nähe zu TTV 323 und TTV 176; D812

23. *Die Leber*
überarbeitet nach Kúnos (1905: 104–106)
Kettenmärchen; Z 41.1
24. *Der Hase*
übersetzt aus Alptekin (1991: 165–166). © Ali Berat Alptekin
Kettenmärchen; Z 40
25. *Der schwanzlose Fuchs und der Bär*
übersetzt aus Demircioğlu (1934: 81–82)
TTV 3; fehlt in AaTh
26. *Fuchs, Krebs und Schildkröte*
übersetzt aus Demircioğlu (1934: 62–63)
TTV 4; AaTh 1074 und AaTh 275
27. *Die Krähe und der Holzsplitter*
teilweise frei übersetzt aus Alptekin (1991: 159–162). © Ali Berat Alptekin
TTV 19, AaTh 1655
28. *Die alte Frau und die Maus*
teilweise frei übersetzt aus Alptekin (1991: 130–131). © Ali Berat Alptekin
fehlt in TTV und AaTh; B272.1, P510
29. *Katz und Maus*
teilweise frei übersetzt aus Alptekin (1991: 85). © Ali Berat Alptekin
fehlt in TTV und AaTh; K815.13

Literatur:

Aarne, Antti & Thompson, Stith. *The types of the folktale. A classification and bibliography* (= FF Communications 184). Helsinki 1961.

Aarne, Antti. Die magische Flucht. Eine Märchenstudie (= FF Communications 92). Helsinki 1930.

Alptekin, Ali Berat. *Hayvan masalları*. Ankara1991.

Boratav, Pertev Naili. *Zaman zaman içinde. Tekerlemeler – masallar.* Istanbul 1958.
Boratav, Pertev Naili. *Türkische Volksmärchen.* Berlin 1970.
Boratav, Pertev Naili & Eberhard, Wolfram. *Typen türkischer Volksmärchen.* Wiesbaden 1953.
Caferoğlu, Ahmet. *Anadolu ağızlarından toplamalar. Kastamonu, Çankırı, Çorum, Amasya, Niğde İlbaylıkları agızları, Kalaycı argosu ve Geygelli Yürüklerinin gizli dili.* İstanbul 1943.
Caferoğlu, Ahmet. *Kuzeydoğu illerimiz ağızlarından toplamalar. Ordu, Giresun, Trabzon, Rize ve yöresi ağızları.* Ankara 1994.
Demircioğlu, Yusuf Ziya. *Yürükler ve köylülerde hikâyeler – masallar.* İstanbul 1934.
Giese, Friedrich. *Türkische Märchen.* Jena 1925.
Kúnos, Ignácz. *Oszmán-török népköltési gyűjtemény. I. Kötet: Oszmán-török népmesék.* Budapest 1887.
Kúnos, Ignácz. *Türkische Volksmärchen aus Stambul.* Leiden 1905.
Menzel, Theodor. *Türkische Märchen I. Billur Köschk (Der Kristall-Kiosk).* Hannover 1923.
Menzel, Theodor. *Türkische Märchen II. Der Zauberspiegel.* Hannover 1924.
Spies, Otto. *Türkische Märchen.* München 1967.
Tezel, Naki. *Türk masalları II.* İstanbul 1971.
Tezel, Naki. *Türk masalları II.* Ankara 1990.
Thompson, Stith. *Motif-Index of Folk-Literature. A Classification of Narrative Elements in Folktales, Ballads, Myths, Fables, Mediaeval Romances, Examples, Fabliaux, Jest-Books and Local Legends. Revised and enlarged edition by Stith Thompson.* Copenhagen 1955–1958.
Yardımcı, Mehmet. *Yaşayan Malatya masalları. Metinler ve incelemeler.* Malatya 1996.